UM DINHEIRO
NADA FÁCIL

JANET
EVANOVICH

UM DINHEIRO
NADA FÁCIL

Tradução de Alda Porto

ROCCO

Título original
ONE FOR THE MONEY

Copyright © 1994 *by* Evanovich, Inc.

Todos os direitos reservados. Nenhuma parte desta obra pode ser reproduzida sob qualquer forma sem autorização por escrito do editor.

Direitos para a língua portuguesa reservados com exclusividade para o Brasil à
EDITORA ROCCO LTDA.
Av. Presidente Wilson, 231 – 8º andar
20030-021 – Rio de Janeiro, RJ
Tel.: (21) 3525-2000 – Fax: (21) 3525-2001
rocco@rocco.com.br
www.rocco.com.br

Printed in Brazil/Impresso no Brasil

preparação de originais
AMANDA ORLANDO

CIP-Brasil. Catalogação-na-fonte.
Sindicato Nacional dos Editores de Livros, RJ.

E92d Evanovich, Janet
Um dinheiro nada fácil / Janet Evanovich; tradução de Alda Porto. – Rio de Janeiro: Rocco, 2008.

Tradução de: One for the money
ISBN: 978-85-325-2295-5

1. Ficção norte-americana. I. Porto, Alda. II. Título.

07-4627   CDD-813
                                    CDU-821.111(73)-3

Este livro é para meu marido Peter
– com amor

AGRADECIMENTOS

A autora deseja agradecer a inestimável ajuda das seguintes pessoas: sargento Walter Kirstien, da DP de Trenton; sargento-detetive Robert Szejner, também da DP de Trenton; Leanne Banks; Courtney Henke; Kurt Henke; Margaret Dear; Elizabeth Brossy; Richard Anderson, da loja de armas Gilbert Small Arms Range; David Daily, da DP do Condado de Fairfax, e a Roger White. Um agradecimento especial ao meu agente, Aaron Priest; a Francis Jalet-Miller e à minha editora, Susanne Kirk, e seu assistente, Gillian Blake.

UM

Alguns homens entram na vida de uma mulher e a ferram para sempre. Joseph Morelli fez isso comigo – não para sempre, mas periodicamente.

Morelli e eu nascemos e fomos criados numa zona operária de Trenton chamada Burgo. As casas eram geminadas e estreitas. Os terrenos, pequenos. Os carros, americanos. A maioria das pessoas é de descendência italiana, com húngaros e alemães suficientes para contrabalançar a procriação. Um bom lugar para comprar calzone ou jogar nas loterias. E, de qualquer modo, se a gente tinha de viver em Trenton, era um lugar legal para se criar família.

Quando eu era criança, normalmente não brincava com Joseph Morelli. Ele morava a duas quadras de mim e era dois anos mais velho que eu.

– Fique longe desses meninos Morelli – advertiu-me minha mãe. – Eles são da pesada. Ouço as histórias das coisas que eles fazem com as meninas quando as pegam sozinhas.

– Que tipo de coisas? – perguntei, ansiosa.

– Nem queira saber – ela respondera. – Coisas terríveis. Coisas incorretas.

A partir daquele momento, passei a ver Joseph Morelli com uma combinação de terror e promíscua curiosidade que beirava o assombro. Duas semanas depois, aos seis anos, com os joelhos trêmulos e o estômago revirado, acompanhei Morelli até a garagem do pai dele, com a promessa de aprender uma nova brincadeira.

A garagem dos Morelli era uma construção achatada e erma que ficava no limite do terreno da casa. Um anexo deplorável, iluminado por um único feixe de luz filtrado por uma janela coberta de sujeira. O ar estagnado cheirava a mofo, pneus descartados e galões de óleo de motor usado. Jamais destinada a alojar os carros dos Morelli, a garagem servia para outros fins. O velho Morelli usava-a para tirar o cinto e dar nos filhos, os filhos usavam-na para ocupar as mãos em si mesmos e Joseph Morelli me levou, Stephanie Plum, à garagem para brincar de trenzinho.

– Qual é o nome desse jogo? – perguntei-lhe.

– Piuí, Piuí – ele respondeu, engatinhando entre minhas pernas, a cabeça presa debaixo da minissaia cor-de-rosa. – Você é o túnel e eu sou o trem.

Acho que isso revela alguma coisa sobre minha personalidade. Que eu não sou especialmente boa em receber conselhos. Ou nasci com uma sobrecarga de curiosidade. Ou talvez tenha a ver com rebeldia ou tédio, ou destino. De qualquer modo, foi uma brincadeira que acontece apenas uma vez, e muito decepcionante, pois eu só consegui ser o túnel, e realmente queria ser o trem.

Dez anos depois, Joe Morelli continuava morando a duas quadras. Crescera, ficara grandalhão e ruim, os olhos como brasas num minuto e chocolate derretido na boca da gente, no seguinte. Tinha uma águia tatuada no tórax, uma bunda sarada, quadris estreitos e a reputação de mãos rápidas e dedos espertos.

Minha melhor amiga, Mary Lou Molnar, me contou ter ouvido dizer que Morelli tinha a língua semelhante à de um lagarto.

– Minha nossa! E o que isso significa? – perguntei.

– Apenas não o deixe ficar sozinho com você, senão logo vai descobrir. Assim que ele a pegar sozinha... quer dizer. Você está liquidada.

Eu não vira com muita freqüência Morelli desde o episódio do trem. Imaginei que ele ampliara seu repertório de exploração sexual. Arregalei os olhos e cheguei mais para perto de Mary Lou, à espera do pior.

– Você não está falando de estupro, está?

– Estou falando de luxúria! Se ele a quiser, você está arruinada. O cara é irresistível.

Além de ter sido bolinada aos seis anos por vocês sabem quem, eu me mantinha intocada. Guardava-me para o casamento ou pelo menos para a faculdade.

– Sou virgem – eu disse, como se fosse alguma novidade.

– Tenho certeza de que ele não se mete com virgens.

– É especializado em virgens! A apalpada dos dedos dele transforma as virgens em idiotas babonas.

Duas semanas depois, Joe Morelli entrou na confeitaria onde eu trabalhava todo dia depois da escola, a Tasty Pastry, na Hamilton. Comprou um *cannoli* de massa folheada recheada com creme e lascas de chocolate, me disse que se alistara na marinha e me seduziu para tirar a calcinha quatro minutos após eu fechar a loja, no chão da Tasty Pastry, atrás do balcão de vidro cheio de bombas de chocolate.

Quando o reencontrei na vez seguinte, três anos mais tarde, ia para o centro comercial, dirigindo o Buick de meu pai, quando o vi parado diante do Mercado de Carnes de Giovichinni. Acelerei o grande motor V-8, saltei o meio-fio e dei uma trombada nele por trás, derrubando-o sobre o pára-choque dianteiro direito. Parei o carro e saltei para avaliar o dano.

– Alguma coisa quebrada?

Estatelado na calçada, ele olhava por baixo da minha saia.

– Minha perna.

– Ótimo – eu disse.

Depois dei meia-volta, entrei no Buick e me dirigi ao centro comercial.

Atribuo o incidente a uma insanidade temporária e, em minha própria defesa, gostaria de dizer que não atropelei mais ninguém desde então.

Durante os meses de inverno, o vento açoitava a avenida Hamilton, gemia entre as janelas de vidro laminado, amontoava lixo junto a meios-fios e às fachadas das lojas. Durante os meses de verão, o ar ficava parado e rarefeito, inerte de umidade e saturado de hidrocarbonetos. Tremeluzia acima do cimento quente e derretia o asfalto da rua. Cigarras zumbiam, caçambas de lixo emitiam mau cheiro e uma névoa de poeira pairava eternamente sobre os campos da liga estadual de *softball*. Imaginei que tudo aquilo fazia parte da grande aventura que era viver em Nova Jersey.

Nessa tarde, eu decidira ignorar a formação de ozônio de agosto que me grudava no fundo da garganta e sair, com a capota arriada, em meu Mazda Miata. O ar-condicionado estava ligado no máximo, eu cantava junto com Paul Simon, meus cabelos castanhos que batiam à altura dos ombros açoitavam o meu rosto num frenesi de crepitações e grunhidos, meus sempre vigilantes olhos azuis friamente escondidos atrás dos óculos escuros Oakleys e o pé pisando fundo no acelerador.

Era domingo, e eu tinha um encontro com um assado na casa dos meus pais. Parei num sinal e inspecionei o espelho retrovisor, praguejando quando vi Lenny Gruber, dois carros atrás, num sedã cor de bronze. Bati a testa no volante.

– Maldição.

Fiz o Ensino Médio com Gruber. Era um cara desprezível naquela época e continuava sendo. Infelizmente, tinha uma justa causa para isso. Eu estava atrasada nas prestações do Miata, e Gruber trabalhava na empresa de reintegração de posse do veículo.

Seis meses atrás, quando eu comprara o carro, estava em boa situação financeira, com um belo apartamento e ingressos para a temporada dos Rangers. E então, bomba! Fui despedida. Fiquei sem dinheiro. Sem nenhum tipo de crédito especial. Inspecionei de novo o espelho, cerrei os dentes e puxei o freio de mão. Lenny era como fumaça. Quando a gente tentava agarrá-lo, ele evaporava, e por isso eu não estava a fim de perder aquela última oportunidade de barganhar. Saí do carro, desculpei-me com o homem encurralado entre nós e segui com ar empertigado até lá atrás, onde Gruber estava.

– Stephanie Plum – ele disse, cheio de alegria e falsa surpresa. – Que surpresa mais agradável.

Apoiei as mãos no teto e olhei-o pela janela aberta.

– Lenny, eu estou indo jantar na casa dos meus pais. Você não levaria meu carro enquanto eu estivesse na casa dos meus pais, levaria? Quer dizer, seria realmente baixo, Lenny.

– Eu sou um cara muito baixo, Steph. Foi por isso que consegui este trabalho limpo. Sou capaz de quase tudo.

O sinal mudou e o motorista atrás de Gruber enfiou a mão na buzina.

– Talvez a gente possa fazer um acordo – propus a ele.

– Esse acordo envolve você ficar nua?

Tive uma visão em que agarrava o nariz dele e o torcia, no melhor estilo *Três Patetas*, até que ele guinchasse como um porco. O problema era que isso exigia tocá-lo. Melhor usar uma técnica mais contida.

– Me deixe ficar com o carro hoje à noite, que eu o levo ao estacionamento antes de qualquer coisa amanha de manhã.

– De jeito nenhum – ele recusou. – Você é uma sonsa das boas. Já faz cinco dias que corro atrás desse carro.

– Então, mais um não vai fazer diferença.

– Esperava que você fosse mais grata, sabe o que quero dizer? Eu quase sufoquei.

– Esqueça. Leve o carro. Na verdade, pode levar agora mesmo. Vou a pé para a casa dos meus pais.

Gruber travou os olhos na metade do meu tórax. Tenho 91 de busto. Respeitável, mas longe de pesar em minha constituição de um metro e setenta de altura. Usava shorts de lycra preta e uma enorme camiseta de hóquei. Não era o que se pode chamar de traje sedutor, mas, apesar disso, ele me olhava com uma expressão de cobiça.

Alargou o sorriso o suficiente para mostrar que lhe faltava um molar.

– Acho que posso esperar até amanhã. Afinal, *estudamos* juntos no Ensino Médio.

– Ã-hã – foi o melhor que pude fazer.

Cinco minutos depois, dobrei a Hamilton e tomei a Roosevelt. A dois quarteirões da casa dos meus pais e eu já sentia a obrigação familiar me sugando, puxando-me para o coração do Burgo. Era uma comunidade de famílias grandes, que desprendia uma atmosfera de segurança, junto com amor e estabilidade, além do conforto do ritual. O relógio no painel me dizia que eu estava atrasada sete minutos e a enorme vontade de gritar me dizia que já chegara.

Estacionei no meio-fio e olhei o estreito sobrado geminado, a varanda da frente rematada com persianas e toldos de alumínio. A metade dos Plum era amarela, exatamente como fora durante quarenta anos, com um telhado de pedra marrom. Arbustos flanqueavam ambos os lados da ladeira de cimento, e gerânios vermelhos haviam sido uniformemente espaçados ao longo da varanda. Era quase um apartamento conjugado no térreo. Sala de estar na frente, copa no meio, cozinha nos fundos. Três quartos e banheiro no andar de cima. Uma casa pequena e limpa, entulhada de cheiros de cozinha e excesso de móveis, confortável com sua sorte na vida.

Na casa vizinha, a sra. Markowitz, que vivia de seguro social e só tinha meios para comprar tintas fora de linha em liquidações, pintara seu lado de verde-limão.

Minha mãe me esperava na porta de tela aberta.

– Stephanie – gritou. – Que faz sentada aí no carro? Está atrasada para o jantar. Sabe que seu pai detesta comer tarde. As batatas estão ficando frias. O assado vai ficar seco.

A comida é importante no Burgo. A lua gira em torno da Terra, a Terra gira em torno do sol e o Burgo gira em torno dos assados. Desde quando consigo lembrar, a vida dos meus pais tem sido controlada por peças de dois quilos e meio de lagarto redondo, preparadas com perfeição às dezoito horas.

Vovó Mazur, uns cinqüenta centímetros atrás de minha mãe, disse:

– Preciso comprar um short desses para mim. – Ela arregalou os olhos para o meu. – Ainda tenho pernas bem satisfatórias, você sabe. – Suspendeu a saia e examinou os joelhos. – Que acha? Será que eu ficaria bem nessas coisas de ciclista?

Vovó Mazur tinha joelhos iguais a maçanetas. Fora uma beldade em sua época, mas os anos tornaram a pele flácida e os ossos finos e pontudos. Mesmo assim, se quisesse usar short de ciclista, acho que devia ir em frente. Em minha opinião, uma das muitas vantagens de morar em Nova Jersey era esta: até as velhas senhoras podiam ser extravagantes.

Meu pai soltou um grunhido de desgosto da cozinha, onde retalhava a carne.

– Shorts de ciclista – resmungou, batendo na testa com a palma da mão. – Hum!

Dois anos atrás, quando as artérias entupidas do vovô Mazur o despacharam para o grande lombinho de porco assado no céu, vovó Mazur instalara-se na casa dos meus pais e nunca mais voltara à dela. Meu pai aceitou isso com uma combinação de estoicismo do Velho Mundo e resmungos inconvenientes.

Lembro-me de que ele me contou a história de um cachorro que teve na infância. Dizia que era o mais horroroso, velho e desmiolado que já existiu. Incontinente, pingava urina aonde quer que fosse. Tinha os dentes apodrecidos, as ancas sólidas fundidas com artrite e enormes tumores de gordura brotavam de debaixo do pêlo. Um dia, meu avô Plum pegou o cachorro atrás da garagem e sacrificou-o com um tiro. Havia ocasiões em que eu suspeitava de que meu pai fantasiasse um final semelhante para minha avó Mazur.

– Você devia usar vestido – disse minha mãe, trazendo ervilhas e cebolas gratinadas para a mesa. – Trinta anos de idade e continua vestindo essas roupas de malhação de adolescente. Como vai conseguir arranjar um bom homem assim?

– Eu não quero um homem. Já tive um e não gostei.

– Porque seu marido era um bunda-mole – disse vovó Mazur.

Concordei. Meu ex-marido era um bunda-mole. Sobretudo quando eu o pegara em flagrante delito na mesa da sala de jantar com Joyce Barnhardt.

– Soube que o filho da Loretta Buzick se separou da mulher? – perguntou minha mãe. – Se lembra dele? Ronald Buzick?

Eu sabia para onde aquela conversa estava indo e não queria chegar lá.

– Não vou sair com Ronald Buzick – declarei. – Nem pense nisso.

– Ora, o que tem de errado com Ronald Buzick?

Ronald Buzick era açougueiro. E também careca e gordo, imagino que eu estivesse sendo esnobe em relação a tudo aquilo, mas achava difícil pensar em termos românticos em um homem que passava os dias recheando rabos de galinhas com miúdos.

Minha mãe decidiu recorrer à outra sugestão.

– Tudo bem, então que tal Bernie Kuntz? Vi Bernie na tinturaria e ele fez questão de perguntar por você. Acho que está interessado. Eu podia convidá-lo pra um café com bolo.

Do jeito com que eu andava com sorte, na certa ela já convidara Bernie e, naquele exato momento, ele dava voltas no quarteirão, chupando Tic Tacs.

– Não quero conversa sobre Bernie – respondi. – Tem uma coisa que preciso contar a vocês. É uma notícia ruim.

Vinha temendo esse momento e o adiara o máximo possível. Minha mãe levou a mão à boca.

– Você descobriu um caroço no seio!

Ninguém em nossa família jamais teve um caroço no seio, mas ela sempre foi alerta.

– Meu seio está ótimo. O problema é o meu emprego.

– Que é que há com seu emprego?

– Eu não tenho mais. Fui demitida.

– Demitida! – ela repetiu com uma profunda inalação. – Como é possível uma coisa dessas? Era um emprego tão bom. Você adorava o trabalho.

Eu era compradora de lingerie com desconto para a loja de departamentos E. E. Martin e trabalhava em Newark, que não é exatamente o ponto florido do Estado Jardim. Na verdade, era minha mãe que adorava o trabalho, imaginando que fosse glamouroso, quando na realidade o que eu fazia mais era regatear o custo de calcinhas modeladas de fibra sintética. A E. E. Martin não era exatamente uma Victoria's Secret.

– Eu não me preocuparia – disse minha mãe. – Há sempre trabalho pra compradores de lingerie.

– Não há *nenhum* trabalho pra compradoras de lingerie, especialmente as que trabalharam para E. E. Martin. – Ter mantido um emprego assalariado na loja me tornava tão atraente quanto uma leprosa. O dono, E. E. Martin, economizara demais na molhada de mãos naquele inverno e, em conseqüência, suas afiliações com a máfia haviam sido levadas a público. O diretor executivo fora indiciado por práticas comerciais ilegais, a loja de departamentos, liquidada e arrematada pela Baldicott, Inc. e, sem qualquer motivo, entrei na lista de cortes para redução de custos. – Estou desempregada há seis meses.

– Seis meses! E eu não soube! Sua própria mãe não sabia que você estava desocupada nas ruas?

– Não estou desocupada nas ruas. Tenho feito trabalhos temporários. Arquivista, preenchendo fichas de inscrição e coisas assim.

E deslizando continuamente morro abaixo. Já me registrara em todas as agências de empregos da Grande Trenton e religiosamente lia os anúncios de "precisa-se". Não vinha sendo nada seletiva e estendia o limite de opções a atendente de telemarketing a assistente de canil, mas meu futuro não parecia nada promissor. Eu era qualificada demais para uma posição de secretária, mas me faltava experiência para um cargo de gerência.

Meu pai garfou outra fatia grossa de assado de panela para seu prato. Trabalhara na agência dos correios durante trinta anos e optara pela aposentadoria antecipada. Agora dirigia um táxi por meio período.

– Eu vi seu primo Vinnie ontem – informou. – Ele está precisando de alguém pra cuidar do arquivo. Você devia dar um telefonema pra ele.

Exatamente a proposta de carreira que eu andava precisando – ser arquivista e logo trabalhando para o Vinnie. De todos os meus parentes, era o de quem eu menos gostava. Um verme, um lunático sexual, um merda.

– Quanto ele paga? – perguntei.

Meu pai encolheu os ombros.

– Deve ser o salário mínimo.

Maravilha. O emprego perfeito para alguém já nas profundezas do desespero. Patrão podre, trabalho podre, pagamento podre. As possibilidades de sentir pena de mim mesma seriam infinitas.

– E o melhor é que fica perto – disse minha mãe. – Você pode vir almoçar aqui todo dia.

Assenti, entorpecida, achando que preferia espetar uma agulha no olho.

A luz do sol entrava inclinada pela fenda nas cortinas do meu quarto, o ar-condicionado na janela da sala de estar zumbia ameaçador, prevendo outra manhã escorchante, e o mostrador digital no radio-relógio piscava números eletrônicos azuis, que me informavam que eram nove horas. O dia começara sem mim.

Rolei para fora da cama com um suspiro e fui-me arrastando para o banheiro. Quando terminei, me arrastei para a cozinha e parei diante da geladeira, na esperança de que as fadas a houvessem visitado durante a noite. Abri a porta e olhei as prateleiras vazias e notei que a comida não se clonara das manchas no compartimento de laticínios e das sobras encarquilhadas no fundo da gaveta de legumes. Meio pote de maionese, uma garrafa da cerveja, pão de trigo integral coberto de bolor azul, um pé de alface congelado e murcho, embrulhado em um plástico coberto por limo marrom, e uma caixa de ração de hamster me separavam da fome. Perguntei-me se nove da manhã era cedo demais para tomar cerveja. Claro que em Moscou seriam quatro da tarde. Mais que bom.

Tomei metade da cerveja e me aproximei mal-humorada da janela da sala. Corri as cortinas e olhei o estacionamento lá embaixo. Meu Miata desaparecera. Lenny atacara bem cedo. Não era nada surpreendente, mas, mesmo assim, o golpe ficou dolorosamente entalado na minha garganta. Eu era agora uma inadimplente oficial.

E, como se isso já não fosse bastante deprimente, eu me enfraquecera a meio caminho da sobremesa e prometi a minha mãe que iria ver Vinnie.

Arrastei-me para o chuveiro e tropecei ao sair meia hora depois, após uma exaustiva crise de choro. Meti-me em uma meia-calça e em um terninho e fiquei pronta para cumprir meu dever filial.

Meu hamster, Rex, continuava dormindo na lata de sopa dentro da gaiola na bancada da cozinha. Larguei alguns pedaços de ração na tigela e emiti alguns sons carinhosos. Rex abriu os olhos pretos e piscou. Torceu os bigodes, deu uma boa farejada e rejeitou a comida. Eu não o culpava. Ele a provara no café-da-manhã da véspera e não ficara muito impressionado.

Tranquei o apartamento e segui a pé os três quarteirões pela rua St. James até a loja de carros usados Blue Ribbon. Na frente do pátio, havia um Nova de quinhentos doláres implorando para ser comprado. Ferrugem total na carroceria e incontáveis acidentes haviam deixado aquela carroça com uma aparência que nem de longe lembrava a de um Chevy, mas a Blue Ribbon se prontificou a trocar a fera por minha TV e meu videocassete. Incluí o processador de alimentos e o microondas e eles pagaram o registro e as taxas.

Manobrei o Nova para sair do pátio e rumei direto para o escritório de Vinnie. Estacionei numa vaga na esquina da Hamilton com a Olden, tirei a chave da ignição e esperei o carro debater-se ruidosamente para desligar. Rezei uma breve prece para não ser vista por ninguém que conheço, abri a porta e percorri às pressas a curta distância até o escritório térreo cuja fachada dava para a rua. A placa azul e branca acima da porta dizia: "Companhia de Fiança Vincent Plum." Em letras pequenas, anunciava serviço vinte e quatro horas em âmbito nacional. Convenientemente localizada entre a tinturaria a seco Tender Loving Care e a Fiorello's Deli, Vincent Plum servia ao comércio de família – distúrbio doméstico, perturbação da ordem, roubo de automóveis, dirigir embriagado e furtos de loja. O escritório era pequeno e genérico, consistindo de dois aposentos revestidos de painéis de nogueira baratos nas paredes e, no chão, um carpete cor de ferrugem típico de estabelecimentos comerciais de quinta categoria. Um sofá moderno e forrado de vinil marrom ficava encostado numa parede da área da recepção, uma escrivaninha de metal preta e marrom com um telefone de múltiplas linhas e um terminal de computador ocupavam um canto afastado. Sentada atrás da escrivaninha, a secretária de Vinnie, cabeça curvada em concentração, examinava uma pilha de arquivos.

– Sim?

– Sou Stephanie Plum. Vim ver meu primo, Vinnie.

– Stephanie Plum! – Ela ergueu a cabeça. – Sou Connie Rosolli. Você foi colega de escola da minha irmã caçula, Tina. Oh, minha nossa, espero que não precise de uma fiança.

Eu finalmente a reconheci. Era uma versão mais velha de Tina. Mais grossa na cintura, mais gorda no rosto. Tinha montes de cabelos pretos rebeldes, uma imaculada pele cor de azeitona e uma covinha no lábio superior.

– A única coisa de que preciso é ganhar dinheiro – respondi.

– Soube que Vinnie precisa de um arquivista.

– Acabamos de preencher essa vaga e, cá entre nós, você não perdeu nada. Era um trabalho miserável. Pagava salário mínimo e você ia ter de passar o dia todo de joelhos cantando a canção do alfabeto. Meu palpite é que, se vai passar tanto tempo de joelhos, poderia encontrar uma coisa que pague melhor. Entende o que quero dizer?

– A última vez em que fiquei de joelhos foi dois anos atrás. Procurava uma lente de contato.

– Escute, se realmente precisa de um trabalho, por que você não pede a Vinnie pra fazer rastreamento de faltosos? Dá uma boa grana.

– Quanto?

– Dez por cento da fiança. – Connie retirou uma pasta da gaveta superior. – Recebemos este aqui ontem. A fiança foi estipulada em cem mil dólares e ele não compareceu a uma apresentação perante o tribunal. Se você conseguisse encontrar o cara e entregá-lo à delegacia, ganharia dez mil.

Pus a mão na escrivaninha para me firmar.

– Dez mil dólares pra encontrar um cara? Qual é o problema?
– Às vezes eles não querem ser encontrados e atiram na pessoa. Mas isso quase nunca acontece. – Connie folheou o arquivo. – O cara que entrou ontem é daqui. Morty Beyers começou a seguir a pista dele, por isso parte do trabalho preliminar já foi feito. Já tem fotos e tudo mais.
– O que aconteceu com Morty Beyers?
– Apendicite perfurada. Aconteceu às onze e meia da noite de ontem. Ele está no hospital St. Francis com um dreno enfiado no tronco e um tubo até o nariz.

Eu não queria desejar a Morty Beyers qualquer infortúnio, mas começava a ficar excitada com a perspectiva de continuar o trabalho dele. O dinheiro era tentador e o título da função tinha uma certa envergadura. Em contrapartida, capturar fugitivos parecia assustador e eu era uma covarde de carteirinha quando se tratava de arriscar partes do meu corpo.

– Meu palpite é que não seria difícil encontrar essa cara – disse Connie. – Você podia ir conversar com a mãe dele. E se isso ficar intimidante, você cai fora. Que tem a perder?

Apenas a vida.

– Não sei. Não gosto da parte do tiroteio.

– Provavelmente é como dirigir na auto-estrada. Provavelmente a gente se acostuma. Pra mim, morar em Nova Jersey já é um desafio, com todo o lixo tóxico, os caminhões de dezoito rodas e os esquizofrênicos armados. Quer dizer, que diferença faz mais um lunático disparar contra você?

Quase minha própria filosofia. E os dez mil eram bastante atraentes. Eu podia saldar as dívidas com meus credores e endireitar minha vida.

– Certo – concordei. – Eu topo.

– Precisa conversar com Vinnie primeiro. – Connie girou a cadeira em direção à porta do escritório do chefe. – Ei, Vinnie! – ela berrou. – Você tem negócios pra resolver aqui fora.

Ele tinha quarenta e cinco anos, um metro e setenta sem as palmilhas que costumava usar para parecer mais alto e o corpo magro e desossado de um furão. Usava sapatos de bico fino pontudos, gostava de mulheres de seios pontudos e rapazes de pele escura e dirigia um Cadillac Seville.

– A Steph quer fazer rastreamento de faltosos – disse Connie.
– De jeito nenhum. Perigoso demais – respondeu Vinnie.
– A maioria dos meus agentes trabalhava em segurança. E é preciso conhecer alguma coisa sobre a aplicação da lei.
– Posso aprender – retruquei.
– Aprenda primeiro. Depois volte.
– Eu preciso do trabalho agora.
– Isso não é problema meu.

Deduzi que estava na hora de endurecer.

– Vou fazer disso seu problema, Vinnie. Terei uma longa conversa com Lucille.

Lucille era a mulher dele e a única no Burgo que não sabia do vício de Vinnie em sexo pervertido. Ela mantinha os olhos firmemente fechados e não cabia a mim me intrometer e pedir que os abrisse. Claro, se ela *perguntasse*... seria um jogo inteiramente diferente.

– Você me chantagearia? Seu próprio primo?
– São tempos desesperados.

Ele virou-se para Connie.

– Dê a ela alguns casos civis. Material que envolva trabalho de telefone.
– Eu quero esse – reclamei, apontando o arquivo na escrivaninha de Connie. – Quero o de dez mil dólares.
– Esqueça. É um assassinato. Eu nunca devia ter pago a fiança, mas o cara era do Burgo e fiquei com pena da mãe dele. Confie em mim, você não precisa desse tipo de problema.
– Eu preciso do dinheiro, Vinnie. Me dê uma chance de fazer com que ele se apresente.

— Quando o inferno congelar — ele recusou. — Se eu não trouxer esse cara de volta, levo um cano de cem mil e fico no buraco. Não vou mandar uma amadora atrás dele.

Connie revirou os olhos para mim.

— Quem vê assim, pensa que ele está sem um vintém. O escritório é bancado por uma companhia de seguros. Isso não é nada demais.

— Então me dê uma semana, Vinnie — eu pedi. — Se eu não trouxer o cara em uma semana, pode entregar o caso pra outra pessoa.

— Eu não lhe daria nem meia hora.

Inspirei fundo, curvei-me para perto dele e sussurrei-lhe ao ouvido:

— Sei tudo sobre a Madame Zaretski e seus chicotes e correntes. Sei sobre os meninos. E sei sobre o pato.

Ele não disse nada. Apenas comprimiu os lábios até embranquecerem e eu vi que o vencera. Lucille vomitaria se soubesse o que ele fez com o pato. Depois contaria ao pai dela, Harry Martelo, e Harry cortaria o pau dele.

— A quem devo procurar? — perguntei a Vinnie.

Vinnie me entregou o arquivo.

— Joseph Morelli.

Meu coração deu um salto no peito. Eu sabia que Morelli andara envolvido num homicídio. Fora uma grande notícia no Burgo e os detalhes do tiroteio foram espalhados na primeira página do *Times* de Trenton. EX-POLICIAL ASSASSINA HOMEM DESARMADO. Isso ocorrera cerca de um mês atrás, e outros assuntos mais importantes (como o prêmio exato da loteria) haviam substituído o papo sobre Morelli. Na ausência de mais informação, eu imaginara que o tiroteio houvesse ocorrido no cumprimento do dever. Não percebera que Morelli fora acusado de assassinato.

A reação não passou despercebida a ele.

— Pela expressão do seu rosto, eu diria que você o conhece.

Fiz que sim com a cabeça.

– Vendi um *cannoli* a ele quando estava no Ensino Médio.

Connie grunhiu:

– Meu bem, metade das mulheres de Nova Jersey vendeu o *cannoli* pra ele.

DOIS

COMPREI UMA LATA DE REFRIGERANTE NO FIORELLO'S E A TOMEI enquanto me encaminhava para meu carro. Enfiei-me atrás do volante, abri os dois botões na minha camisa de seda vermelha e tirei a meia-calça, como uma concessão ao calor. Depois abri o dossiê de Morelli e examinei primeiro as fotos – instantâneos de quando fora fichado para os arquivos policiais, um nada lisonjeiro retrato dele vestindo uma jaqueta de couro marrom de piloto e calça jeans e outro em uma pose formal de camisa e gravata, obviamente recortada de uma publicação da polícia. Não mudara muito. Um pouco mais magro, talvez. Os ossos mais definidos no rosto. Algumas rugas nos olhos. Uma nova cicatriz, fina como papel, cortava a sobrancelha direita, fazendo a pálpebra inclinar-se muito de leve. O efeito era aflitivo. Ameaçador.

Morelli se aproveitara da minha ingenuidade não uma, mas duas vezes. Após a cena no chão da confeitaria, nunca me telefonara, nunca me enviara um cartão-postal, nunca se despedira de mim.

E o pior de tudo isso era que eu *queria* que me telefonasse. Mary Lou Molnar tinha razão sobre Joseph Morelli. Ele era irresistível.

Besteira, disse para mim mesma. Eu não vira o cara mais que três ou quatro vezes nos últimos onze anos e, todas as vezes, fora de certa distância. Morelli era parte da minha infância e meus sentimentos infantis por ele não tinham mais lugar no presente. Eu tinha um trabalho a fazer. Claro e simples. Não estava a fim de me vingar. Encontrar Morelli nada tinha a ver com vingança. Encontrá-lo tinha a ver com o dinheiro do aluguel. Tudo bem. Por isso, é que de repente me deu um nó no estômago.

De acordo com as informações no contrato de fiança, Morelli morava em um prédio próximo à Rodovia 1. Parecia um bom lugar para começar a procurar. Eu duvidava de que ele estivesse em casa, mas podia perguntar aos vizinhos e ver se ele vinha pegando a correspondência.

Larguei o arquivo e, relutante, espremi os pés de volta nos sapatos de saltos altos pretos. Girei a chave na ignição. Nenhuma resposta. Dei um golpe forte no painel com o punho fechado e soltei um grunhido de alívio quando o motor pegou.

Dez minutos depois, parei no estacionamento de Morelli. Os prédios eram de tijolo aparente, dois andares, simples, porém muito práticos. Cada prédio tinha duas áreas de ventilação que atravessavam os oito apartamentos, quatro em cima e quatro embaixo. Desliguei o motor e examinei os números dos apartamentos. Morelli ocupava um térreo nos fundos.

Fiquei ali sentada durante algum tempo, sentindo-me idiota e incapaz. E se ele estivesse em casa? Que diabos eu faria? Ameaçar contar à mãe dele se não viesse por bem? O homem fora acusado de assassinato. Tinha muita coisa em jogo. Eu não podia imaginá-lo me machucando, mas a possibilidade de passar por uma vergonha mortal era extremamente alta. Não que eu algum dia tenha deixado uma pequena vergonha me impedir de avançar cegamente em qualquer projeto absurdo... como meu malfadado casamento com Dickie Orr, o cocô de cavalo. A lembrança me provocou uma careta involuntária. É difícil acreditar que me casei de fato com um homem chamado Dickie, mais conhecido como bimbinha.

Tudo bem, pensei, esqueça Dickie. Este é o plano Morelli. Inspecionar a caixa de correspondência e depois o apartamento. Se eu tivesse sorte (ou azar, dependendo de como se olhe para isso) e ele abrisse a porta, eu ia contar uma mentira deslavada e me mandar. Depois, chamaria a polícia e deixaria que fizessem a parte física.

Percorri a entrada e diligentemente olhei a série de caixas postais embutidas na parede de tijolos. Todas cheias de envelopes, a de Morelli mais abarrotada que a maioria. Atravessei a área de ventilação e bati na porta dele. Nenhuma resposta. Grande surpresa. Bati mais uma vez e esperei. Nada. Contornei o prédio até os fundos e contei as janelas. Quatro até o dele e quatro até o apartamento atrás do dele. As de Morelli tinham as persianas abaixadas, mas cheguei perto e espiei para dentro mesmo assim, tentando ver entre a beira da persiana e a parede interior. Se as persianas de repente subissem e alguém pusesse a cara para fora, eu faria xixi ali mesmo. Por sorte as persianas não subiram e, por falta de sorte, não consegui ver nada além delas. Voltei para a área de ventilação e tentei os três apartamentos restantes. Em dois, não obtive respostas. O terceiro era ocupado por uma senhora idosa que morava ali havia seis anos e nunca vira Morelli. Beco sem saída.

Voltei para o carro e fiquei ali sentada pensando no que fazer em seguida. Não se via qualquer atividade no terreno – televisões estrondando por janelas abertas, crianças passeando de bicicleta, cachorros fazendo porcaria no gramado. Não era o tipo de lugar que atraía famílias, pensei. Nem em que os vizinhos se conheciam.

Um carro esporte entrou no estacionamento e passou chispando por mim, estacionando num dos espaços à frente. O motorista ficou sentado ao volante por algum tempo e eu me perguntei se estava ali a serviço. Como não tinha nada melhor a fazer, esperei para ver o que ia acontecer. Após cinco minutos, a porta do motorista se abriu, um homem saltou e se encaminhou para a área de ventilação junto ao apartamento de Morelli. Não acreditei no que via. O cara era o primo de Joe, Bicão Morelli. Sem dúvida, ele tinha um nome verdadeiro, mas não consegui lembrar qual. Desde que o conhecia, era Bicão. Morava numa rua depois da do hospital St. Francis quando menino. Estava sempre com Joe. Cruzei os dedos e esperei que o velho Bicão fosse pegar alguma coisa que Joe deixara com um vizinho. Ou talvez estivesse naquele mesmo momento forçando uma janela com um pé-de-cabra para entrar no apartamento do primo. Eu me aquecia com a idéia de Bicão arrombando a janela e entrando, quando ele surgiu de trás do prédio, chave na mão, e entrou pela porta da frente de Joe.

Fiquei à espreita e, dez minutos depois, Bicão reapareceu trazendo uma mochila preta, entrou no carro e partiu. Esperei o deixar o estacionamento, depois saí atrás dele. Fiquei a dois carros de distância, dirigindo com os nós dos dedos brancos e o coração quase explodindo no peito, atordoada com a promessa de dez mil dólares.

Segui-o até a rua State e vi quando tomou uma entrada de automóveis particular. Contornei a quadra e estacionei várias casas adiante. Tempos atrás, aquela área fora um bairro elegante, com imensas casas de pedra e gramados grandes e bem cuidados. Nos anos sessenta, quando a especulação imobiliária era uma atividade popular entre os profissionais liberais, um dos proprietários de imóveis da rua State vendeu uma das casas para uma família negra e, no decorrer de cinco anos, toda a população branca entrou em pânico e deu o fora. As famílias mais pobres se mudaram para ali, as casas se deterioraram e foram subdivididas, os jardins abandonados e as janelas tapadas com tábuas. Mas, como sempre ocorre com uma localização desejável, o bairro achava-se agora em processo de revitalização.

Bicão saiu da casa após alguns minutos, sozinho e sem a mochila. Minha nossa! Uma pista. Quais as chances de Joe Morelli estar na casa com a mochila no colo? Decidi que eram de razoáveis a medianas. Na certa, valia uma conferida. Agora eu tinha duas opções. Podia chamar imediatamente a polícia ou ir investigar sozinha. Se chamasse a polícia e Morelli não estivesse lá, ia parecer uma idiota e a polícia talvez não ficasse muito ansiosa por sair e me ajudar na segunda vez em que eu precisasse. Por outro lado, na verdade, não queria investigar sozinha. Não era uma boa atitude para alguém que recentemente aceitara um trabalho como perseguidora de fugitivo, mas era isso aí.

Vigiei a casa por um longo tempo, na esperança de que Morelli saísse despreocupado e eu não tivesse de entrar preocupada. Verifiquei as horas no relógio de pulso e pensei em comida. Até então, tudo o que ingerira fora uma garrafa de cerveja como café-da-manhã. Tornei a olhar para a casa. Se resolvesse logo isso, podia ir até os arcos dourados e desperdiçar as moedas soltas no fundo de minha pasta num hambúrguer. Motivação.

Aspirei um pouco de ar, abri a porta com um empurrão e me obriguei a sair do carro. Apenas aja, pensei. Não faça um bicho-de-sete-cabeças de uma coisa simples. Ele talvez nem esteja aí.

Segui a passos largos pela calçada, convencendo-me enquanto andava. Cheguei à casa e entrei sem vacilar. As caixas de correspondência no vestíbulo indicavam que eram oito apartamentos. Todas as portas se abriam para uma escadaria comum. Todas as caixas de correspondência tinham nomes afixados, com exceção do apartamento 201. Nenhum dos nomes era Morelli.

Por falta de plano melhor, decidi tentar a porta misteriosa. A adrenalina tropeçou na minha circulação sangüínea quando me virei para a escada. Ao chegar ao patamar do segundo andar, meu coração martelava. Estágio medo, disse a mim mesma. Perfeitamente normal. Inspirei fundo duas vezes e, sem a ajuda do cérebro, consegui me motorizar até a porta correta. Uma mão batia na porta. Mãe do céu, era a minha.

Percebi um movimento atrás da porta. Tinha alguém lá dentro, me observando pelo olho mágico. Morelli? Com certeza. O ar grudou-se nos meus pulmões e meu pulso latejou dolorosamente na garganta. Por que eu fazia aquilo? Era uma compradora de lingerie barata. Que sabia sobre agarrar assassino?

Não pense nele como um assassino, raciocinei. Pense como um machão babaca. Pense nele como o homem que a desencaminhou e depois escreveu os detalhes na parede do banheiro dos homens na Mario's Sub Shop. Mordi o lábio e enviei um sorriso troncho de esperança e insegurança à pessoa atrás do olho mágico, dizendo a mim mesma que nenhum machão babaca podia cogitar a possibilidade de não contribuir com aquela idiotinha tão sincera.

Passou-se outro momento e quase o ouvi praguejar em silêncio, debatendo a sensatez de abrir a porta. Fiz um aceno com o dedo mindinho ao olho mágico. Um gesto experimental, não ameaçador. Dizia-lhe que eu era tão inofensiva quanto uma pluma e sabia que ele estava ali. O ferrolho deslizou para trás, a porta se escancarou e eu me vi cara a cara com Morelli.

A postura dele era passivo-agressiva, a voz entremeada de impaciência.

– Que é?

Era mais robusto do que eu lembrava. Mais irado. Os olhos mais distantes, a linha da boca mais cínica. Eu fora procurar um rapaz que talvez houvesse assassinado por paixão. Desconfiei de que o homem parado diante de mim matasse com profissional distanciamento.

Levei um momento para firmar a voz e formular a mentira.

– Estou procurando Joe Juniak.

– Veio ao apartamento errado. Não há nenhum Juniak aqui.

Fingi confusão. Forcei um sorriso.

– Como?

Recuei um passo e já ia descer a escada como um raio, quando Morelli deu sinal de me reconhecer.

— Meu Deus! – exclamou. – Stephanie Plum?

Eu conhecia bem o tom da voz e o sentimento por trás dela. Meu pai usava aquele mesmo tom quando pegava o cachorro do Smullens erguendo a perna sobre suas hortênsias. Por mim, ótimo, disse a mim mesma. Deixar claro desde o início que nenhum dos dois morria de amor um pelo outro. Isso tornava meu trabalho mais fácil.

— Joseph Morelli – eu disse. – Que surpresa.

A expressão se fechou.

— É. Quase tão surpreendente como quando você me atropelou com o carro do seu pai.

No interesse de evitar confronto, senti-me obrigada a explicar, mas não precisava fazer isso de maneira convincente.

— Foi um acidente. Meu pé escorregou.

— Não foi acidente nenhum. Você saltou o maldito meio-fio e me perseguiu na calçada. Podia ter-me matado. – Inclinou-se para além do patamar da porta e examinou o comprimento do corredor. – Então, que está realmente fazendo aqui? Leu sobre mim nos jornais e decidiu que minha vida já não estava fodida o bastante?

Meu plano se evaporou numa onda de vexame.

— Eu não podia me importar menos com a porra da sua vida – rebati, furiosa. – Trabalho pro meu primo Vinnie. Você está violando o acordo de fiança.

Boa investida, Stephanie. Controle maravilhoso.

Ele riu.

— Vinnie mandou *você* me levar até a delegacia?

— Acha isso engraçado?

— Acho. E ainda digo mais, hoje em dia gosto mesmo de uma boa piada, porque ultimamente não tenho tido muito do que rir.

Eu entendia esse ponto de vista. Se me visse diante de uma perspectiva de vinte anos a prisão perpétua, também não andaria rindo por aí.

– Precisamos conversar.
– Só se for rápido. Estou com pressa.
Imaginei que tinha cerca de quarenta segundos para convencê-lo a se entregar. Pegue logo pesado, pensei. Apele para a culpa familiar.
– E sua mãe?
– Que tem ela?
– Ela assinou o acordo de fiança. Vai ter de desembolsar cem mil dólares. Terá de hipotecar a casa. E o que as pessoas vão dizer, que o Joe, filho dela, foi covarde demais para suportar um julgamento?
Os contornos do rosto dele se endureceram.
– Está perdendo seu tempo. Não tenho a menor intenção de voltar para a custódia. Eles vão me trancar e jogar a chave fora e, enquanto isso, eu me candidato a uma excelente chance de ser morto. Você sabe o que acontece com os policiais na prisão. Não é nada bonito. E, se quiser saber mais da feia verdade, você seria a última pessoa que eu deixaria pegar o dinheiro da recompensa. Você é uma lunática. Me atropelou com a porra daquele Buick.

Eu vinha dizendo a mim mesma que não dava a mínima para Morelli e sua opinião a meu respeito, mas, com toda franqueza, a animosidade dele machucava. Em meu íntimo, queria que ele tivesse conservado um sentimento de carinho por mim. Queria lhe perguntar por que nunca me ligara nem uma vez depois que me seduzira na confeitaria. Em vez disso, berrei com ele.

– Você merecia ser atropelado da cabeça aos pés. E, além disso, eu mal bati em você. O único motivo de você ter quebrado a perna foi que entrou em pânico e tropeçou nos próprios pés.

– Você teve sorte de eu não ter te processado.

– Você teve sorte de eu não ter engrenado uma marcha à ré e passado três ou quatro vezes por cima de seus ossos.

Morelli revirou os olhos e lançou as mãos para o ar.

– Eu preciso ir. Adoraria ficar aqui e tentar entender a lógica feminina.

– Lógica feminina? Como assim?

Ele se afastou da porta, enfiou-se num paletó esportivo leve e pegou a mochila de náilon preto do chão.

– Preciso dar o fora daqui.

– Pra onde está indo?

Ele me cutucou para eu sair da frente, enfiou uma horrível arma preta embaixo do cós da calça Levis, trancou a porta e guardou a chave no bolso.

– Não é da sua conta.

– Escute – pedi, seguindo-o escada abaixo. – Eu posso ser nova nesse negócio de captura, mas não sou idiota nem sou de desistir fácil. Eu disse a Vinnie que vou levar você e isso é exatamente o que pretendo fazer. Pode fugir se quiser, mas vou seguir sua pista e encontrá-lo e farei tudo que for necessário para prendê-lo.

Que monte de papo furado! Eu não acreditava que havia dito tantos absurdos. Tivera a sorte de encontrá-lo logo na primeira vez e o único meio de chegar a prendê-lo agora era se o encontrasse inesperadamente já amarrado, amordaçado e caído inconsciente. Mesmo assim, não tinha certeza de até onde ia conseguir arrastá-lo.

Ele saiu por uma porta nos fundos e dirigiu-se para um carro último modelo estacionado perto do prédio.

– Não se dê o trabalho de tentar me localizar pela placa – disse. – O carro é emprestado. Vou ter um diferente daqui a uma hora. E não desperdice energia me seguindo. Eu me safo de você. Garanto.

Jogou a mochila no banco da frente, começou a curvar-se para entrar no carro e interrompeu-se. Virou-se e endireitou o corpo, enganchou o cotovelo sobre o batente da porta e, pela primeira vez desde que apareci na porta do seu apartamento, me olhou de verdade. A primeira onda de emoção irada desaparecera e, em seu lugar, notei uma muda avaliação. Aquele era o policial, pensei. O Morelli que eu não conhecia. O Morelli adulto, se é que existia tal animal. Ou talvez fosse apenas o antigo Morelli, olhando de um novo ângulo.

– Gosto do modo como você deixou os cabelos ficarem ondulados – ele acabou dizendo. – Combina com sua personalidade. Muita energia, sem muito controle, sensual pra burro.

– Você não sabe nada sobre minha personalidade.

– Eu sei sobre a parte sensual pra burro.

Senti o rosto arder.

– Que falta de tato me lembrar disso.

Ele riu.

– Tem razão. E talvez você também estivesse certa sobre a história do Buick. Eu na certa mereci ser atropelado.

– Isso foi um pedido de desculpa?

– Não. Mas você pode segurar a lanterna da próxima vez em que a gente brincar de trenzinho.

Era quase uma da tarde quando retornei ao escritório de Vinnie. Sentei-me curvada numa cadeira perto da escrivaninha de Connie e inclinei a cabeça, para aproveitar o máximo do aparelho de ar-condicionado.

– Andou fazendo *jogging*? – ela perguntou. – Não vejo tanto suor desde Nixon.

– Meu carro não tem ar.

– Dureza. Como está se saindo com Morelli? Conseguiu alguma pista?

– Por isso estou aqui. Preciso de ajuda. Esse negócio de captura não é tão fácil quanto parece. Preciso conversar com alguém que seja perito nesse trabalho.

– Eu conheço o cara perfeito. Ranger. O nome completo é Ricardo Carlos Manoso. Cubano-americano de segunda geração. Era das Forças Especiais. Trabalha para Vinnie agora. Faz capturas com que os outros agentes apenas sonham. Fica meio criativo às vezes, mas e daí, é isso que acontece com os gênios, certo?

– Criativo?
– Não joga segundo as regras.
– Oh.
– Como Clint Eastwood naquele filme, *Dirty Harry* – ela explicou. – Você não tem nenhum problema com Clint Eastwood, tem?

Teclou um número no discador de ligação rápida, conectou-se com o pager de Ranger e deixou-lhe uma mensagem para que retornasse.

– Não se preocupe – disse, sorridente. – Esse cara vai dizer tudo que você precisa saber.

Uma hora depois, eu me sentava defronte de Ranger Manoso num café no centro. Ele tinha os cabelos pretos lustrosos presos num rabo-de-cavalo. Os bíceps pareciam haver sido esculpidos em granito e polidos com verniz extra-brilho. Tinha mais de um metro e oitenta, o pescoço musculoso e um corpo não-se-meta-comigo. Incluí-o na faixa dos vinte e tantos anos.

Ele se recostou e riu.

– Então, Connie disse que eu devo transformá-la numa agente de captura de fugitivos. E que você precisa do curso relâmpago. Por que a pressa?

– Está vendo aquele Nova marrom no meio-fio?

Ele virou os olhos para a janela da frente.

– Ã-hã.

– É meu carro.

Ele fez um movimento quase imperceptível com a cabeça.

– Então precisa de dinheiro. Mais alguma coisa?

– Razões pessoais.

– A aplicação da lei é um negócio perigoso. É melhor que essas razões pessoais sejam boas pra caralho.

– Quais as suas razões pra fazer isso?

Ele fez um gesto com as palmas erguidas.

– É o que eu faço melhor.

Boa resposta, pensei. Mais eloqüente que a minha.

– Talvez algum dia eu também me torne boa nisso. No momento, meu motivo é emprego fixo.
– Vinnie te deu um fugitivo da justiça?
– Joseph Morelli.

Ele inclinou a cabeça para trás e riu e o som ricocheteou nas paredes da pequena lanchonete.

– Ah, cara! Está me gozando? Você não vai conseguir pegar aquele sujeito. Não se trata de nenhum delinqüentezinho de rua de quem você precisa ficar na cola. Esse cara é esperto. E bom. Sabe o que quero dizer?

– Connie disse que *você* é bom.

– Uma coisa sou eu e outra, você, e jamais será tão boa quanto eu, gatinha.

Nos melhores dias, eu já precisava de altas doses de paciência e aquele não era nem de longe um dos meus melhores dias.

– Deixe eu lhe explicar com mais clareza minha posição – eu disse, curvando-me para a frente. – Estou desempregada. Meu carro foi confiscado, minha geladeira está vazia, vou ser chutada pra fora do meu apartamento e meus pés não se encaixam nestes sapatos. Não tenho muita energia sobrando pra gastar com confraternização. Vai me ajudar ou não?

Manoso riu.

– Isso vai ser divertido. Vai ser igual ao professor Higgins e Eliza Doolittle numa *My Fair Lady* de Trenton.

– Como devo chamar você? – perguntei.

– Pelo meu nome de rua. Ranger.

Estendeu a mão até o outro lado da mesa e pegou a papelada que eu trouxera. Correu os olhos pelo acordo de fiança.

– Já fez alguma coisa nesse caso? Verificou o apartamento dele?

– Ele não estava lá, mas tive sorte e o encontrei num apartamento na rua State. Cheguei lá bem na hora em que ele ia saindo.

– E?

– Ele saiu.

— Merda — disse Ranger. — Alguém lhe disse que você devia detê-lo?

— Pedi que viesse à delegacia de polícia comigo, mas ele disse que não queria.

Outra risada latida.

— Por acaso você tem uma arma?

— Acha que devo comprar uma?

— Talvez seja uma boa idéia — ele respondeu, ainda rindo. Terminou de ler o acordo de fiança. — Morelli liquidou um cara chamado Ziggy Kulesza. Usou seu trabuco pessoal e pôs uma .45 com projéteis hidrochoque entre os olhos de Ziggy à queima-roupa. — Ergueu os olhos para mim. — Você sabe alguma coisa sobre armas?

— Sei que não gosto delas.

— Uma .45 com balas hidrochoque funciona macia e perfeita, mas quando dispara faz um buraco do tamanho de uma batata. Você acaba com os miolos espalhados pra tudo que é lado. A cabeça de Ziggy na certa explodiu como um ovo num forno de microondas.

— Nossa, que bom que me contou isso.

O sorriso dele iluminou o lugar.

— Imaginei que ia querer saber. — Ele se recostou na cadeira e cruzou os braços no peito. — Sabe alguma coisa do histórico deste caso?

— Segundo as matérias de jornal e os recortes que Morty Beyers juntou ao acordo de fiança, o tiroteio ocorreu tarde da noite, há pouco mais de um mês, num prédio de apartamentos em Shaw. Morelli estava de folga e tinha ido visitar Carmen Sanchez. Afirmou que Carmen tinha telefonado a respeito de um assunto policial que ele resolvera e, quando chegou ao apartamento dela, Ziggy Kulesza atendeu à porta e o arrastou para dentro. Morelli declarou que atirou em Ziggy em legítima defesa.

"Os vizinhos de Carmen contaram outra história. Vários deles correram para o corredor ao ouvir os tiros e encontraram

Morelli de pé ao lado de Kulesza com uma arma fumegando. Um dos moradores o dominou até a polícia chegar. Nenhum dos inquilinos conseguiu se lembrar de ter visto uma arma na mão de Ziggy e a investigação imediata não revelou prova alguma de que ele estava armado.

"Morelli tinha posto um segundo homem no apartamento de Carmen na hora do tiroteio e três dos inquilinos lembraram que viram um rosto desconhecido, mas parece que o homem desapareceu antes de a polícia chegar ao local do crime."

– E quanto a Carmen? – perguntou Ranger.

– Ninguém se lembrava de tê-la visto. A última matéria foi escrita uma semana depois do tiroteio e, desde essa data, Carmen ainda não tinha dado as caras.

Ranger fez que sim com a cabeça.

– Sabe mais alguma coisa?

– Só isso.

– O cara que Morelli baleou trabalhava para Benito Ramírez. O nome lhe diz alguma coisa?

– Ramírez é um pugilista.

– Mais que um pugilista. É uma porra de um prodígio. Peso-pesado. A maior coisa que já aconteceu em Trenton desde que George eliminou os soldados mercenários na guerra revolucionária. Treina num ginásio na rua Stark. Ziggy se grudava em Ramírez como feijão em arroz. Às vezes Ziggy participava de algumas lutas. Mas quase sempre Ramírez o mantinha como mensageiro e guarda-costas.

– Circula alguma conversa na rua sobre por que Morelli atirou em Kulesza?

Ranger lançou-me um olhar demorado.

– Nenhuma. Mas ele deve ter tido um bom motivo. É um cara de sangue-frio e, se um policial quiser dar um tiro em alguém, sempre encontra um jeitinho.

– Mesmo policiais de sangue-frio cometem enganos.

— Não como este, querida. Morelli, não.
— Então o que está me dizendo?
— Estou lhe dizendo para tomar cuidado.

De repente, tive uma sensação de náusea no estômago. Aquilo não era apenas mais uma aventura escorregadia em que eu embarcava para ganhar um dinheiro rápido. Pegar Morelli ia ser difícil. E levá-lo de volta ao tribunal ia ser mesquinho. Embora não fosse minha pessoa preferida, eu não o odiava o bastante para querer vê-lo passar o resto da vida na prisão.

— Ainda quer continuar na cola dele? — perguntou Ranger.

Fiquei calada.

— Se não quiser, outra pessoa vai querer — disse ele. — Isso é uma coisa que a gente tem de aprender. E não cabe a você fazer qualquer julgamento. Faça apenas seu trabalho e traga o cara. Precisa confiar no sistema.

— Você confia?

— Acaba com a anarquia.

— Tem muito dinheiro envolvido nisso. Se você é tão bom, por que Vinnie não lhe deu Morelli? Por que deu primeiro a Morty Beyers?

— Vinnie age de modos misteriosos.

— Mais alguma coisa que eu deva saber sobre Morelli?

— Se quiser o dinheiro, é melhor encontrar seu homem rápido. Circula um rumor de que o sistema judicial é o menor dos problemas dele.

— Está me dizendo que tem gente querendo matá-lo?

Ranger fez um gesto de arma com a mão.

— Bangue.

— Tem certeza desse rumor?

Ele encolheu os ombros.

— Apenas repito o que ouvi.

— A coisa está engrossando.

— Como eu disse antes, você não tem nada a ver com isso. Seu trabalho é simples. Encontre o homem e o leve até o tribunal.

– Acha que eu posso fazer isso?
– Não.
Se ele tentava me desencorajar, era a resposta errada.
– Vai me ajudar mesmo assim?
– Desde que você não diga a ninguém. Eu não gostaria de manchar minha imagem dando uma de bonzinho.
Fiz que sim com a cabeça.
– Tudo bem, por onde começo?
– A primeira coisa que precisamos fazer é equipar você. E, enquanto juntamos suas ferramentas, vou lhe falar sobre a lei.
– Isso não vai sair caro, vai?
– Meu tempo e conhecimento lhe serão transmitidos isentos de cobrança porque eu gosto de você, e sempre quis ser o professor Higgins, mas as algemas custam quarenta dólares o par. Tem cartão de crédito?

Eu estava sem. Empenhara minhas poucas jóias boas e vendera o sofá-cama da sala de estar a um dos vizinhos para pagar os juros e as multas do meu cartão. Meus principais eletrodomésticos haviam ido para o Nova. Restou apenas um pequeno pé-de-meia para emergências, em que firmemente me recusava a tocar. Vinha poupando o dinheiro para usar numa reconstrução ortopédica, depois que os cobradores quebrassem meus joelhos.

Ora, droga, provavelmente não chegava nem a ser dinheiro suficiente para novos joelhos, de qualquer modo.
– Tenho alguns dólares guardados – respondi.

Larguei minha nova e imensa bolsa de couro preto no chão perto da minha cadeira e me sentei à mesa de jantar. Meus pais e a vovó Mazur, já sentados, esperavam para saber como correra tudo com Vinnie.
– Você está doze minutos atrasada – reclamou minha mãe.
– Fiquei prestando atenção às sirenes. Você não se meteu em nenhum acidente, se meteu?

– Eu estava trabalhando.
– Já? – Ela se virou para meu pai. – É o primeiro dia de trabalho e seu primo a obriga a fazer serão. Você devia falar com ele, Frank.
– Não é assim – expliquei. – Meus horários são flexíveis.
– Seu pai trabalhou no correio durante trinta anos e nunca, sequer uma vez, chegou tarde em casa para jantar.
Deixei escapar um suspiro antes de poder reprimi-lo.
– Então a que se deve esse suspiro? – perguntou minha mãe.
– E essa bolsa nova. Quando comprou?
– Hoje. Preciso carregar algumas coisas comigo para o trabalho. Precisei comprar uma bolsa maior.
– Que coisas você precisa carregar? Achei que ia cuidar dos arquivos.
– Não peguei esse trabalho. Consegui outro.
– Que outro?
Despejei ketchup no bolo de carne e mal contive um segundo suspiro.
– Agente de captura – respondi. – Agora trabalho como agente de captura.
– Agente de captura – repetiu minha mãe. – Frank, sabe o que é agente de captura?
– Sei – ele disse. – Caçador de recompensas.
Minha mãe deu um tapa na testa e revirou os olhos.
– Stephanie, Stephanie, Stephanie, onde está com a cabeça? Isso não é trabalho pra uma jovem senhora bem-educada.
– É um trabalho legítimo, respeitável – contestei. – É como ser policial ou investigador particular.
Nenhum dos quais eu jamais considerara especialmente respeitável.
– Mas você não sabe nada sobre isso.
– É simples – expliquei. – Vinnie me dá um DDC e depois eu o procuro e o escolto de volta a uma delegacia de polícia.

– O que é um DDC? – quis saber minha mãe.
– É uma pessoa que Deixou De Comparecer.
– Talvez eu pudesse ser caçadora de recompensas – disse vovó Mazur. – Podia ganhar algum dinheiro pras despesas. Podia ir atrás desses DDC com você.
– Pai do céu – reagiu meu pai.
Minha mãe ignorou-os.
– Você devia aprender a fazer capas de sofá – ela sugeriu.
– Sempre há demanda para capas de sofá. – Olhou para meu pai.
– Frank, você não acha que ela devia aprender a fazer capas de sofá? Não é uma boa idéia?
Senti os músculos tensos ao longo da espinha e fiz um esforço para me relaxar. Anime-se, disse a mim mesma. Era uma boa prática para a manhã do dia seguinte, quando pretendia visitar a mãe de Morelli.

Na ordem do Burgo, a mãe de Joseph Morelli fazia a minha parecer uma dona-de-casa de segunda categoria. A minha não era relaxada, mas, pelos padrões do Burgo, a sra. Morelli era uma dona-de-casa de heróicas proporções. O próprio Deus não conseguiria janelas mais limpas, roupas mais brancas ou fazer um melhor *ziti* que a sra. Morelli. Nunca faltava à missa, vendia produtos da Amway nas horas livres e me deixava morta de medo com seus penetrantes olhos pretos. Eu não achei que a sra. Morelli tinha chance de informar sobre o filho caçula, mas, de qualquer modo, a incluí na minha lista de interrogatórios. Não vou deixar pedra sobre pedra.
O pai de Joe poderia ter sido comprado por cinco paus e umas latas de cerveja, mas já morrera.
Eu optara por uma imagem profissional naquela manhã, vestindo um terninho de linho bege, com meia-calça, saltos altos e brincos de pérola de bom gosto. Estacionei no meio-fio, subi os degraus da varanda e bati na porta da frente dos Morelli.

– Ora – disse Mamma Morelli, parada atrás da tela e olhando-me com um grau de censura geralmente reservado a ateus e vagabundos –, veja quem está aqui na minha varanda, bela e faceira... A mocinha caçadora de recompensas. Eu soube tudo sobre você e seu novo emprego e não tenho nada a lhe dizer.
– Eu preciso encontrar Joe, sra. Morelli. Ele deixou de comparecer ao tribunal.
– Tenho certeza de que foi por um bom motivo.
Sim. Tipo culpado como o diabo.
– Eu lhe digo, vou deixar meu cartão, por vias das dúvidas. Mandei fazer ontem.
Escavei a grande bolsa preta, encontrei as algemas, o laquê, a lanterna, a escova de cabelos – mas nada de cartão. Inclinei a bolsa para olhar e minha arma caiu no carpete verde que se estendia desde o piso externo ao interno.
– Uma arma – disse a sra. Morelli. – Pra onde vai este mundo? Sua mãe sabe que você anda com uma arma? Vou contar a ela. Vou telefonar e contar agora mesmo.
Disparou-me um olhar de absoluta repugnância e bateu a porta na minha cara.
Eu tinha trinta anos e a sra. Morelli ia me denunciar. Só no Burgo mesmo. Peguei a arma, joguei-a de volta na bolsa e encontrei os cartões. Enfiei um entre a tela e a moldura. Depois segui de carro pela curta distância de volta até a casa dos meus pais e usei o telefone deles para falar com meu primo Francie, que sabia tudo sobre todo mundo.
Ele já se mandou há muito tempo, dissera Francie. É um cara esperto e, na certa, a essa altura deve estar usando um bigode postiço. Era policial. Tem contatos. Sabe como conseguir um novo número de seguridade social e recomeçar a vida bem longe. Desista, aconselhara-me. Você nunca vai encontrá-lo.
A intuição e o desespero me diziam o contrário, por isso liguei para Eddie Gazarra, um policial de Trenton que fora um

dos meus melhores amigos desde o dia em que nasci. Não apenas um bom amigo, mas também casado com minha prima, Shirley, a Chorona. Por que Gazarra se casara com Shirley estava além da minha compreensão, mas já eram casados fazia onze anos, por isso imagino que alguma coisa funcionava entre os dois.

Não me dei o trabalho de uma conversa social preliminar quando falei com Gazarra. Fui direto ao ponto, falei do meu trabalho com Vinnie e perguntei o que ele sabia sobre o tiroteio de Morelli.

– Sei que não é nada em que você precisa se envolver – disse Gazarra. – Quer trabalhar pra Vinnie? Ótimo. Faça com que lhe dê algum outro caso.

– Tarde demais. Já estou nesse.

– Esse caso fede. De verdade.

– Tudo em Nova Jersey fede. É uma das poucas coisas com que a gente pode contar

Gazarra baixou a voz.

– Quando um policial é acusado de assassinato, é merda séria. Todo mundo fica sensível. E esse assassinato foi especialmente feio porque os indícios físicos se revelaram fortes contra Morelli. Ele foi detido no local do crime com a pistola ainda quente na mão. Alegou que Ziggy estava armado, mas não se encontrou a arma, nem bala alguma descarregada na parede oposta ou no teto, nem resíduo de pólvora na mão ou na camisa de Ziggy. O grande júri não teve outra opção senão indiciar Morelli. E depois, como se tudo já não estivesse ruim o suficiente... Morelli virou um Deixou De Comparecer. Isso, além de deixar uma mancha negra no departamento, é embaraçoso pra caralho. É só ouvir o nome de Morelli nos corredores e todo mundo de repente lembra que tem de fazer alguma coisa. Ninguém vai ficar muito satisfeito em saber que você anda metendo o bedelho neste caso. Siga Morelli e você vai acabar balançando num galho quebrado bem acima do chão, sozinha.

— Se eu fizer com que ele se entregue, ganho dez mil dólares.
— Compre bilhetes de loteria. As chances serão melhores.
— Pelo que entendi, Morelli saiu pra ver Carmen Sanchez, mas ela não estava lá quando ele chegou.
— Não apenas não estava no local do crime, como desapareceu da face da Terra.
— Ainda?
— Ainda. E não pense que não a procuramos.
— E o cara que Morelli diz que estava no apartamento com Ziggy. A testemunha misteriosa?
— Desapareceu.
Senti o nariz enrugar de descrença.
— Você acha isso estranho?
— Acho que é pior que estranho.
— Talvez Morelli tenha dado azar.
Senti Gazarra suspirar pela linha telefônica.
— Tudo que sei é que minha intuição de policial me diz que alguma coisa não se encaixa.
— Acha que Morelli vai ingressar na Legião Estrangeira?
— Acho que vai continuar por aí e trabalhar pra melhorar suas chances de longevidade... ou morrer tentando.
Fiquei aliviada por ouvir minha opinião reforçada.
— Tem alguma sugestão?
— Nenhuma que você queira ouvir.
— Por favor, Eddie. Preciso de ajuda.
Outro suspiro.
— Você não vai encontrar ele escondido com um parente ou um amigo. É mais esperto. A única coisa que me ocorre é procurar Carmen Sanchez e o cara que Morelli disse que estava no apartamento com Ziggy. Se eu fosse Morelli, ia querer pegar essas duas pessoas desaparecidas para provar minha inocência ou me certificar de que elas não iam poder provar que sou culpado. Não tenho pista alguma de como você pode fazer isso. A

gente não consegue encontrá-los e as chances são de que você também não consiga.

Agradeci a Gazarra e desliguei. Procurar as testemunhas parecia uma boa idéia. Eu não me importava necessariamente com o fato de ser uma missão impossível. O que me importava era que, se começasse a ir atrás de pistas sobre Carmen Sanchez, poderia estar trilhando o curso de ação de Morelli e talvez nossos caminhos mais uma vez se cruzassem.

Por onde começar? Pelo prédio de apartamentos de Carmen. Eu podia conversar com os vizinhos, talvez conseguir alguma informação sobre os amigos e a família dela. Que mais? Falar com o pugilista Benito Ramírez. Se Ramírez e Ziggy eram tão íntimos assim, talvez Ramírez conhecesse Carmen Sanchez. Talvez até tivesse algumas idéias sobre as testemunhas perdidas.

Peguei uma lata de refrigerante da geladeira e uma caixa de figos Newton da despensa, decidindo falar com Ramírez primeiro.

TRÊS

A RUA STARK COMEÇAVA PERTO DO RIO, LOGO AO NORTE DO PRÉDIO da Assembléia Legislativa estadual, e corria na direção nordeste. Entulhada de pequenas lojas, bares, bocas de fumo onde se podia comprar *crack* e fileiras de casas sem graça e idênticas de três andares, a rua se estendia por quase dois quilômetros. A maioria das casas fora transformada em apartamentos ou quartos de aluguel. Poucas tinham ar-condicionado. Todas eram superlotadas. Quando fazia calor, os moradores afluíam para as pequenas varandas e esquinas, à procura de ar e movimento. Às dez e meia da manhã, a rua continuava relativamente tranqüila.

Não vi a academia na primeira vez em que a percorri, reconferi o endereço da página que arrancara do meu livrinho de telefones e voltei a procurar, dirigindo devagar, prestando atenção aos números das casas. Localizei um letreiro que informava: "Academia da rua Stark", profissionalmente escrito em preto no visor de uma porta. Não era grande coisa como anúncio, mas também imaginei que eles não deviam precisar de muita publicidade. Não competiam exatamente com o Spa Lady, do outro lado da rua. Foi necessário dirigir por mais dois quarteirões até que eu achasse uma vaga para estacionar o carro.

Tranquei o Nova, pendurei a grande bolsa preta no ombro e parti. Esqueci o fiasco com a sra. Morelli e me sentia a garota mais esperta do mundo com o terninho e os saltos altos que usava e portando as ferramentas de caçadora de recompensas. Por mais embaraçoso que fosse admitir, começava a curtir o papel, achando que não havia nada como portar um par de algemas para dar algum molejo ao andar de uma mulher.

A academia ficava no meio do quarteirão, depois de uma oficina de lanternagem, a A & K Auto Body. As portas de loureiro da oficina estavam abertas e assobios e beijos estalados saíram a meu encontro quando atravessei o pátio de cimento. Minha herança de Nova Jersey impunha seu peso, exigindo que eu reagisse com alguns comentários humilhantes de minha autoria, mas, como a discrição é a melhor parte da coragem, mantive a boca fechada e apertei o passo.

Do outro lado da rua, um vulto escuro recuou de uma imunda janela de terceiro andar e o movimento atraiu minha atenção. Alguém me vigiava escondido. Não era nada surpreendente. Eu percorrera a rua não uma, mas duas vezes, prestando atenção a tudo. O silencioso do carro se soltara de manhã cedo e o ruído do motor anunciou minha chegada, repercutido nas fachadas de tijolos da rua Stark. Aquela não era o que se poderia chamar de operação secreta.

A porta da academia abria-se para um pequeno saguão com uma escada que levava ao andar de cima. As paredes da escada eram pintadas de um verde padrão, cobertas de pichações feitas com tinta aerossol e o valor proporcional a vinte anos de manchas de mãos. O cheiro era péssimo, um odor de urina exalava dos degraus inferiores, misturando-se com o aroma bolorento de suor masculino e fluidos corporais. No segundo andar, que mais parecia um depósito, o cheiro não era melhor.

Um punhado de homens malhava usando pesos. O ringue estava vazio. Não vi ninguém se exercitando nos sacos. Imaginei que todo mundo devia estar pulando corda ou roubando carros. Foi a última idéia fugaz que tive. A atividade cessou quando entrei e, embora eu tivesse me sentido pouco à vontade na rua, isso dificilmente chegava a contar perto de tudo que sentia ali. Esperava que um campeão se cercasse de uma aura de profissionalismo. Não previra aquela atmosfera carregada de hostilidade e desconfiança. Eu era claramente uma branca que ignorava a rua e invadia a academia de um negro e, se a repreensão silenciosa fosse mais poderosa, eu teria sido lançada para trás e rolado escada abaixo como vítima de um poltergeist.

Eu me plantei firme (mais para me impedir de tombar de medo que para impressionar a turma) e ergui a bolsa a tiracolo.

– Procuro Benito Ramírez.

Uma enorme montanha de músculos ergueu-se de um aparelho de exercícios.

– Eu sou Ramírez.

Ele tinha bem mais de um metro e noventa de altura, a voz sedosa e os lábios curvos num sorriso sonhador. A aparência geral era arrepiante, a voz e o sorriso pareciam em conflito com os olhos dissimulados e calculadores.

Atravessei a sala e estendi a mão.

– Stephanie Plum.

– Benito Ramírez.

O aperto de mão foi gentil e demorado demais. Mais uma carícia que um cumprimento manual e desagradavelmente sensual. Fitei aqueles olhos muito próximos um do outro e me perguntei sobre pugilistas profissionais que lutavam por dinheiro. Até aquele momento, imaginava que o boxe era um esporte de habilidade e agressão, cujo objetivo era vencer a luta, não necessariamente mutilar o adversário. Ramírez parecia gostar do massacre. Alguma coisa na densidade daqueles olhos, buracos negros onde tudo é sugado e nada sai, sugeria um esconderijo do mal. E o sorriso, de uma doçura meio ridícula e meio doentia, insinuava loucura. Eu me perguntava se era uma imagem inventada, para assustar os adversários antes de soar a campainha. Inventada ou não, era arrepiante como os diabos.

Fiz uma tentativa de soltar a mão e o aperto se intensificou.

– Então, Stephanie Plum – ele disse com a voz aveludada.
– Que posso fazer por você?

Como compradora da loja de departamentos E. E. Martin, eu lidara com meu quinhão de bajulação. Aprendera a me afirmar e continuar sendo ao mesmo tempo agradável e profissional. Meu rosto e minha voz disseram a Ramírez que eu era amigável. Minhas palavras foram direto ao que interessava.

– Se você me soltar, posso te dar meu cartão – respondi.

Ele manteve o sorriso, só que agora era mais amável e inquisitivo que louco. Dei meu cartão e o observei ler.

– Agente de captura de fugitivo – ele disse, obviamente divertido. – É um grande título para uma garota pequena.

Eu nunca pensara em mim como uma pessoa pequena até ficar em pé ao lado de Ramírez. Tenho um metro e setenta e sou magra, mas da boa estirpe camponesa húngara dos Mazur. Uma constituição perfeita para trabalhar em campos de páprica, puxando arados e parindo filhos como uma coelha. Eu corria e periodicamente passava fome para repelir a gordura, mas mesmo assim pesava sessenta quilos. Não era gorda, mas tampouco magra.

– Estou procurando Joe Morelli. Você o tem visto?

Ramírez fez que não com a cabeça.

– Eu não conheço Joe Morelli. Só sei que ele meteu uma bala no Ziggy. – Ele olhou o resto dos homens em volta. – Algum de vocês viu esse tal de Morelli?

Ninguém respondeu.

– Eu soube que havia uma testemunha do tiroteio e que essa testemunha desapareceu – continuei. – Tem alguma idéia de onde ela poderia estar?

Mais uma vez, nenhuma resposta.

Insisti.

— E Carmen Sanchez? Você conhece Carmen? Ziggy falou dela alguma vez?

— Você faz muitas perguntas — disse Ramírez.

Estávamos em pé junto às grandes janelas antiquadas na frente da academia e, sem qualquer motivo além do instinto, desviei a atenção para o prédio do outro lado da rua. Mais uma vez, vi o vulto escuro, na mesma janela do terceiro andar. Um homem, pensei. Não sabia dizer se era negro ou branco. Não que isso tivesse importância.

Ramírez alisou a manga do meu blazer.

— Gostaria de uma Coca-Cola? Temos uma máquina aqui. Posso pagar um refrigerante pra você.

— Obrigada pela oferta, mas essa manhã está sendo movimentada e realmente já devia estar seguindo em frente. Se você vir Morelli, eu agradeceria se me desse um telefonema.

— A maioria das meninas acha um prazer o campeão pagar um refrigerante pra elas.

Não esta aqui, pensei. Esta menina achava que o campeão possivelmente mandava mal. E esta menina não gostava nada do clima da academia.

— Eu realmente adoraria ficar e tomar um refrigerante — respondi —, mas tenho um encontro para o almoço.

Com uma caixa de figos Newtons.

— Não é bom sair por aí apressada. Você devia ficar e relaxar um pouco. Sua companhia para o almoço não vai se importar.

Desloquei meu peso, tentando me afastar devagar enquanto enfeitava a mentira.

— Na verdade, é um almoço de negócios com o sargento Gazarra.

— Eu não acredito em você. — O sorriso de Ramírez endurecera e a civilidade sumira de sua voz. — Acho que está mentindo sobre o almoço.

Senti o pânico revirar meu estômago e tomei cuidado para não ter uma reação exagerada. Ramírez brincava comigo. Exibia-se na frente dos amigos. Provavelmente se sentindo por baixo por eu não ter sucumbido aos seus encantos. Agora precisava livrar a cara.

Olhei ostensivamente para meu relógio de pulso.

– Lamento que pense assim, mas devo me encontrar com Gazarra em dez minutos. Ele não vai ficar nada satisfeito se eu chegar atrasada.

Dei um passo para trás e Ramírez me agarrou pela gola da blusa, enterrando os dedos com força suficiente para fazer com que eu me curvasse.

– Você não vai sair daqui, Stephanie Plum – ele sussurrou. – O campeão ainda não acabou com você.

O silêncio na academia era opressivo. Ninguém se mexia. Ninguém manifestava qualquer objeção. Olhei para cada um dos homens e vi apenas olhares sem expressão. Ninguém vai me ajudar, pensei, sentindo os primeiros toques de medo real.

Baixei a voz para igualá-la ao tom baixo da de Ramírez.

– Vim aqui como membro da comunidade de agentes de aplicação da lei. Vim à procura de informação pra me ajudar na recuperação de Joe Morelli e não lhe dei motivo algum pra interpretar mal minhas intenções. Estou me comportando como uma profissional e espero que você respeite isso.

Ramírez arrastou-me mais para perto.

– Você precisa entender uma coisa sobre o campeão – disse. – Primeiro, não se deve falar sobre respeito com o campeão. E segundo, precisa saber que o campeão sempre consegue o que quer. – Ele me sacudiu. – Sabe o que o campeão quer neste momento? O campeão quer que você seja boazinha pra ele, gostosa. Muito boazinha. Vai ter de compensar a recusa. Mostrar algum respeito a ele. – Desviou o olhar para os meus peitos. – Talvez mostrar algum medo. Está com medo de mim, sua puta?

Qualquer mulher com um QI acima de doze teria medo de Benito Ramírez.

Ele deu uma risadinha e todos os pêlos do meu braço logo se arrepiaram.

– Você está apavorada agora – ele disse, na voz suspirada. – Sinto o cheiro. Medo de xoxota. Aposto que fez você molhar a calcinha. Talvez eu devesse pôr a mão e descobrir.

Eu tinha uma arma na bolsa e a usaria se precisasse, mas só quando todo o resto desse errado. Dez minutos de instruções não haviam me transformado em uma atiradora de mão-cheia. Tudo bem, disse a mim mesma. Eu não queria matar ninguém. Queria apenas recuar o suficiente para me mandar o mais rápido possível. Deslizei a mão pela bolsa de couro até apalpar a arma, dura e inflexível sob a palma da mão.

Enfie uma das mãos e pegue a arma, pensei. Aponte para Ramírez e faça uma expressão séria. Saberia puxar o gatilho? Eu francamente não sabia. Tinha minhas dúvidas. Esperava que eu não tivesse que deixar isso chegar tão longe.

– Solte meu pescoço – mandei. – É a última vez que irei pedir.

– Ninguém diz ao campeão o que fazer – ele berrou, com a compostura desfeita, o rosto torcido e medonho. Por uma fração de segundo, a porta se abriu e captei um vislumbre do homem lá dentro, um vislumbre de loucura, e de fogueiras do inferno em chamas, e um ódio tão forte que me deixou sem ar.

Ele agarrou a frente da minha blusa e, acima do meu grito, ouvi o tecido rasgar-se.

Nos momentos de crise, quando a pessoa reage por instinto, faz qualquer coisa que seja mais confortável. Eu fiz o que qualquer outra garota faria numa circunstância semelhante. Girei a bolsa e a atingi em cheio, com toda a força, o lado da cabeça de Ramírez. Entre a arma, o bip e as outras parafernálias variadas, a bolsa deve ter batido com pelo menos cinco quilos.

Ramírez cambaleou para o lado e eu corri como um raio para a escada. Não dera nem cinco passos, quando ele me puxou de volta pelos cabelos e me lançou do outro lado da sala como uma boneca de pano. Perdi o equilíbrio e caí de cara no chão, tocando-o primeiro com as mãos, deslizei pela madeira não envernizada e o impacto expulsou mais uma vez o ar dos meus pulmões.

Ele se jogou em cima de mim com o traseiro nas minhas costas, a mão segurando meu cabelo e puxando-o barbaramente. Agarrei-me à bolsa, mas não tinha condições de pegar a pistola.

Ouvi o estampido de uma arma de calibre pesado e as janelas da frente se despedaçaram. Mais disparos. Alguém esvaziava um pente de balas na academia. Homens corriam e gritavam, em busca de proteção. Ramírez inclusive. Eu também me deslocava pelo chão como um caranguejo, sem encontrar força nas pernas para me sustentar. Alcancei a escada, parei e me arremessei para o corrimão. Saltei o segundo degrau, em pânico demais para coordenar os movimentos, e escorreguei pelo resto da descida até o patamar de linóleo rachado no nível da rua. Levantei-me rastejando e saí cambaleando para o calor e a ofuscante luz do sol, com as meias-calças rasgadas e os joelhos sangrando. Apoiava-me numa maçaneta de porta, me esforçando para respirar, quando uma mão se grudou na parte superior do meu braço. Dei um pulo e gritei. Era Joe Morelli.

– Em nome de Deus! – ele exclamou, me empurrando para frente. – Não fique parada aqui. Mexa esse rabo!

Eu não tinha certeza se Ramírez se interessava o bastante por mim para se precipitar escada abaixo, mas não me pareceu prudente ficar parada ali e descobrir, por isso segui atrás de Morelli com o peito ardendo devido à falta de oxigênio e a saia enganchada entre as pernas. Kathleen Turner teria feito muito bem esta cena na tela do cinema. Eu era um pouco menos glamourosa. Além do nariz escorrendo, acho que também babava. Grunhia de dor e choramingava de medo, emitindo horríveis sons animalescos e criativas promessas a Deus.

Dobramos na esquina, cortamos por um beco na quadra seguinte e corremos por uma estreita rua de mão única ladeada por quintais que continham garagens de madeira caindo aos pedaços, com espaço para apenas um carro e latas amassadas, transbordando de lixo.

Sirenes soavam a dois quarteirões de distância. Sem dúvida, duas radiopatrulhas e uma ambulância respondiam aos tiros. A compreensão tardia me disse que eu devia ter ficado perto da academia e convencido os policiais a me ajudarem a perseguir Morelli. Alguma coisa para lembrar da próxima vez em que fosse quase estuprada e brutalizada.

Morelli parou bruscamente e me empurrou para uma garagem vazia. As portas duplas se abriram numa inclinação suficiente para transpô-las, mas não suficiente para um transeunte ver o lado de dentro. O piso era composto por terra compactada e o ar, sufocante, com cheiro metálico. Fiquei pasma com a ironia da situação. Ali estava eu, após todos aqueles anos, mais uma vez numa garagem com Morelli. Via a raiva no rosto dele, que lhe endurecia os olhos e beliscava os cantos da boca. Ele me agarrou pela frente do paletó do terninho e me imprensou contra a parede de madeira bruta. O choque fez cair poeira das vigas e meus dentes trincarem.

A voz saiu grossa, tomada por fúria que ele não conseguia controlar.

– Que diabos achou que fazia entrando na academia daquele jeito? – Pontuou o fim da pergunta com outra batida do corpo, chocalhando mais sujeira em nós. – Me responda!

A dor era só mental. Eu fora idiota. E agora, para piorar a situação, era tiranizada por Morelli. Quase tão humilhante quanto ser salva por ele.

– Eu procurava você.

– Ora, parabéns, você me encontrou. Também ferrou meu esconderijo e não gostei nada disso.

— Você era a sombra na janela do terceiro andar, vigiando a academia do outro lado da rua.

Morelli não disse nada. Na garagem escura, seus olhos dilatados eram sólidos e pretos.

Estalei os dedos mentalmente.

— E agora acho que só resta uma coisa a fazer.

— Mal posso esperar pra ouvir.

Enfiei a mão na minha bolsa a tiracolo, tirei o revólver e espetei-o no tórax dele.

— Você está preso.

Ele arregalou os olhos, espantado.

— Você tem uma arma! Por que não usou em Ramírez? Minha nossa, bateu nele com a pasta como uma patricinha. Por que diabos não usou a porra da arma?

Senti o rubor me inundar as faces. Que poderia responder? A verdade era mais que embaraçosa. Contraproducente. Admitir para Morelli que eu tivera mais medo da arma que de Ramírez não ia fazer grande coisa para promover minha credibilidade como agente de captura.

Ele não levou muito tempo para tirar suas conclusões. Emitiu um ruído de nojo, afastou o cano e me tirou a arma.

— Se não está a fim de usar, não devia carregar. Você tem porte de arma?

— Tenho.

E eu me convencera pelo menos dez por cento de que aquilo era legal.

— Onde conseguiu a licença?

— Ranger conseguiu pra mim.

— Ranger Manoso? Minha nossa, ele na certa fabricou essa merda no porão. — Morelli jogou fora as balas e me devolveu a arma. — Procure um novo emprego. E fique longe de Ramírez. Ele é maluco. Foi acusado por três estupros e absolvido porque as vítimas sempre desaparecem.

– Eu não sabia...

– Você não sabe de muita coisa.

A atitude dele começava a me deixar puta da vida. Eu sabia muito bem que tinha muito que aprender sobre captura. Não precisava da superioridade sarcástica de Morelli.

– Então, que quer dizer com isso?

– Saia do meu caso. Quer uma carreira na aplicação da lei? Ótimo. Corra atrás. Só não aprenda comigo. Eu já tenho problemas suficientes sem precisar me preocupar em salvar o seu rabo.

– Ninguém pediu pra você salvar meu rabo. Eu teria salvado meu próprio rabo se você não interferisse.

– Benzinho, você não era nem capaz de encontrar seu rabo com as próprias mãos.

Minhas palmas estavam raladas e ardiam como o diabo. O couro cabeludo doía. Os joelhos latejavam. Queria voltar para meu apartamento e ficar parada debaixo de um chuveiro quente por cinco ou seis horas, até me sentir limpa e forte. Queria ficar longe de Morelli e me refazer.

– Vou pra casa.

– Boa idéia – ele disse. – Onde está o seu carro?

– Na rua Stark com a Tyler.

Ele se encolheu ao lado de uma porta e deu uma rápida olhada em volta.

– Pode vir.

Meus joelhos haviam enrijecido e o sangue, secado e empastado no que restara da meia-calça. Mancar parecia uma fraqueza indulgente que não devia ser testemunhada pelos da espécie de Morelli, portanto segui adiante, pensando ai, ai, ai, mas sem dizer uma palavra. Quando chegamos à esquina, percebi que ele ia me acompanhar até a Stark.

– Não preciso de escolta – reclamei. – Vou ficar bem.

Ele segurava meu cotovelo e me guiava em frente.

– Não se sinta lisonjeada. Não estou nem de longe tão preocupado com seu bem-estar quanto em fazer você dar o fora da minha vida. Quero ter certeza de que vai embora. Quero ver seu cano de descarga desaparecer no pôr-do-sol.

Boa sorte, pensei. Meu cano de descarga ficara em algum lugar na Rodovia 1, junto com o silencioso.

Chegamos à Stark e hesitei ao ver meu carro. Eu o estacionara na rua menos de uma hora atrás e nesse meio-tempo fora pintado com tinta aerossol de uma ponta à outra. Quase tudo em fúcsia e verde, e a palavra predominante nos dois lados era "xoxota". Chequei a placa e examinei o banco de trás, à procura da caixa de figos Newtons. Sim, era meu carro.

Mais uma indignidade, num dia cheio de indignidades. Acham que me importei? Não inteiramente. Estava entorpecida. Começava a me tornar imune à indignidade. Revistei a bolsa em busca das chaves, a encontrei e enfiei na porta.

Morelli balançou-se para trás nos calcanhares, as mãos nos bolsos, um sorriso começando a insinuar-se nos lábios.

– A maioria das pessoas se satisfaz em pintar listas finas e uma placa personalizada.

– Coma terra e morra.

Morelli jogou a cabeça para trás e riu alto. Uma risada profunda, encorpada e contagiante e, se eu não estivesse tão desesperada, teria rido com ele. Na verdade, puxei a porta do carro com força para abri-la e me enfiei atrás do volante. Girei a chave na ignição, dei uma boa pancada no painel e o deixei sufocando numa nuvem de descarga e uma explosão de ruído que tinha um potencial para liquidificar suas entranhas.

Oficialmente, eu morava no limite leste da cidade de Trenton, mas, na realidade, meu bairro parecia mais o município de Hamilton que a própria Trenton. Meu prédio de apartamentos era um medonho cubo de tijolos vermelhos, construído antes de haver ar central e janelas térmicas. Dezoito apartamentos ao todo, uniformemente distribuídos em três andares. Pelos padrões modernos atuais, não era um apartamento maravilhoso. Não vinha com cartão de sócio de uma piscina nem tinha quadras de tênis anexas. Não dava para confiar no elevador. O banheiro era uma verdadeira antigüidade, com instalações amarelo-mostarda e remates provinciais franceses no toalete. Os eletrodomésticos da cozinha ficavam um ponto abaixo de genérico.

O bom no apartamento era que fora construído com material resistente. O som não passava de um apartamento para o outro. Os quartos eram grandes e ensolarados, os tetos muito altos. Eu morava no segundo andar e minhas janelas davam para o pequeno estacionamento privado. O prédio pré-datava a explosão da construção de varandas, mas eu tinha muita sorte por ter uma pequena e antiquada saída de incêndio de metal preto junto à janela do meu quarto. Perfeita para secar meias-calças, para plantas caseiras de quarentena com pulgões e apenas com o tamanho suficiente para eu me sentar ao ar livre nas sufocantes noites de verão.

Mais importante de tudo, o medonho prédio de tijolos não fazia parte de nenhum complexo de outros medonhos prédios de tijolos. Erguia-se sozinho numa movimentada rua de lojinhas e era limítrofe a um bairro de modestas casas de madeira. Muito parecido com morar no Burgo... porém melhor. Minha mãe tinha de penar para esticar o cordão umbilical àquela distância e a padaria ficava apenas a uma quadra.

Parei o carro no estacionamento e me esgueirei pela entrada dos fundos. Como Morelli não estava por perto, eu não tinha de ser tão valente, por isso resmunguei, me queixei e manquei até chegar ao apartamento. Tomei uma chuveirada, fiz uma rápida sessão de primeiros-socorros e vesti uma camiseta e shorts. Meus joelhos haviam perdido a camada superficial de pele e ficado contundidos, já revelando tonalidades de carmim e azul-arroxeado. Os cotovelos encontravam-se quase no mesmo estado. Sentia-me como uma criança que caiu da bicicleta. Ouvia-me cantando – eu consigo fazer isso; eu consigo fazer isso – e quando menos espero, me vejo caída no chão, parecendo uma idiota, com os joelhos esfolados.

Baqueei sobre a cama, de costas, braços e pernas abertos. Era minha posição de pensar, quando todo o resto parecia inútil. Tinha vantagens óbvias: eu podia cochilar enquanto esperava alguma coisa brilhante estalar em minha mente. Fiquei ali deitada pelo que pareceu um longo tempo. Nada brilhante estalara na minha cabeça e eu estava muito agitada para dormir.

Não conseguia parar de reviver a experiência com Ramírez. Nunca havia sido agredida por um homem antes. Nunca chegara nem perto. O ataque da tarde fora uma experiência assustadora, degradante e, agora que a poeira havia baixado e prevaleciam emoções mais tranquilas, eu me sentia violada e vulnerável. Pensei em apresentar uma queixa por escrito à polícia, mas logo a arquivei. Correr chorando para o colinho do papai não ia me fazer ganhar qualquer ponto como caçadora de recompensas violenta, durona. Eu não imaginava Ranger institucionalizando uma acusação de agressão.

Tivera sorte, disse a mim mesma. Me safara apenas com ferimentos superficiais. Graças a Morelli.

A última admissão arrancou-me um gemido. Ser salva por Morelli fora uma vergonha dos diabos. E algo grosseiramente injusto. Levando tudo isso em conta, não achei que tinha me saído tão mal assim. Estava no caso fazia menos de quarenta e oito horas e encontrara meu homem duas vezes. Não consegui prendê-lo, é verdade, mas ainda estava em processo de aprendizagem. Ninguém esperava que uma aluna no primeiro ano de engenharia construísse a ponte perfeita. Imaginei que merecia ser tratada com a mesma tolerância.

Duvidava de que uma arma algum dia fosse ser útil para mim. Não podia me imaginar atirando em Morelli. Possivelmente no pé. Mas quais as minhas chances de atingir um pequeno alvo em movimento? Nada boas, mesmo. Era claro que eu precisava de um meio menos letal de subjugar minha caça. Talvez um aerossol de defesa pessoal fizesse mais meu estilo. Na manhã seguinte, eu ia voltar à loja de armas de Sunny e acrescentar o aerossol à minha bolsa de truques sujos.

O rádio-relógio piscou 5:50 da tarde. Olhei-o burramente, sem nenhuma reação imediata ao significado daquele horário, e então o horror me varou de cima a baixo. Minha mãe me esperava mais uma vez para jantar!

Levantei-me da cama com um salto e corri para o telefone. Estava mudo. Eu não pagara a conta. Peguei as chaves do carro na bancada da cozinha e corri porta a fora.

QUATRO

Quando estacionei no meio-fio, minha mãe, parada nos degraus da varanda, brandia os braços estendidos e gritava. Eu não conseguia ouvi-la acima do rugido do motor, mas lia seus lábios.
– DESLIGUE ISSO! – ela berrava. – DESLIGUE ISSO!
– Desculpe – gritei de volta. – Silencioso quebrado.
– Você tem de fazer alguma coisa. Eu ouvi você chegar a quatro quadras daqui. Vai causar palpitações à sra. Ciak. – Ela franziu os olhos para o carro. – Mandou decorar?
– Aconteceu na rua Stark. Vândalos. – Empurrei-a de volta ao corredor antes que ela pudesse ler o que estava escrito.
– Uau, belíssimos. – Vovó Mazur curvou-se para dar uma olhada mais de perto em minhas escoriações. – Eu assisti a algum programa de TV semana passada, acho que era a Oprah, e mostraram um grupo de mulheres com joelhos assim. Disseram que era queimadura de tapete. Não entendi bem o que isso queria dizer.
– Minha nossa – comentou meu pai por trás do jornal. Ele não precisou dizer mais nada. Todos entendemos sua provação.
– Não é queimadura de tapete – expliquei à vovó Mazur. – Caí andando de patins.

Não me preocupei com a mentira. Tinha uma longa história de infortúnios calamitosos.

Dei uma olhada na mesa de jantar. Fora posta com a toalha de renda cara. Visita. Contei os pratos. Cinco. Revirei os olhos para o céu.

– Mãe, você não fez isso.

– Não fiz o quê?

A campainha tocou e meus piores medos se confirmaram.

– É uma visita. Nada de mais. – Ela dirigiu-se para a porta. – Acho que posso convidar uma visita à minha própria casa, se eu quiser.

– É Bernie Kuntz – eu disse. – Estou vendo pela janela do corredor.

Minha mãe parou, as mãos nos quadris.

– E daí, que é que tem de errado com Bernie Kuntz?

– Pra começar... é homem.

– Certo, você teve uma experiência ruim. Não quer dizer que deva desistir. Veja sua irmã Valerie. Está casada e feliz há doze anos. Tem duas filhas lindas.

– É o seguinte. Já estou indo. Vou sair pela porta dos fundos.

– Bolo de abacaxi de cabeça pra baixo – ela disse. – Vai perder a sobremesa se sair agora. E não pense que vou guardar um pouco para você.

Ela não se importava de jogar sujo se a causa era merecedora. Sabia que ia me segurar com o bolo de abacaxi. Uma Plum sofreria muitos maus-tratos por uma boa sobremesa.

Vovó Mazur arregalou os olhos para Bernie.

– Quem é você?

– Bernie Kuntz.

– Que é que você quer?

Olhei ao longo do corredor e vi Bernie mexendo os pés, sem graça.

– Fui convidado pra jantar.

Vovó Mazur continuava com a porta de tela fechada.
- Helen - berrou para trás -, tem um rapaz na porta. Diz que foi convidado para jantar. Por que ninguém me falou sobre isso? Veja este vestido que estou usando. Não posso receber um homem vestida assim. Eu conhecia Bernie desde que ele tinha cinco anos. Fizemos o Ensino Fundamental juntos. Almoçamos juntos do primeiro ao terceiro ano e eu o associaria para sempre a manteiga de amendoim e geléia no pão Wonder. Perdera o contato com ele no Ensino Médio. Sabia que havia ido para a faculdade e, quando voltou, passou a vender eletrodomésticos na loja do pai.

Não era nem alto, nem baixo, de uma constituição igualmente mediana de quem nunca perdeu as formas rechonchudas da infância. Vestia mocassins com franjas, calças largas e um casaco esportivo. Pelo que eu via, não mudara muito desde a sexta série. Parecia continuar não conseguindo somar frações e o pequeno puxador de metal despontava acima do zíper da calça, criando uma minúscula tenda na braguilha.

Todos nos sentamos à mesa e nos concentramos na comida.
- Bernie vende eletrodomésticos - disse minha mãe, passando o repolho vermelho. - E ganha um bom dinheiro com isso. Dirige um Bonneville.
- Um Bonneville. Imagine só - comentou vovó Mazur.

Meu pai mantinha a cabeça debruçada sobre a galinha. Torcia para os Mets, usava cuecas tradicionais Fruit of the Loom e dirigia um Buick. Suas lealdades eram esculpidas em pedra e não estava a fim de se deixar impressionar por um novo-rico vendedor de torradeiras que dirigia um Bonneville. Bernie virou-se para mim:

Então, que anda fazendo agora?
Eu brincava com o garfo. Meu dia não fora exatamente um sucesso e anunciar ao mundo que era agente de captura de fugitivo parecia presunçoso.

– Eu meio que trabalho pra uma empresa de seguros – respondi.
– Quer dizer, como analista de reclamações de seguro?
– Mais como coletora.
– Ela é caçadora de recompensas! – anunciou vovó Mazur. – Persegue fugitivos podres de sujos iguaizinhos aos que a gente vê na televisão. Tem uma arma e tudo mais. – Ela estendeu a mão para trás até o aparador, onde eu deixara minha bolsa. – Tem uma bolsa cheia de parafernálias – continuou vovó Mazur, pondo minha bolsa no colo. Retirou as algemas, o bip, um pacote de absorventes internos e largou-os na mesa. – E aqui está a arma – disse orgulhosamente. – Não é uma beleza?

Tenho de admitir: era uma arma bonita e bem bacana. Tinha a armação de aço inoxidável e encaixes esculpidos em madeira. Um revólver Smith e Wesson de cinco tiros, modelo 60. Um .38 especial. Fácil de usar, fácil de portar, dissera Ranger. E custara um preço mais razoável que uma semi-automática, se é que a gente pode chamar quatrocentos dólares de razoável.

– Meu Deus – gritou minha mãe –, largue isso! Alguém tire a arma dela antes que se mate!

O cilindro estava aberto e claramente descarregado. Embora eu não soubesse muito sobre armas, sabia que, sem balas, aquela ali não podia sair atirando.

– Está vazio – eu disse. – Não tem balas dentro.

Vovó Mazur tinha as mãos envoltas na arma, com o dedo no gatilho. Fechou um olho e, com o outro, apontou para o armário de louças.

– Capôu – disse. – Ca-pôu, ca-pôu, ca-pôu.

Meu pai se ocupava com o molho de salsichas, deliberadamente ignorando todos nós.

– Eu não gosto de armas na mesa – disse minha mãe. – E o jantar está ficando frio. Vou ter de reaquecer o molho.

– Esta arma de nada vai adiantar se você não puser balas nela – disse vovó Mazur. – Como vai pegar aqueles assassinos sem balas na arma?

Bernie ficara sentado boquiaberto durante tudo isso.

– Assassinos?

– Ela está atrás de Joe Morelli – explicou Vovó Mazur. – Ele é um assassino dos bons, mas não gosta de pagar fiança. Baleou Ziggy Kulesza bem na cabeça.

– Eu conheci Ziggy Kulesza – disse Bernie. – Vendi a ele uma TV de tela grande há mais ou menos um ano. Não vendemos muitas telas grandes. Caras demais.

– Ele comprou mais alguma coisa de você? – perguntei.

– Algo recente?

– Não. Mas via ele às vezes do outro lado da rua, no açougue do Sal e Ziggy parecia bem. Apenas uma pessoa comum, entende?

Como ninguém prestava atenção à vovó Mazur, ela continuava brincando com a arma: apontava e mirava, acostumando-se ao peso. Dei-me conta de que tinha uma caixa de munição ao lado dos absorventes. Um pensamento assustador me varou a mente.

– Vó, você não carregou a arma, carregou?

– Ora, claro que carreguei – ela respondeu. – E deixei um buraco vazio como vi na televisão. Assim você não pode atirar em nada por engano.

Empunhou a arma para demonstrar a segurança de sua ação. Ouviu-se um alto bangue, um clarão irrompeu do cano da arma e a carcaça da galinha saltou na travessa.

– Deus do céu! – gritou minha mãe, levantando-se de um salto e derrubando a cadeira para trás.

– Desculpe. Acho que deixei o buraco vazio errado. – Vovó curvou-se para examinar sua obra. – Nada mal pra minha primeira vez com uma arma. Atirei bem no cu desse babaca.

Meu pai apertava o garfo, os nós dos dedos brancos, e tinha o rosto da cor de um morango.

Contornei a mesa às pressas e, com todo o cuidado, tirei a arma de vovó Mazur. Esvaziei o pente e joguei todas as minhas coisas de volta na bolsa.

UM DINHEIRO NADA FÁCIL

— Olhe esta travessa quebrada — queixou-se minha mãe.
— Era parte do aparelho de jantar. Como vou conseguir repor?

Empurrou a travessa e todos olhamos em silêncio o visível buraco redondo na toalha de mesa e a bala embutida na mesa de mogno.

Vovó Mazur foi a primeira a falar.

— Esses tiros me deram apetite — disse. — Alguém pode me passar as batatas?

Em todos os aspectos, Bernie Kuntz lidara com a noite muito bem. Não molhara a calça quando vovó Mazur atirara nas partes íntimas da galinha. Sofrera durante duas porções da horrível couve-de-bruxelas de minha mãe. E fora muitíssimo simpático comigo, embora fosse óbvio que não íamos entrar sob os lençóis juntos e que minha família era louca. Suas motivações para tanta gentileza eram claras. Eu era uma mulher carente de eletrodomésticos. O namoro é bom para matar algumas horas durante a noite, mas comissões valem férias no Havaí. A nossa união fora perfeita. Ele queria vender e eu, comprar, e não achei nada ruim aceitar sua oferta de um desconto de dez por cento. E, como compensação por confraternizar comigo durante a noite toda, eu soubera uma coisa sobre Ziggy Kulesza. Ele comprava carne de Sal Bocha, um homem mais conhecido por estar metido com tudo que é ilegal do que por fatiar filés.

Guardei a informação para futura referência. Não me parecia importante no momento, mas quem sabe o que acabaria se revelando útil.

Em casa, sentada à minha mesa, com um copo de chá gelado e o arquivo de Morelli, eu tentava elaborar um plano de ação. Pusera uma tigela de pipoca para Rex. A tigela estava na mesa perto de mim e Rex, dentro dela, as bochechas estufadas de pipoca, os olhos brilhantes, os bigodes em movimento não passavam de uma mancha.

— Bem, Rex – eu disse –, que acha? Acha que conseguiremos pegar Morelli?

Alguém bateu na porta da frente e Rex e eu ficamos inteiramente imóveis, nosso radar zumbindo. Eu não esperava ninguém. A maioria dos meus vizinhos era idosa. Nenhum de quem eu fosse especialmente íntima. Ninguém que eu pudesse imaginar batendo à minha porta às nove e meia da noite. A sra. Becker talvez, do terceiro andar. Às vezes ela esquecia onde morava.

A batida continuou e Rex e eu viramos a cabeça para a porta. Era uma pesada porta de incêndio de metal, com um olho-mágico, um ferrolho e uma corrente bem grossa. Quando fazia tempo bom, eu deixava as janelas escancaradas durante o dia e a noite toda, mas sempre mantinha a porta trancada. Aníbal e seus elefantes não conseguiriam transpor a porta da frente, mas as janelas dariam boas-vindas a qualquer idiota que soubesse subir uma escada de incêndio.

Pus uma escumadeira sobre a tigela de pipoca, para que Rex não fugisse, e fui investigar. Tinha a mão na maçaneta quando a batida parou. Espiei pelo olho-mágico e não vi nada além da escuridão. Alguém pusera o dedo no olho-mágico. Não era um bom sinal.

— Quem está aí? – chamei.

Uma risada sussurrada filtrou-se pela moldura da porta e eu saltei para trás. À risada, seguiu-se uma única palavra.

— Stephanie.

A voz era inconfundível. Melódica e repleta de escárnio. Ramírez.

— Vim brincar com você, Stephanie – ele cantarolou. – Está pronta pra brincar?

Senti os joelhos afrouxarem, um medo irracional avolumar-se no peito.

— Vá embora, senão chamo a polícia.

— Você não pode chamar ninguém, sua puta. Não tem nem telefone. Eu sei porque tentei seu número.

Meus pais nunca entenderam minha necessidade de ser independente. Convenceram-se de que levo uma vida solitária, assustadora e nem as inúmeras conversas conseguem persuadi-los do contrário. Na verdade, quase nunca fico assustada. Talvez de vez em quando, com aqueles insetos gordos com um monte de patas. Em minha opinião, a única aranha boa é a aranha morta e os direitos femininos não valem a pena, se significam que não posso pedir a um homem que se encarregue de esmagar os bichos. Eu não me preocupo com *skinheads* assassinos batendo à minha porta ou rastejando pela janela aberta. Na maioria das vezes, eles preferem trabalhar nos bairros mais próximos da estação ferroviária. Os assaltos à mão armada e arrombamentos de carros também são mínimos no meu bairro e quase nunca resultam em morte.

Até esse momento, minhas únicas ocasiões verdadeiramente inquietantes haviam sido aquelas, raras, em que eu acordava no meio da noite com medo de uma invasão de horrores místicos... fantasmas, monstros, morcegos vampiros, extraterrestres. Quando, mantida prisioneira por minha imaginação, perdia a cabeça, me deitava na cama, mal conseguindo respirar e desejando levitar. Devo reconhecer que seria um conforto não ter de esperar sozinha, embora, além de Bill Murray, que bem faria outro mortal diante de um ataque fantasmagórico, de qualquer modo? Felizmente, nunca fiz uma rotação de cabeça completa, nem fui fisgada por um feixe de luz ou fui testemunha de uma aparição de Elvis. E o mais próximo que cheguei de uma experiência extracorpórea foi quando Joe Morelli colou a boca na minha há catorze anos, atrás do balcão de bombas de chocolate da padaria.

A voz de Ramírez varou a porta.

— Não gosto de ter negócios inacabados com uma mulher, Stephanie Plum. Não gosto quando uma mulher foge do campeão.

Experimentou a maçaneta e, por um momento que causou cólicas na minha barriga, meu coração saltou para a garganta. A porta resistiu e minha pulsação caiu para um nível pré-derrame.

Fiz alguns exercícios de respiração profunda e decidi que o melhor a fazer era simplesmente ignorá-lo. Não queria entrar numa disputa de gritos. Nem tornar as coisas piores do que já estavam. Tranquei as janelas da sala de estar e cerrei bem as cortinas. Corri até o quarto e fiquei pensando se deveria ou não usar a saída de incêndio para pedir socorro. De algum modo, pareceu tolice dar mais importância àquela ameaça do que eu já havia dado. Não é nenhum bicho-de-sete-cabeças, disse a mim mesma. Nada com que eu devesse me preocupar. Revirei os olhos. Nada com que me preocupar... apenas um homem criminosamente louco, de mais de cento e dez quilos, parado no corredor, me xingando com palavrões.

Tapei a boca com uma das mãos para abafar um gemido histérico. Não entre em pânico, disse a mim mesma. Não demoraria muito para os vizinhos começarem a investigar e Ramírez ser forçado a partir.

Retirei a arma da bolsa e retornei à porta para dar outra olhada. O olho-mágico fora destapado e o corredor parecia vazio. Encostei a orelha na porta e prestei atenção. Nada. Deslizei o ferrolho e abri uma fresta, deixando a corrente grossa firmemente presa e com a arma na mão, pronta para atirar. Nada de Ramírez. Desenganchei a corrente e espreitei o corredor. Tudo em paz. Ele decididamente se fora.

Uma mancha amorfa de alguma substância nociva que deslizava diante da porta atraiu meu olhar. Tive absoluta certeza de que não era mingau de aveia. Quase vomitei enquanto trancava a porta com a corrente. Maravilhoso. Dois dias e um psicótico de classe mundial acabara de espoliar na minha porta.

Coisas como esta jamais haviam acontecido comigo quando eu trabalhava na E. E. Martin. Uma vez, um morador de rua urinara em meu pé e de vez em quando um homem baixava a calça na estação de trem, mas eram coisas que a gente esperava quando trabalhava em Newark. Eu aprendera a não as tomar como algo pessoal. O negócio com Ramírez era uma história totalmente diferente. Muito assustadora.

Soltei um grito quando uma janela se abriu e fechou acima de mim. A sra. Delgado deixando o gato sair para a noite, disse a mim mesma. Controle-se. Precisava tirar Ramírez da cabeça, por isso, me ocupei em encontrar objetos que pudesse colocar no prego. Não restara muita coisa. Um walkman, um ferro de passar, os brincos de pérola do meu casamento, um relógio de cozinha em forma de galinha, um pôster emoldurado com uma fotografia do Ansel Adams e dois abajures de mesa com pés cor de feijão. Esperava que isso fosse suficiente para pagar a minha conta de telefone e me reconectar. Não queria uma reapresentação do encurralamento em meu apartamento, sem poder ligar para alguém para pedir socorro.

Devolvi Rex à gaiola, escovei os dentes, pus uma camisola e rastejei para a cama com todas as luzes do apartamento acesas.

A primeira coisa que fiz ao acordar na manhã seguinte foi checar o olho-mágico. Nada parecia fora do normal, por isso tomei uma chuveirada rápida e me vesti. Rex dormia pesado na lata de sopa, após uma dura noite de correrias. Dei-lhe água fresca e enchi sua xícara com a terrível ração de hamster. Uma xícara de café teria sido saboreada com imenso prazer. Infelizmente, não havia café na casa.

Fui até a janela da sala de estar e vasculhei o estacionamento à procura de Ramírez, retornei à porta e cheguei mais duas vezes o olho-mágico. Deslizei o ferrolho e abri a porta sem soltar a corrente. Enfiei o nariz na fresta e dei uma fungada. Não senti cheiro de pugilista, por isso, encostei a porta, desenganchei a corrente e dei um passo para fora. Vigiei o corredor com a arma apontada. Estava vazio. Tranquei meu apartamento e atravessei furtivamente o corredor. A porta se abriu de repente com um zumbido e quase atirei na sra. Moyer. Pedi milhões de desculpas, disse que a arma não era de verdade e lancei-me para a escada, transferindo a primeira carga de velharias para o carro.

Quando Emílio abriu a loja de penhores, eu já sofria uma crise de abstinência de cafeína. Regateei o valor dos brincos, mas não me concentrei na barganha e, no fim, acabei sendo enganada. Não que me importasse muito. Tinha o que precisava: dinheiro para comprar uma arma menor, pagar a conta de telefone e troco de sobra para um *muffin* e um café grande.

Passei cinco minutos me deliciando com o meu luxuoso café-da-manhã e depois corri para a companhia telefônica. Parei num sinal e recebi gritos de gozação de dois caras numa caminhonete aberta. Pelos gestos que faziam, imaginei que gostaram do meu trabalho de pintura. Não conseguia ouvir o que diziam por causa do barulho do motor. Graças a Deus por seus pequenos favores.

Notei um prédio encoberto por uma névoa estranha e percebi que a fumaça saía do meu carro. Não era o benigno escape branco de condensação de um dia frio, mas a fumaça espessa e preta que denunciava a ausência de um cano de descarga e subia em ondas pela minha barriga. Dei um soco com toda a força no painel para ver se algum dos medidores funcionava e a luz vermelha do óleo piscou e se acendeu. Entrei num posto de gasolina na esquina seguinte, comprei uma lata de 10-W-30, esvaziei-a no carro e chequei a vareta de verificação do nível do óleo. Continuava baixo, por isso acrescentei uma segunda lata.

Parada seguinte, a companhia telefônica. Acertar minha conta e conseguir que o serviço fosse religado era apenas ligeiramente menos complicado que conseguir um *green card*. Por fim, expliquei que minha avó cega e senil morava comigo entre ataques cardíacos e ter um telefone funcionando possivelmente faria a diferença entre a vida e a morte. Não achei que a mulher atrás do balcão acreditou em mim, mas acho que obtive alguns pontos por fazer com que ela desse algumas gargalhadas e me prometeram que alguém religaria a linha mais tarde, naquele mesmo dia. Bom negócio. Se Ramírez voltasse, eu poderia telefonar para os policiais. Como alternativa, pretendia comprar uma caixa de sprays de defesa pessoal. Eu não era lá muito boa com armas, mas era o diabo com uma lata de aerossol.

Quando cheguei à loja de armas, a luz do óleo recomeçara a piscar. Não vi fumaça alguma e por isso concluí que o medidor devia ter-se emperrado. E quem se importava; de qualquer modo, eu não ia desperdiçar mais dinheiro em óleo. O carro simplesmente ia ter de dar conta do recado. Quando recebesse meus dez mil dólares da recompensa, compraria todo o óleo que ele precisava – e depois o jogaria de uma ponte.

Sempre imaginara que os donos de loja de armas fossem grandes, fortes e usassem bonés com logotipos de marcas de motocicleta. Sempre os imaginara tendo nomes como Bubba e Billy Bob. Mas aquela era administrada por uma mulher chamada Sunny. Na faixa dos quarenta anos, tinha a pele bronzeada, da cor e da textura de um bom charuto, cabelos frizados que haviam sido oxigenados e ficado amarelo-canário e a voz de quem fumava dois maços por dia. Usava brincos que imitavam diamantes, calça jeans apertada e palmeirinhas pintadas nas unhas.

– Belo trabalho – eu disse, me referindo às unhas.

– Maura, do Palácio do Cabelo, é quem faz. É um gênio das unhas e depila uma virilha até deixar a gente careca como uma bola de bilhar.

– Vou me lembrar disso.

– Basta perguntar pela Maura. Diga que foi a Sunny quem enviou você. E o que posso fazer por você hoje? Já sem balas?

– Preciso de um spray de defesa pessoal.

– Que tipo você usa?

– Há mais de um?

– Nossa, se há. Trabalhamos com uma linha completa de sprays de defesa. – Sunny enfiou a mão no mostruário a seu lado e retirou vários pacotes embrulhados em papel corrugado. – Este é o Macis original. Depois temos o aerossol Defesa de Pimenta, que é a alternativa ambientalmente segura usada por muitos departamentos de polícia hoje em dia. E, por último, mas certamente não menos potente, o Proteção Segura, uma verdadeira arma química. Pode derrubar um homem de mais de cento e trinta e cinco quilos em apenas seis segundos. Age nos neurotransmissores. Este material toca a pele e você cai durinha. Não importa se estiver bêbada ou drogada. Uma borrifada e tudo se acaba.

– Parece perigoso.
– Pode acreditar.
– É fatal? Causa dano permanente?
– O único dano permanente para a vítima vai ser a lembrança de uma verdadeira experiência humilhante. Claro, vai haver uma paralisia inicial e, quando o efeito passar, a pessoa pode vomitar bastante e ter uma enxaqueca monstruosa.
– Não sei, não. E se eu acidentalmente pulverizar a mim mesma?

Ela fez uma careta.

– Querida, deve evitar pulverizar a si mesma.
– Parece complicado.
– Não é mesmo. É tão simples quanto pôr o dedo no botão. Pelo amor de Deus, você agora é uma profissional. – Sunny deu-me um tapinha na mão. – Leve o Proteção Segura. Não tem erro.

Eu não me sentia como uma profissional, me sentia uma idiota. Criticara governos estrangeiros por fazerem guerra química e ali estava eu, comprando gás nervoso de uma mulher que depilava todos os pêlos púbicos com cera quente.

– O Proteção Segura vem em vários tamanhos – explicou Sunny. – Eu carrego o modelo de dezessete gramas, que pode ser acoplado ao chaveiro. Tem seu próprio gatilho de aço inoxidável, vem num atraente estojo de couro e vem em três cores decorativas.

– Nossa, três cores.
– Você devia experimentar. Mas, primeiro, precisa ter certeza de que sabe usar.

Saí da loja, estiquei o braço bem reto e borrifei. O vento deslocou-se, corri para dentro da loja e bati a porta.

– Esse vento às vezes é traiçoeiro – comentou Sunny. – Talvez seja melhor você sair ali pelos fundos e atravessar o pátio de tiro.

Fiz como ela sugeriu e, quando cheguei à rua, corri até o carro e pulei para dentro, temendo que qualquer gotícula do Proteção Segura estivesse rondando, à espreita para atacar meus neurotransmissores. Enfiei a chave na ignição e tentei com afinco não entrar em pânico com o fato de que tinha gás lacrimogêneo sob quase três quilos de pressão por centímetro quadrado, que em minha mente significava bomba dos nervos, balançando entre os joelhos. O motor pegou e a luz do óleo surgiu mais uma vez, parecendo muito vermelha e meio frenética. Foda-se. Escolha um número, pensei. Em minha lista de problemas a resolver, o óleo não se incluía nem nos dez primeiros itens.

Fui forçando a entrada no tráfego e me recusei a conferir o espelho retrovisor à procura de nuvens de fumaça denunciadoras. Carmen morava várias quadras a leste da rua Stark. Não era um ótimo bairro, mas tampouco o pior. O prédio era de tijolos amarelos e parecia precisar de uma boa lavagem com escovão. Quatro andares. Sem elevador. Azulejos lascados no pequeno saguão térreo. O apartamento ficava no segundo andar. Eu suava quando cheguei à porta. A fita amarela que indicava que um crime havia ocorrido ali fora retirada. Havia dois outros apartamentos no segundo andar. Bati em cada porta, mas o local havia sido trancado com um imenso cadeado. Ninguém em casa na primeira tentativa. Uma hispânica, a sra. Santiago, perto da casa dos cinqüenta anos, atendeu na segunda, carregando um bebê. Puxara com capricho os cabelos pretos para trás do rosto redondo. Usava um quimono de algodão azul e chinelos felpudos. Uma televisão falava sem parar no interior escuro do apartamento. Vi duas cabecinhas em silhueta contra a tela. Apresentei-me e dei meu cartão.

– Não sei o que mais posso lhe dizer – ela disse. – Essa Carmen só morou aqui pouco tempo. Ninguém a conhecia. Era tranqüila, reservada.

– Você a viu alguma vez desde o tiroteio?

– Não.

– Sabe onde ela poderia estar? Com amigos? Parentes?

– Eu não a conhecia. Ninguém conhecia essa mulher. Dizem que ela trabalhava num bar... O Step In, na rua Stark. Talvez alguém a conhecesse por lá.

– Você estava em casa na noite do assassinato?

– Sim. Era tarde e Carmen pôs a televisão muito alta. Nunca a ouvi deixar tão alta. Depois alguém começou a bater na porta. Um homem. Acabei sabendo que era um policial. Acho que ele teve de esmurrar a porta, porque ninguém podia ouvir com o barulho da televisão. Depois ouvi uns tiros. Foi quando chamei a polícia. E, quando voltei para minha porta da frente, ouvi uma grande comoção no corredor, então olhei.

– E?

– E John Kuzack estava lá e alguns outros moradores do prédio. Ficamos preocupados com os nossos aqui. Não somos como algumas das pessoas que fingem não ouvir coisas. Por isso não temos drogas nesse prédio. Nunca tivemos esse tipo de problema. John estava parado junto ao policial quando olhei. Ele não sabia que o homem era tira. John viu alguém atirar em cheio no vão da porta de Carmen e esse outro homem tinha uma arma, por isso John assumiu o controle das coisas com as próprias mãos.

– Que aconteceu depois?

– Foi uma verdadeira confusão. Eram muitas pessoas no corredor.

– Carmen estava lá?
– Eu não vi. Simplesmente eram pessoas demais. Todo mundo querendo saber o que aconteceu, entende? Pessoas tentando ajudar o morto, mas de nada adiantou. O cara estava morto, ora.
– Supostamente havia dois homens no apartamento de Carmen. Você viu o segundo homem?
– Acho que sim. Um homem que eu não conhecia. Nunca vi antes. Magricela, pele e cabelos escuros, de uns trinta anos, rosto estranho. Como se tivesse sido atingido com uma frigideira. O nariz mais parecia uma batata. Por isso que o notei.
– Que aconteceu com ele?
Ela encolheu os ombros.
– Não sei. Acho que simplesmente foi embora. Como Carmen.
– Talvez eu devesse falar com John Kuzack.
– Ele mora no 4B. Deve estar em casa agora. Está bem no intervalo entre os dois empregos.

Agradeci e subi mais dois lances de escada, me perguntando que espécie de pessoa se prontificaria a desarmar Morelli, sendo, ainda por cima, bem-sucedido. Bati no 4B e esperei. Bati de novo, alto o bastante para machucar os nós dos dedos. A porta foi aberta e minha pergunta sobre "que espécie de pessoa", respondida. John Kuzack tinha mais de um metro e noventa de altura, uns cento e dez quilos, cabelos grisalhos presos num rabo-de-cavalo e uma cascavel tatuada na testa. Segurava um *Guia de TV* numa das mãos e uma lata da cerveja na outra. O aroma de maconha saía flutuando do enevoado apartamento. Veterano do Vietnã, pensei. Provavelmente servira na aeronáutica.

– John Kuzack?
Ele abaixou os olhos e os apertou na minha direção:
– Que posso fazer por você?
– Estou tentando conseguir alguma pista de Joe Morelli. Esperava que você pudesse me dizer alguma coisa sobre Carmen Sanchez.

— É policial?
— Trabalho para Vincent Plum. Ele pagou a fiança de Morelli.
— Eu não conhecia muito bem Carmen Sanchez — ele disse. — Costumava cruzar com ela por aí. Cumprimentei-a umas duas vezes. Parecia uma pessoa legal. Eu subia a escada quando ouvi os tiros.
— A sra. Santiago, do segundo andar, disse que você dominou o pistoleiro.
— É. Eu não sabia que era policial. Só sabia que tinha baleado alguém e continuava armado. Muitas pessoas chegavam ao corredor e ele mandava todas se afastarem. Imaginei que não era uma boa situação, então o atingi com uma caixa de cerveja. O cara caiu durinho no chão.

Uma caixa de cerveja? Quase ri alto. O relatório da polícia afirmara que Morelli fora atingido com um grande objeto. Nada dizia sobre as cervejas.

— Foi muito corajoso.

Ele riu.

— Droga, isso não tem nada a ver com coragem. Eu estava chapado.
— Sabe o que aconteceu com Carmen?
— Não. Acho que ela desapareceu no tumulto.
— E não a viu desde então?
— Não.
— E a testemunha desaparecida? A sra. Santiago disse que tinha um homem de nariz de batata...
— Lembro que o vi, mas é só isso.
— Você o reconheceria se o visse novamente?
— É provável.
— Acha que alguma outra pessoa no prédio poderia saber mais sobre o homem desaparecido?
— Edleman foi a única outra pessoa que deu uma boa olhada nele.

— Edleman é inquilino aqui?
— Era. Foi atropelado por um carro semana passada. Bem na frente do prédio. Atropelamento e fuga.

Meu estômago deu uma tremida nervosa.

— Não acha que a morte de Edleman está ligada ao assassinato de Kulesza, acha?

— Não tenho como saber.

Eu agradeci a Kuzack pelo seu tempo e desci os degraus devagar, curtindo a marola que saía do apartamento dele.

Era quase meio-dia e estava esquentando. Eu saíra com um terninho e saltos altos, tentando parecer respeitável e inspirar confiança. Deixara as janelas do carro arriadas quando estacionara diante do prédio de Carmen, meio que esperando que alguém o roubasse. Como ninguém o fez, eu me curvei atrás do volante e acabei de comer os figos Newtons que surripiara da despensa de minha mãe. Não descobrira muita coisa dos vizinhos de Carmen, mas pelo menos não fora atacada nem rolara um lance de escada.

O apartamento de Morelli era o próximo na minha lista.

CINCO

Eu ligara para Ranger e pedira ajuda, pois era muito covarde para fazer o arrombamento e entrar sozinha. Quando entrei no estacionamento, ele já me esperava, todo vestido de preto, com uma camiseta sem manga e calça estilo militar. Recostava-se num cintilante Mercedes preto com uma antena tão comprida que parecia chegar a Marte. Estacionei a várias vagas de distância para meu escape não manchar seu polimento.

– Seu carro? – perguntei.

Como se alguém mais pudesse ser dono do Mercedes.

– A vida tem sido boa para mim. – Ele desviou os olhos para o meu Nova. – Belo trabalho de pintura. Esteve na rua Stark?

– Sim, e roubaram meu rádio.

– Que legal da sua parte fazer uma contribuição pros menos afortunados. – Ele riu.

– Estou disposta a contribuir com o carro todo, mas ninguém quer.

– Só porque os caras são loucos não significa que sejam imbecis. – Ele indicou com a cabeça o apartamento de Morelli. – Parece que não tem ninguém em casa, por isso vamos ter de fazer a visita sem guia.

– É ilegal?

– De jeito nenhum. Temos a lei do nosso lado, gatinha. Os caçadores de recompensas podem fazer qualquer coisa. Não precisamos nem de um mandado de busca. – Afivelou um cinturão de náilon preto com um coldre de teia e enfiou sua Glock .9 mm. Prendeu as algemas no cinturão e vestiu a mesma jaqueta de couro larga que usava quando eu o encontrei pela primeira vez na lanchonete. – Espero que Morelli não esteja lá – disse –, mas a gente nunca sabe. Precisamos estar sempre preparados.

Imaginei que devia tomar precauções semelhantes, mas não podia me ver com a coronha de uma arma espetada no cós da minha saia. Seria um gesto vazio de qualquer modo, pois Morelli sabia que eu não tinha coragem para atirar nele.

Ranger e eu atravessamos o estacionamento e tomamos a área de ventilação para o apartamento de Morelli. Ele bateu numa porta e esperou um momento.

– Alguém em casa? – gritou.

Ninguém respondeu.

– E agora? – perguntei. – Vai abrir com um chute?

– De jeito nenhum. A gente pode quebrar o pé com essa merda machista.

– Vai destravar a fechadura, certo? Usar um cartão de crédito?

Ranger abanou a cabeça.

– Você tem visto televisão demais. – Ranger retirou uma chave do bolso e a introduziu na fechadura. – Consegui a chave com o porteiro enquanto a esperava.

O apartamento de Morelli consistia de uma sala de estar, copa, cozinha americana, banheiro e quarto. Relativamente limpo e com poucos móveis: uma pequena mesa quadrada de carvalho, quatro cadeiras com encostos de ripas, um sofá fofo e muito confortável, mesinha de centro e uma poltrona reclinável. Ele tinha um caro aparelho de som na sala de estar e uma TV pequena no quarto.

Ranger e eu revistamos a cozinha à procura de alguma caderneta de endereços e folheamos contas descuidadamente empilhadas na frente do forno elétrico.

Era fácil imaginar Morelli à vontade em seu apartamento, jogando as chaves no balcão da cozinha, chutando os sapatos, olhando a correspondência. Uma onda de remorso me inundou, quando percebi que ele, com toda probabilidade, jamais seria libertado para apreciar qualquer um daqueles rituais tão simples. Matara um homem e, de fato, no processo também acabara com a própria vida. Que desperdício horrível. Como pôde ser tão idiota? Como pôde ter-se metido numa bagunça tão atroz? Como essas coisas aconteciam com as pessoas?

– Nada aqui – disse Ranger.

Apertou o botão para reproduzir as mensagens na secretária eletrônica de Morelli.

– Oi, tesão – arrulhou uma voz feminina. – Aqui é a Carlene. Ligue de volta pra mim. – Bipe.

– Joseph Anthony Morelli, é sua mãe. Você está aí? Alô? Alô? – Bipe.

Ranger virou a máquina de cabeça para baixo e copiou o código de segurança e o de mensagem especial.

– Anote esses números e poderá acessar as mensagens dele de um telefone externo. Talvez surja alguma coisa.

Passamos para o quarto, revistamos as gavetas, examinamos os livros e as revistas e inspecionamos as poucas fotografias na cômoda. Eram apenas da família. Nada útil. Nenhuma de Carmen. A maioria das gavetas fora esvaziada. Ele levara todas as meias e cuecas. Que pena. Eu melo que ansiava por ver as cuecas de Joe.

Terminamos de volta à cozinha.

– Este lugar está limpo – concluiu Ranger. – Não vai encontrar nada útil aqui. E duvido de que ele retorne. Parece que levou tudo que precisava. – Ele pegou um molho de chaves num pequeno gancho na parede da cozinha e largou-as na minha mão. – Fique com elas. Não tem sentido incomodar o porteiro quando quiser entrar de novo.

Trancamos o apartamento e depois deslizamos a chave-mestra do porteiro por uma fenda em sua porta. Ranger se acomodou no Mercedes, pôs um par de óculos-de-sol espelhados, baixou o teto solar, enfiou um CD com um forte grave no som e dirigiu para fora do estacionamento como se fosse o Batman.

Dei um suspiro resignado e olhei para o meu Nova. Pingava óleo no pavimento. A duas vagas dali, o novo jipe Cherokee vermelho e dourado de Morelli cintilava sob o brilho do sol. Eu sentia o peso das chaves dele pendendo do dedo. Uma chave de casa e duas do carro. Decidi que não faria mal algum dar uma olhada mais de perto, então abri a porta do Cherokee e examinei o interior. Ainda tinha cheiro de novo. O painel de instrumentos sem poeira, os tapetes recém-aspirados e imaculados, a forração vermelha nivelada e perfeita. O carro tinha cinco marchas, tração nas quatro rodas e cavalos suficientes para deixar o dono orgulhoso. Equipado com ar-condicionado, um aparelho de som com CD, um rádio de comunicação da polícia, um telefone celular e um scanner. Era um carro maravilhoso. E de Morelli. Não parecia justo um transgressor contumaz de leis como ele ter um carro tão espetacular e eu, uma bosta daquelas.

Na certa, como já abrira o carro, eu devia ligar o motor para ele, pensei. Não era bom um carro ficar parado e não ser dirigido. Todo mundo sabe disso. Inspirei fundo e cuidadosamente me instalei atrás do volante. Ajustei o banco e o espelho retrovisor, pus as mãos no volante e testei a sensação. Podia pegar Morelli se tivesse um carro assim, disse a mim mesma. Eu era inteligente, esperta. Só precisava de um carro. Imaginei se devia dirigi-lo. Talvez deixá-lo apenas com o motor ligado não bastasse. Talvez o carro precisasse dar a volta no quarteirão. Melhor ainda, talvez eu devesse dirigi-lo por um ou dois dias para realmente curtir.

Tudo bem, a quem tentava enganar? Eu pensava em roubar o carro de Morelli. Não roubar, raciocinei. Apropriar-me. Afinal, eu era uma caçadora de recompensas e na certa me apropriaria de um carro se surgisse uma emergência. Dei uma olhada no Nova, cuja situação me pareceu uma emergência.

Havia uma vantagem a mais em surripiar o Cherokee de Morelli. Eu tinha quase toda a certeza de que ele não ia gostar. E se ficasse bastante fulo da vida comigo, talvez fizesse alguma coisa idiota e viesse correndo atrás do carro.

Girei a chave na ignição e tentei ignorar o fato de que meu coração batia em compasso duplo. O segredo de ser uma bem-sucedida caçadora de recompensas é ser capaz de aproveitar o momento, disse a mim mesma. Flexibilidade. Adaptação. Pensamento criativo. Todos os atributos necessários. E não machucava ter colhões.

Respirei devagar, para não hiperventilar e bater com meu primeiro carro roubado. Tinha mais um item no itinerário de meu dia. Precisava visitar o Step In Bar e Grill, o último lugar conhecido onde Carmen trabalhou. O Step In ficava na parte inferior da rua Stark, a duas quadras da academia. Fiquei pensando se deveria passar em casa para trocar o terninho por algo mais casual, mas acabei decidindo permanecer do jeito como estava. Não importa a roupa que usasse, não iria conseguir me misturar com os freqüentadores do bar.

Encontrei uma vaga a um quarteirão do Step In. Tranquei o carro e andei a pequena distância até o bar apenas para descobrir que estava fechado. A porta cercada. As janelas tapadas com tábuas. Nenhuma explicação afixada. Não fiquei muito decepcionada. Após o incidente na academia, não vinha ansiando por invadir outro bastião de virilidade da rua Stark. Corri de volta ao Cherokee e fiquei percorrendo a rua Stark de um lado ao outro, com o palpite de que talvez visse Morelli. Na quinta passagem, a coisa começou a ficar cansativa e minha gasolina bai-

UM DINHEIRO NADA FÁCIL

xa, então desisti. Chequei o porta-luvas à procura de cartões de crédito, mas não encontrei nenhum. Maravilha. Sem gasolina. Sem dinheiro. Sem cartão de crédito.

Se ia continuar na cola de Morelli, precisaria de uma ajuda de custos para viver. Não podia continuar vivendo daquele jeito. Vinnie era a resposta óbvia para meu problema. Ele ia ter de me adiantar algum dinheiro vivo. Parei num sinal e examinei o telefone de Morelli. Tirei-o da base e o número dele piscou e fixou-se no mostruário. Que coisa mais conveniente. Por que não pegar logo tudo?, imaginei. Por que parar no carro roubado? Devia usar também o telefone.

Liguei para o escritório de Vinnie e Connie atendeu.
– Vinnie está? – perguntei.
– Sim – ela respondeu. – Vai ficar aqui a tarde toda.
– Chego aí em uns dez minutos. Preciso falar com ele.
– Pegou Morelli?
– Não, mas confisquei o carro dele.
– Tem teto solar?
Revirei os olhos para o céu.
– Não.
– Porcaria.

Desliguei e rumei para o sul, tentando decidir o que seria um adiantamento razoável. Precisava de dinheiro para me sustentar por duas semanas e, se ia usar o carro para pegar Morelli, devia investir num sistema de alarme. Não podia vigiar o carro vinte quatro horas por dia e não queria que Morelli o tirasse de mim às escondidas enquanto eu dormia, ou fizesse xixi, ou fosse ao mercado.

Ponderava uma quantia conveniente quando o telefone tocou, a campainha baixa quase me fez subir no meio-fio. Era uma sensação estranha. Como ser pega ouvindo conversa alheia, ou mentindo, ou sentada na privada e ver as quatros paredes do banheiro caírem de repente para os lados. Tive uma vontade irracional de abandonar a avenida e sair gritando do carro.

Cuidadosamente, levei o receptor ao ouvido.
– Alô?
Depois de uma pausa, a voz de uma mulher chegou à linha.
– Quero falar com Joseph Morelli.
Santo Deus! Era Momma Morelli. Como se eu já não estivesse numa merda profunda e suficiente.
– Joe não está aqui no momento.
– Quem é você?
– Sou uma amiga de Joe. Ele me pediu pra dirigir o carro de vez em quando.
– É mentira – ela rebateu. – Sei com quem estou falando. Com Stephanie Plum. Conheço sua voz quando ouço. Que está fazendo no carro do meu Joseph?
Ninguém sabe demonstrar desdém como Momma Morelli. Se fosse uma mãe comum ao telefone, eu poderia ter explicado ou me desculpado, mas a de Morelli me deixava morta de medo.
– Como? – gritei. – Não consigo ouvir. Alô? Alô?
Encaixei logo o receptor na base e apertei o botão de desligar no aparelho.
– Bom procedimento – disse a mim mesma. – Muito adulto. Muito profissional. Pensamento realmente rápido.
Estacionei na Hamilton e segui a pé meia quadra até o escritório de Vinnie. Preparava-me para o confronto, deixando a adrenalina fluir e elevar meu nível de energia. Atravessei a porta como a Mulher Maravilha, ergui o polegar para Connie e fui direto para o escritório de Vinnie. A porta estava aberta, ele se encontrava atrás da escrivaninha, debruçado sobre uma tabela de corridas de cavalos.
– E aí? Como tem passado! – eu o cumprimentei.
– Oh, merda – ele disse. – Que foi agora?
Isso é o que gosto na minha família. Somos tão íntimos, tão afetuosos, tão educados uns com os outros.

– Quero um adiantamento sobre minha comissão. Tenho despesas associadas ao trabalho.

– Um adiantamento? Está de gozação comigo? É brincadeira, certo?

– Não é brincadeira. Vou ganhar dez mil dólares quando trouxer Morelli. Quero um adiantamento de dois mil.

– Quando o inferno congelar. E não pense que pode empurrar mais daquela merda de chantagem em mim. Cochiche pra minha mulher e é o mesmo que eu estar morto. Quero ver se consegue espremer um emprego de um homem morto, espertinha.

Ele tinha razão.

– Tudo bem, então a chantagem não vai funcionar. Que tal tentar a cobiça? Você me dá os dois mil agora e eu não recebo meus dez por cento inteiros.

– E se você não pegar Morelli? Já pensou nisso?

Apenas em todos os minutos em que estou acordada.

– Eu vou pegar Morelli.

– Ã-hã. Me desculpe por eu não partilhar essa sua atitude positiva. E se lembre que só concordei com essa loucura por uma semana. Só restam quatro dias. Se não tiver trazido Morelli na próxima segunda-feira, vou dar o caso a outra pessoa.

Connie entrou no escritório.

– Qual o problema aqui? Stephanie precisa de dinheiro? Por que não passa Clarence Sampson pra ela?

– Quem é Clarence Sampson? – perguntei.

– Um de nossa família de bêbados. Em geral, é inteiramente pacífico. De vez em quando, faz alguma besteira.

– Como o quê?

– Como tentar dirigir com um nível de álcool muito elevado. Nessa ocasião em particular, teve a infelicidade de causar a perda total de uma radiopatrulha.

– Bateu numa radiopatrulha?

– Não exatamente – respondeu Connie. – Tentava dirigir a radiopatrulha. Bateu numa loja de bebidas alcoólicas na State Street.

– Você tem uma foto desse cara?

– Tenho um arquivo de cinco centímetros com fotos que abrangem duas décadas. Pagamos fiança por Sampson tantas vezes que eu sei de cor o número do seguro social dele.

Acompanhei-a até o escritório externo e esperei enquanto ela separava uma pilha de pastas de papel pardo.

– A maioria de nossos agentes de captura trabalha num monte de casos simultaneamente. É mais eficiente assim. – Connie me entregou uma dúzia de pastas. – Estes são os DDC que Morty Beyers estava cuidando para nós. Morty vai ficar fora por mais algum tempo, por isso é melhor você cair em cima deles. Alguns são mais fáceis que outros. Memorize os nomes e endereços e grampeie-os nas fotografias. Nunca se sabe quando terá sorte. Semana passada, Andy Zabotsky esperava na fila pra comprar uma porção de galinha frita e reconheceu o cara na frente dele como um dos caloteiros. Foi um bom achado. Um traficante. Teríamos morrido em trinta mil.

– Eu não sabia que vocês pagavam fiança para traficantes de drogas – comentei. – Sempre achei que faziam sobretudo coisas sutis.

– Os traficantes de drogas são bons. Não gostam de deixar a área. Têm clientes. Andam ganhando um baita dinheiro. Quando se ferram, em geral se pode ter certeza de que vão reaparecer.

Enfiei os arquivos debaixo do braço, prometendo fazer cópias e devolver os originais a Connie. A história da galinha fora inspiradora. Se Andy Zabotsky podia pegar um trapaceiro numa franquia de galinha, pense no meu próprio potencial pessoal. Eu comia essa porcaria o tempo todo, até gostava. Talvez esse negócio de caçadora de recompensas desse certo. Assim que me tornasse financeiramente confortável, podia me sustentar catando pessoas como Sampson e fazendo uma ou outra apreensão de comida rápida e barata.

Atravessei a porta da frente e fiquei sem ar com a repentina ausência de ar-condicionado. O dia passara de quente para infernal. O ar era pesado e mormacento, ainda que o céu estivesse encoberto. O sol maltratava a pele exposta e eu ergui os olhos, protegendo-os, meio que esperando ver um buraco na camada de ozônio boquiaberto para mim como um grande olho de ciclope a disparar raios letais de sei lá que radioativos. Só sei que o buraco supostamente ronda acima da Antártica, mas me pareceu lógico que mais cedo ou tarde deslizaria para Jersey. Jersey produzia aldeído fórmico de uréia e coletava o lixo ao largo da costa de Nova York. Achei apenas factível que também tenha um buraco na camada de ozônio.

 Destranquei o Cherokee e deslizei para trás do volante. O dinheiro pela apreensão de Sampson não me levaria a Barbados, mas poria alguma coisa além de bolor na minha geladeira. Ainda mais importante, me daria uma chance de passar por todos os passos de uma captura. Quando Ranger me levara a uma delegacia de polícia para obter a licença de porte de arma, também me explicara o procedimento de recuperação, mas nada substitui a experiência na prática.

 Liguei para a casa de Clarence Sampson do telefone do carro. Ninguém atendeu. Não fora dado nenhum número de trabalho. O relatório da polícia listava seu endereço como rua Limeing, 5077. Eu não conhecia a rua Limeing, por isso consultei um mapa e descobri que Sampson morava dois quarteirões depois da Stark, junto aos edifícios do governo. Prendi com fita adesiva o retrato dele no painel e, de poucos em poucos segundos, comparava-o com os homens que passavam pela rua enquanto eu dirigia.

 Connie sugerira que eu visitasse os bares na parte baixa da Stark. Na minha lista de coisas preferidas a fazer, passar a happy hour no Rainbow Room, na esquina da Stark com a Limeing, incluía-se logo abaixo de cortar os dois polegares com uma faca cega. Pareceu-me que ia ser tão eficaz e muito menos perigoso ficar trancada no Cherokee e vigiar a rua. Se Clarence Sampson estivesse num dos bares, mais cedo ou mais tarde ia ter de sair.

Tive de dar várias voltas até encontrar uma vaga que me agradasse na esquina da Limeing com a Stark. Tinha uma boa visão da Stark e também conseguia ver metade do quarteirão da Limeing. Parecia muito respeitável em meu terninho, com toda a minha brancura e o grande carro vermelho brilhante, mas nem de longe continuaria parecendo tão séria se entrasse requebrando no Rainbow Room. Deixei as janelas fechadas com uma fresta e me refestelei no banco, tentando me acomodar numa posição confortável.

Um garoto com um monte de cabelos e o equivalente a setecentos dólares em ouro no pescoço parou com dois amigos e olhou para mim.

– Ei, gostosa – disse. – Que está fazendo aqui?

– Esperando alguém – respondi.

– Ah, é? Uma boazuda como você não devia ter de esperar ninguém.

Um dos amigos se aproximou. Fez ruídos de quem chupava alguma coisa e balançou a língua para mim. Quando viu que chamara minha atenção, lambeu a janela.

Escavei dentro da bolsa até encontrar a arma e o spray de defesa pessoal. Pus os dois em cima do painel. As pessoas paravam e olhavam fixamente de vez em quando depois disso, mas não se demoravam.

Às cinco horas, me sentia agitada e minha saia de raiom tinha sérios vincos nas entrepernas. Eu olhava para Clarence Sampson, mas pensava em Joe Morelli. Ele estava em algum lugar ali por perto. Eu o sentia na boca do estômago. Era como uma carga elétrica de baixa voltagem que zumbia junto à minha espinha. Em minha mente, eu já vivia o momento da prisão. O cenário mais fácil seria ele nem sequer me ver, para eu chegar por trás e lhe dar uma borrifada. Se isso não fosse possível, teria

UM DINHEIRO NADA FÁCIL

de falar com ele e esperar o momento certo para lançar mão do aerossol. Assim que ele caísse, incapacitado, eu o algemaria. Depois disso, ficaria mais relaxada.

Às seis, já fizera umas quarenta e duas prisões mentais e ficara psicótica. Às seis e meia, me encontrava em um estado deplorável e minha face esquerda adormecera. Esforçava-me ao máximo e tentava fazer exercícios isométricos. Contava os carros que passavam, cantava o hino nacional sem emitir nenhum som e lia bem devagar os ingredientes numa embalagem de chicletes que encontrei na bolsa. Às sete, liguei para o serviço de Hora Certa, a fim de me certificar de que o relógio de Morelli estava certo.

Eu me repreendia por ser do sexo errado e da cor errada para trabalhar com eficácia em mais da metade dos bairros de Trenton, quando um homem que correspondia à descrição de Sampson saiu do Rainbow Room. Olhei o retrato no painel. Olhei de novo o homem. E mais uma vez o retrato. Tive noventa por cento de certeza de que era ele. Branco, corpanzil flácido, cabeça pequena, cabelos e barba escuros. Parecia o Brutus do desenho do Popeye. Tinha de ser Sampson. Encarando os fatos, quantos brancos gordos e barbudos moravam naquele bairro?

Enfiei a arma e o spray na bolsa, afastei-me do meio-fio e contornei dois quarteirões para dobrar na Limeing e me pôr entre Sampson e a casa dele. Parei em fila dupla e saí do carro. Um grupo de adolescentes conversava na esquina e duas meninas estavam sentadas numa rampa próxima com bonecas Barbie. Do outro lado da rua, uma cadeira de madeira desmantelada, sem as almofadas, fora posta na calçada, uma versão de balanço de varanda da rua Limeing. Dois velhos estavam sentados nela e olhavam o nada, calados, os rostos enrugados inanimados.

Sampson vinha seguindo devagar pela rua, obviamente de cara cheia. Tinha um sorriso contagiante e eu lhe sorri em retribuição.

– Clarence Sampson?

– Isso – ele respondeu. – Eu mesmo.

As palavras saíram pastosas e ele emanava um cheiro rançoso, como roupa esquecida durante semanas no cesto.

Estendi a mão.

– Sou Stephanie Plum. Represento sua empresa de fiança. Você não compareceu a uma apresentação no tribunal e gostaríamos que remarcasse uma data.

Uma confusão momentânea ondulou em sua expressão, a informação foi processada e ele tornou a sorrir.

– Acho que esqueci.

Não era o que se poderia chamar de uma personalidade esquentadinha. Creio que Sampson jamais teria de preocupar-se com um ataque cardíaco relacionado a estresse. Era mais provável que morresse de inércia. Mais sorrisos da minha parte.

– Não faz mal. Isso acontece o tempo todo. Parei o carro ali... – Acenei na direção do Cherokee. – Se não for muito incômodo, vou levá-lo até a delegacia e podemos cuidar da papelada.

Sampson olhou além de mim para a casa dele.

– Eu não sei...

Enlacei o braço no dele e cutuquei-o para a frente. Apenas uma amigável vaqueira tocando o gado. Vamos, cachorrinho.

– Não vai demorar muito. – Três semanas, talvez. Eu derramava bem-estar e charme, pressionando o seio no braço carnudo do homem como um incentivo extra. Girei-o em volta do carro e abri a porta do carona. – Realmente agradeço isso.

Ele empacou na porta.

– Eu só preciso marcar uma nova data pra me apresentar ao tribunal, certo?

– É. Certo.

E depois penar numa cela até que essa data de tribunal surja no calendário. Eu não simpatizava com ele, pois ele podia ter matado alguém enquanto dirigia embriagado.

Convenci-o a entrar e prendi o cinto de segurança. Contornei o carro, instalei-me depressa no banco e acelerei, temendo que uma lâmpada se acendesse no minúsculo cérebro de Sampson e ele percebesse que eu era uma agente de captura. Não tinha a mínima idéia do que aconteceria quando chegássemos à delegacia de polícia. Um passo de cada vez, disse a mim mesma. Se ele ficar violento, taque-lhe o gás... talvez.

Meus medos foram prematuros. Não chegara a dirigir quinhentos metros e ele ficou com os olhos vidrados, caiu no sono e tombou curvado junto à porta como uma gigantesca lesma. Recitei uma rápida prece para que não se mijasse, nem vomitasse ou fizesse alguma das outras coisas grosseiras e involuntárias a que tendem os bêbados.

Várias quadras depois, parei num sinal e olhei-o. Continuava adormecido. Até então, tudo bem.

Uma van Econoline azul desbotada atraiu meu olhar do outro lado do cruzamento. Três antenas. Um monte de equipamento para uma van velha e caindo aos pedaços, pensei. Franzi os olhos para o motorista, obscurecido atrás do vidro fumê, e uma estranha sensação rastejou por minha nuca. O sinal mudou. Carros atravessaram o cruzamento. A van passou por mim na mão contrária e meu coração saltou para a garganta quando fui presenteada com a visão de Joe Morelli atrás do volante, olhando-me boquiaberto de surpresa. Meu primeiro impulso foi encolher até ficar invisível. Em teoria, devia ficar satisfeita por fazer contato, mas a realidade imediata me lançava em uma forte confusão. Eu era boa em fantasiar a captura de Morelli. Não me sentia tão confiante quando se tratava de me sair bem na prática. Freios guincharam atrás de mim e vi pelo espelho retrovisor a van saltar o meio-fio e fazer o retorno.

Eu esperara que ele viesse atrás de mim, mas não com tanta rapidez. Embora as portas do jipe estivessem trancadas, travei mais uma vez o botão, por via das dúvidas. Tinha o spray de defesa pessoal no colo. A delegacia de polícia ficava a menos de dois quilômetros. Perguntei-me se deveria jogar Clarence na rua e ir atrás de Morelli, que era, afinal, meu principal objetivo.

Repassei as possíveis tentativas de prisão e nenhuma delas se revelou satisfatória. Não queria que Morelli me abordasse enquanto eu conduzia Clarence. E não queria largá-lo na rua. Naquele bairro, não. Não tinha certeza de que ia conseguir controlar o que aconteceria depois.

Morelli estava cinco carros distante de mim quando parei em outro sinal. Vi a porta do motorista abrir-se. Morelli saiu da van e correu em minha direção. Agarrei o spray e rezei para o sinal mudar. Ele já quase me alcançava quando todos avançamos e ele foi obrigado a retornar à van.

O bom e velho Clarence continuava ferrado no sono, a cabeça caída para a frente, a boca aberta, babando e emitindo roncos baixos. Dobrei à esquerda na North Clinton e o telefone tocou.

Era Morelli, e não parecia nada feliz.

– Que porra você acha que está fazendo? – ele gritou.

– Levando o sr. Sampson pra delegacia de polícia. Você é mais que bem-vindo pra nos seguir. Tornaria tudo muito mais fácil pra mim.

Aquela havia sido uma resposta e tanto, considerando-se que eu estava tendo um ataque de nervos.

– É O MEU CARRO QUE VOCÊ ESTÁ DIRIGINDO!

– Hummmmmm. Bem, eu confisquei.

– Você O QUÊ?

Apertei o botão para desligar o telefone antes que a conversa deteriorasse para ameaças de morte. A van desapareceu de vista a dois quarteirões da delegacia e eu segui em frente com meu DDC ainda dormindo como um bebê.

O próprio departamento de polícia fica num prédio de tijolos de três andares em forma de cubo que representa a visão de arquitetura municipal do Prático, dos Três Porquinhos. Claramente sem muita verba, a Sede da Polícia não teve recursos para muitos embelezamentos, o que é ótimo, considerando-se que se encontra no meio de um gueto, localização certamente suscetível à aniquilação caso venha a ocorrer uma rebelião de grandes proporções.

Um terreno delimitado por uma grade, anexo ao prédio, serve de estacionamento para radiopatrulhas e vans, além de abrigar os carros de empregados, policiais e cidadãos arruaceiros.

Fileiras de casas geminadas e pequenas lojas com fachadas de arenito, típicas da área, têm as fachadas voltadas para a entrada da frente da delegacia: Frutos do Mar Jumbo, um bar sem qualquer nome visível e um ameaçador gradeamento de metal nas janelas, uma mercearia de esquina que ostentava uma placa anunciando "RC Cola", a chapelaria da Lydia, a loja de móveis usados com uma variada coleção de lavadoras de roupa expostas na calçada e a Igreja do Tabernáculo.

Entrei no estacionamento, tornei a ligar o telefone, chamei a divisão de despacho e pedi ajuda com a transferência de custódia. Fui instruída a me dirigir à porta de segurança nos fundos, onde um policial uniformizado estaria a minha espera. Dirigime à porta designada e dei marcha à ré na entrada de veículos, pondo Clarence junto ao prédio. Não vi o policial uniformizado e por isso dei outro telefonema. Fui logo avisada para não me meter em encrenca. Fácil para *eles* dizerem coisas como essa – sabiam o que faziam.

Alguns minutos depois, Carl "Doido" Costanza espichou a cabeça pela porta. Eu fizera a primeira comunhão com Carl Doido, entre outras coisas.

Ele franziu os olhos para além de onde Clarence roncava.

– Stephanie Plum?

– E aí, Carl.

O rosto rompeu num sorriso.

– Disseram que tinha um péla saco aqui fora.

– Devia ser eu.

– Que é que há com a bela adormecida?

– Ele é DDC.

Carl aproximou-se para uma olhada mais de perto.
– Está morto?
– Acho que não.
– Cheira a morto.
Concordei.
– Ele está de porre. – Sacudi Clarence e berrei no ouvido dele. – Vamos. Hora de acordar.
Clarence engasgou-se com um pouco de cuspe e abriu os olhos.
– Onde estou?
– Delegacia de Polícia – respondi. – Todo mundo pra fora.
Ele me olhou com desfocada estupidez embriagada e continuou sentado tão imóvel e inflexível quanto um saco de areia.
– Faça alguma coisa – pedi a Costanza. – Tire ele daqui.
Costanza agarrou Clarence pelos braços e eu apoiei os pés no traseiro dele. Empurramos e puxamos e, centímetro por centímetro, tiramos a grande e medonha bola de carne pútrida do banco para a calçada.
– Por coisas como essa é que me tornei policial – disse Costanza. – Não pude resistir ao encanto de tudo isso.
Manobramos Clarence pela porta de segurança, o algemamos num banco de madeira e o entregamos ao tenente de registro. Voltei correndo para fora e transferi o Cherokee para uma vaga no estacionamento, onde ficaria menos visível aos policiais, que podiam confundi-lo com um carro roubado.
Quando retornei, haviam retirado o cinto de Clarence, assim como os cadarços dos sapatos e os objetos pessoais. Ele parecia abandonado e patético. Era minha primeira captura e eu esperava sentir alguma satisfação pelo meu sucesso, mas agora achava difícil ficar radiante com o infortúnio de outra pessoa.
Peguei o comprovante de captura, passei alguns minutos trocando reminiscências com Carl Doido e rumei para o estacionamento. Pretendia sair antes de escurecer, mas a noite fechou-

UM DINHEIRO NADA FÁCIL

se cedo sob uma manta de nuvens, deixando o céu sem estrelas e luar. O tráfego era esporádico. Mais fácil para localizar um fugitivo, disse a mim mesma, mas não acreditava nisso. Tinha uma confiança mínima em minha capacidade para localizar Morelli.

Não vi qualquer sinal da van, o que não significava grande coisa. Morelli podia estar dirigindo qualquer outro carro a essa altura. Fui para Nottingham com um olho na rua e outro no espelho retrovisor. Não tinha a menor dúvida de que Morelli estava por ali, mas pelo menos me fazia a cortesia de não ser óbvio. O que significava que me levava moderadamente a sério. Essa animadora idéia me incitou a me preparar para a ocasião com um plano. O plano era simples. Ir para casa, parar o Cherokee no estacionamento, esperar nos arbustos com meu spray do mal e dispará-lo em Morelli quando ele tentasse reclamar por seu carro.

SEIS

A FACHADA DO MEU PRÉDIO DE APARTAMENTOS FICAVA RENTE À calçada. O estacionamento, nos fundos, era quase cenográfico, consistindo de um retângulo de asfalto subdividido em vagas. Não éramos sofisticados a ponto de termos vagas suficientes para todos os apartamentos. Estacionar era uma competição feroz, com todos os lugares realmente bons já ocupados. Três caçambas de lixo esperavam na entrada do estacionamento. Uma para o lixo em geral. Duas para recicláveis. Bom para o meio ambiente. Péssimo para a estética do local. A entrada dos fundos fora melhorada por uma faixa de enormes azaléias que abraçavam o prédio e se estendiam por quase toda a extensão do estacionamento. Eram deslumbrantes na primavera, quando se cobriam de flores cor-de-rosa, e mágicas no inverno, quando o porteiro as entrelaçava com fios de mínimas lâmpadas pisca-pisca. O resto do ano eram melhor que nada.

Escolhi uma vaga bem iluminada no meio do estacionamento. Melhor ver Morelli quando ele viesse recuperar sua propriedade. Sem falar que era um dos poucos lugares que restavam. A maioria das pessoas no meu prédio era idosa e não gostava de dirigir depois que escurecia. Às nove da noite, o estacionamento ficava lotado e as TVs troavam a todo volume dentro dos apartamentos dos mais idosos.

Olhei em volta para ter certeza de que não havia nenhum sinal de Morelli. Depois levantei o capô e retirei a tampa do distribuidor do Cherokee. Este era um dos meus muitos talentos de sobrevivência em Nova Jersey. Todo mundo que já deixou o carro estacionado por muito tempo no aeroporto de Newark sabe retirar a tampa do distribuidor. É quase a única maneira de garantir que o carro continuará lá quando a gente retornar.

Imaginei que, quando o Cherokee não pegasse, Morelli ia enfiar a cabeça sob o capô e seria nesse momento que eu ia disparar o gás nele. Corri para o prédio e me escondi atrás das azaléias, me sentindo muito esperta.

Sentei-me no chão em cima de uma folha de jornal em deferência à minha saia. Gostaria de ter trocado de roupa, mas temia perder Morelli mesmo indo em um pé e voltando no outro. Lascas de cedro haviam sido espalhadas diante das azaléias. Ali atrás de onde eu estava sentada, o terreno de terra bem compacta era duro. Quando menina, talvez eu houvesse achado o lugar aconchegante, só que não era mais criança e notava coisas que as crianças não notam. A principal delas era que as azaléias não pareciam tão bonitas vistas de trás.

Um grande Chrysler entrou no estacionamento e um homem de cabelos brancos saiu. Eu o reconheci, mas não sabia seu nome. Ele se encaminhou devagar até a entrada do prédio. Não pareceu alarmado nem gritou: "Socorro, tem uma louca escondida nos arbustos" e, por isso, tive certeza de que estava bem escondida.

Franzi os olhos para ver as horas no relógio de pulso. Nove e quarenta e cinco. Esperar não se incluía entre meus passatempos favoritos. Eu estava com fome, chateada e desconfortável. Tem gente que na certa aproveita o tempo de espera com coisas úteis, organizando os pensamentos, compondo listas de afazeres, mergulhando em introspecções construtivas. Esperar, para mim, era privação sensorial. Um buraco negro. Tempo perdido. Continuava esperando às onze horas. Além de estar toda torta, precisava ir ao banheiro. De algum modo, consegui ficar sentada ali por mais uma hora e meia. Revia minhas opções, analisando um novo plano, quando começou a chover. As gotas grandes e preguiçosas caíam em câmera lenta, respingavam nos arbustos de azaléias e deixavam sua marca na terra compactada onde eu me sentava, encorajando cheiros bolorentos que lembravam teias de aranha e criaturas rastejantes a rebelar-se da terra. Sentei-me com as costas apoiadas no prédio e as pernas erguidas junto ao peito. Com exceção de uma ou outra gota renegada, mantive-me intocada pela chuva.

Após alguns minutos, o tempo se uniformizou, as gotas ficaram menores e consistentes e o vento se intensificou. A água se empoçava no asfalto, captando coágulos de luz refletida, e a chuva deslizava como pérolas na brilhante pintura vermelha do Cherokee.

Era uma esplêndida noite para ficar na cama com um livro, escutando as gotas batendo na janela e na escada de incêndio. Uma noite péssima para ficar acocorada atrás de um arbusto de azaléia. A chuva passara a rodopiar com o vento, pegando-me em rajadas, encharcando minha camisa e colando os cabelos no rosto.

A uma da manhã, eu tremia de frio, infeliz, ensopada de pingar, quase fazendo xixi na calça. Não que isso importasse. A uma e cinco, abandonei o plano. Mesmo que Morelli de fato aparecesse, o que eu começava a duvidar, não tinha certeza de que me encontrava em forma para fazer uma captura. E de jeito nenhum queria que ele me visse com os cabelos assim.

Eu já ia embora, quando um carro contornou o estacionamento, parou numa vaga do outro lado da rua e apagou os faróis. Um homem saiu do carro e apertou o passo, cabisbaixo, rumo ao Cherokee. Não era Joe, mas, novamente, Bicão. Apoiei a testa nos joelhos e fechei os olhos. Fora muito ingênua em pensar que Joe cairia na minha armadilha. Toda a força policial estava atrás do rabo dele. Não ia embarcar numa armação daquelas. Fiquei emburrada por alguns segundos e logo me refiz, jurando ser mais esperta da próxima vez. Devia ter me posto no lugar do Joe. Iria me expor indo pessoalmente atrás do carro? Não. Tudo bem, então começava a aprender. Regra número um: não subestime o inimigo. Regra número dois: pense como um criminoso.

Bicão abriu a porta do motorista com uma chave e deslizou no assento atrás do volante. O arranque sacudiu, mas não pegou. Ele esperou alguns minutos e tentou de novo. Saiu e olhou embaixo do capô. Eu sabia que isso não levaria muito tempo. Não era necessário ser um gênio para dar pela falta da tampa do distribuidor.

Bicão tirou a cabeça de debaixo do capô, baixou-o com força, deu um pontapé num pneu e disse alguma coisa pitoresca. Deu uma corridinha de volta ao carro dele e arrancou do estacionamento.

Eu saí furtivamente das sombras e me arrastei pela curta distância até a entrada dos fundos do prédio com a saia grudada nas pernas e água empapada nos sapatos. A noite fora um fiasco, mas podia ter sido pior. Joe podia ter mandado a mãe pegar o carro.

A portaria estava deserta, parecendo muito mais inóspita que o habitual. Apertei o botão do elevador e esperei. A água pingava da ponta do meu nariz e da bainha da minha saia, formando um pequeno lago no piso de cerâmica cinza. Dois elevadores dispostos um ao lado do outro serviam ao prédio. Nenhum deles, pelo que eu sabia, jamais despencara para o fosso da morte nem se precipitara como um foguete varando o teto como um elevador fugitivo, mas as chances de ficar presa entre dois andares eram excelentes. Em geral, eu usava a escada. Nessa noite, decidi levar minha estupidez masoquista ao máximo e pegar o elevador. A cabine balançou e encaixou-se, as portas se escancararam e eu entrei. Subi até o segundo andar sem maiores incidentes e chapinhei no corredor. Apalpei dentro da bolsa à procura da chave e já ia entrando no apartamento, quando me lembrei da tampa do distribuidor. Deixara-a lá embaixo, atrás das azaléias. Pensei em buscá-la, mas foi um pensamento breve e sem qualquer conseqüência. Em hipótese alguma eu ia descer de novo.

Passei o ferrolho na porta e tirei a roupa ainda na pequena área de linóleo que servia de vestíbulo. Meus sapatos se arruinaram e a parte de trás da saia exibia as manchetes do dia anterior. Deixei todas as peças numa pilha empapada no chão e fui direto para o banheiro.

Misturei a água até que atingisse uma temperatura agradável, entrei na banheira, fechei a cortina do chuveiro e deixei o forte jato me espancar. O dia não fora todo ruim, disse a mim mesma. Eu fizera uma captura. Era uma legítima caçadora de recompensas agora. De manhã cedo, ia pegar meu dinheiro com Vinnie. Ensaboei todo o meu corpo e o enxagüei logo em seguida. Lavei bem os cabelos. Girei o botão da banheira para o modo hidromassagem e fiquei ali um longuíssimo tempo, deixando a tensão se esvair de meu corpo. Era a segunda vez que Joe usava o primo como moleque de recados. Talvez eu devesse vigiar Bicão. O problema era que não podia vigiar todo mundo ao mesmo tempo.

Fui distraída por uma mancha colorida no outro lado da cortina do chuveiro translúcida e escorregadia por causa do sabão. A mancha moveu-se e meu coração parou, momentaneamente morto no peito. Tinha alguém no banheiro. O choque foi entorpecente. Fiquei imóvel como uma estátua por alguns segundos, sem um único pensamento na cabeça. Então me lembrei de Ramírez e meu estômago embrulhou-se. Talvez ele houvesse voltado. E na certa convencido com lábia meu porteiro a dar-lhe uma chave ou entrado por uma janela. Só Deus poderia saber do que o louco era capaz.

Eu levara a bolsa para o banheiro, mas estava fora de meu alcance, na bancada.

O intruso atravessou o banheiro em dois passos largos e arrancou a cortina do chuveiro com tanta força que as argolas de plástico partiram-se e se espalharam pelo chão. Eu gritei e atirei o frasco de xampu às cegas, agachando-me junto aos azulejos da parede.

Não era Ramírez. Era Joe Morelli. Tinha a cortina embolada numa das mãos e a outra, enroscada em punho. Um calombo se formava na sua testa onde o frasco acertara. Parecia estar além da raiva e eu não tive muita certeza de que se fizesse gênero ia impedir-me de ter um nariz quebrado. Por mim, tudo bem. Eu era doida por uma luta. Quem aquele protótipo de italiano pensava que era, primeiro quase me matando de susto e depois destruindo a cortina do meu chuveiro?

– Que diabos acha que está fazendo? – gritei. – Nunca ouviu falar de uma porra de campainha? Como fez pra entrar aqui?

– Você deixou a janela do quarto aberta.

– A tela estava trancada.

– Tela não conta.

– Se você arruinou aquela tela, vou exigir que pague o conserto. E quanto à cortina do chuveiro? As cortinas de chuveiro não nascem em árvores, você sabe.

Embora houvesse baixado o volume da voz, a altura continuava uma oitava inteira acima da normal. Com toda franqueza, não tinha a mínima idéia do que eu falava.

Minha mente precipitava-se desenfreada por ruas desconhecidas de fúria e medo. Fiquei furiosa porque ele violara minha intimidade e em pânico por estar nua.

Nas circunstâncias certas, a nudez é excelente para tomar banho de chuveiro, fazer amor e nascer. Ficar ali nua, parada em pé e encharcada diante de Joe Morelli, completamente vestido, era um verdadeiro pesadelo.

JANET EVANOVICH

Fechei a água e peguei uma toalha, mas ele afastou minha mão com um tapa e atirou a toalha no chão atrás.
– Me dê essa toalha – exigi.
– Não até a gente resolver algumas pendências.
Na infância, Morelli teria se descontrolado. Eu chegara à conclusão de que como adulto ele tinha um considerável nível de controle. Via-se o temperamento italiano muito claro em seus olhos, mas a quantidade de violência exibida era rigidamente calculada. Ele usava uma camiseta encharcada pela chuva e uma calça jeans. Quando se virou para o porta-toalhas, vi a arma enfiada na calça.

Não era difícil imaginá-lo matando alguém, mas me vi concordando com Ranger e Eddie Gazarra – não via esse Morelli adulto sendo idiota e impulsivo.

Tinha as mãos nos quadris, os cabelos molhados, encaracolados na testa e nas orelhas. E a boca rígida e séria.
– Onde está a tampa do distribuidor?
Quando em dúvida, sempre assuma a ofensiva.
– Se você não sair do meu banheiro neste instante, vou começar a gritar.
– São duas horas da manhã, Stephanie. Todos os seus vizinhos estão ferrados no sono com protetores de ouvido nas mesinhas-de-cabeceira. Grite à vontade. Ninguém vai ouvir.

Mantive-me firme e amarrei a cara. Era o meu melhor esforço para desafiar alguém. Diabos me levem se ia lhe dar a satisfação de parecer vulnerável e envergonhada.
– Vou perguntar mais uma vez – ele disse. – Onde está a tampa do distribuidor?
– Não sei do que você está falando.
– Preste atenção, minha gatinha, eu vou detonar esse apartamento se for preciso.
– Eu não tenho a tampa. A tampa não está aqui. E não sou sua gatinha.

– Por que eu? – ele perguntou. – Que fiz pra merecer isso? Eu ergui uma sobrancelha.

Morelli suspirou.

– É – ele mesmo respondeu à própria pergunta. – Eu sei.

– Morelli pegou minha bolsa na bancada, virou-a de cabeça para baixo e deixou o conteúdo cair no chão. Tirou as algemas da confusão e deu um passo para a frente. – Me dê seu pulso.

– Pervertido.

– Foi você quem quis.

Abriu a algema e prendeu-a no meu pulso direito.

Puxei com toda a força o braço para trás e dei-lhe um chute, mas era difícil fazer qualquer manobra dentro da banheira. Ele se desviou do meu chute e trancou o outro elo de aço na barra da cortina do chuveiro. Respirei fundo e fiquei parada, incapaz de acreditar no que acabara de acontecer.

Morelli recuou e olhou para mim, examinando meu corpo inteiro.

– Quer me dizer onde está a tampa?

Fiquei sem condições de falar, incapaz de pensar em algum plano maligno. Sentia meu rosto ficar vermelho graças à raiva por ter sido capturada e à vergonha. Um bolo se formou em minha garganta.

– Maravilha – ele disse. – Fique mesmo calada. Por mim, você pode ficar aí pra sempre.

Remexeu nas gavetas da bancada, esvaziou o cesto de lixo e arrancou a tampa da privada. Saiu intempestivamente do banheiro, sem lançar sequer um olhar para trás. Eu o ouvia, movendo-se por todo o apartamento de forma metódica e profissional, revistando cada centímetro quadrado. Talheres tiniam, gavetas batiam, portas de armário eram abertas com violência. E havia esporádicos períodos de silêncio, seguidos de resmungos.

Tentei apoiar todo o meu peso na barra da cortina, na esperança de curvá-la, mas tinha garantia de fábrica, feita para resistir.

Por fim, Morelli surgiu no vão da porta do banheiro.
– Bem – retruquei, irritada –, e agora?
Ele se encostou indolentemente no batente da porta.
– Só voltei pra dar mais uma olhada. – Um sorriso se esboçou nos cantos de sua boca quando ele dirigiu os olhos à parte de baixo do meu tronco. – Com frio?
Quando eu conseguisse me soltar, ia persegui-lo como um cachorro. Não me interessava se ele era inocente ou culpado. E pouco me importava se isso exigisse o resto da minha vida. Eu ia pegar Morelli.
– Vá pro inferno.
O sorriso alargou-se.
– Você tem sorte de eu ser um cavalheiro. Alguns indivíduos aí fora se aproveitariam de uma mulher na sua situação.
– Me poupe.
Ele se deslocou do batente.
– Foi um prazer.
– Espere um minuto! Não vai embora, vai?
– Receio que sim.
– E eu? E as algemas?
Ele ponderou a respeito de suas opções por um momento. Foi até a cozinha e retornou com o telefone sem fio.
– Vou trancar a porta da frente quando sair, portanto se lembre de ligar pra alguém que tenha a chave.
– Ninguém tem!
– Tenho certeza de que pensará em alguma coisa. Chame a polícia. O corpo de bombeiros. As porras dos fuzileiros navais.
– Eu estou nua!
Ele sorriu, piscou o olho e encaminhou-se para a porta.
Ouvi a porta da frente do meu apartamento fechar-se e ser trancada. Não esperava uma resposta, mas me senti compelida a ligar para Morelli como um teste. Esperei alguns momentos, prendi a respiração, ouvindo o silêncio. Ele parecia ter desapa-

recido. Enrosquei os dedos com força no telefone. Deus ajude a empresa telefônica se eles tiverem negado a promessa de religar meu serviço. Subi na borda da banheira para ficar à altura da mão algemada. Cuidadosamente estendi a antena, apertei o botão e levei a orelha ao telefone. O tom de discar tocou alto e claro. Fiquei tão aliviada que quase rompi em lágrimas.

Agora enfrentava um novo problema. A quem chamar? A polícia e o corpo de bombeiros estavam fora de cogitação. Iam entrar fazendo a maior barulheira no estacionamento, com as luzes piscando, e quando chegassem à minha porta, quarenta velhos se postariam no corredor de roupão, esperando para saber o motivo de todo aquele movimento, aguardando por uma explicação.

Eu passara a perceber certas peculiaridades em relação aos vizinhos idosos do meu prédio. Eram perversos quando se tratava de estacionar e tinham uma fascinação por emergências que beirava a morbidez. À primeira sugestão de uma luz piscando, todos os velhos no prédio colavam o nariz no vidro da janela.

Eu também podia passar sem quatro ou cinco dos melhores homens da cidade me olhando de soslaio acorrentada nua à barra da cortina do chuveiro.

Se ligasse para minha mãe, teria de mudar de estado, porque ela nunca mais largaria do meu pé. E, além disso, mandaria meu pai e aí meu pai ia me ver nua. Ficar nua e com a mão algemada diante do meu pai não era uma coisa que eu podia visualizar.

Se ligasse para minha irmã, ela ligaria para minha mãe.

Eu preferia ficar ali e apodrecer a ligar para meu ex-marido.

Para complicar tudo ainda mais, quem viesse em meu socorro ia ter de subir pela escada de incêndio ou arrombar a porta da frente. Eu não conseguia encontrar um nome. Cerrei os olhos.

– Merda. – Ia ter de chamar Ranger.

Inspirei fundo e teclei o número dele, rezando para lembrá-lo corretamente.

Bastou um toque para ele atender.

— Fala.
— Ranger?
— Quem quer saber?
— Stephanie Plum. Estou com um problema.

Fez-se uma pausa um tanto longa e o imaginei ficando alerta e sentando-se na cama.

— O que houve?

Revirei os olhos, quase não acreditando que dera aquele telefonema.

— Estou algemada na barra da cortina do meu chuveiro e preciso de alguém pra abrir as algemas.

Outra pausa e ele desligou.

Tornei a ligar, socando os botões com tanta força que quase quebrei um dedo.

— Fala! — disse Ranger, parecendo desperto e puto da vida.

— Não desligue! É sério, droga. Estou presa no banheiro. Minha porta da frente está trancada e ninguém tem a chave.

— Por que não chama a polícia? Eles adoram essa coisa de resgate.

— Porque não quero ter de explicar a situação aos policiais. E, além disso, estou nua.

Ele caiu na gargalhada.

— Não tem graça nenhuma. Morelli invadiu meu apartamento quando eu estava no banho e o filho-da-mãe me algemou na barra da cortina do chuveiro.

— A gente tem de admirar o sujeito.

— Você vai me ajudar ou não!

— Onde você mora?

— No prédio de apartamentos na esquina da St. James com a Dunworth. Apartamento 215. É de fundos. Morelli subiu pela escada de incêndio e entrou pela janela. Você na certa pode fazer o mesmo.

Na verdade, não podia culpar Morelli por ter me algemado na barra da cortina. Afinal, eu tinha meio que roubado o carro dele. E entendia que ele precisava me manter fora do caminho enquanto revistava meu apartamento. Talvez até o perdoasse por destruir a cortina do chuveiro numa demonstração de força machista, mas ele fora longe demais quando me deixara presa ali, nua. Se achava que isso ia me desestimular, se enganava. Toda essa empreitada achava-se agora no alcance de minha ousadia e, por mais infantil que pudesse ser, eu não ia fugir do desafio. Ia agarrar Morelli ou morrer tentando.

Já me encontrava na banheira pelo que pareciam horas, quando ouvi a porta da frente se abrir e fechar. O vapor do chuveiro havia muito se dissipara e o ar esfriara. Eu tinha a mão dormente de ficar presa no alto. Estava exausta e faminta, além de perceber os sintomas iniciais de uma enxaqueca.

Ranger apareceu no vão da porta do banheiro e me senti aliviada demais para ficar envergonhada.

– Agradeço por você ter saído no meio da noite – eu disse.

Ranger sorriu.

– Eu não quis deixar de ver você acorrentada nua.

– As chaves estão nessa bagunça aí no chão.

Ele encontrou-as, soltou o telefone dos meus dedos e abriu as algemas.

– Rolou alguma excentricidade entre você e Morelli?

– Lembra quando você me deu as chaves dele esta tarde?

– Ã-hã.

– Eu meio peguei emprestado o carro dele.

– Emprestado?

– Apropriado, na verdade. Você sabe, a gente tem a lei do nosso lado e tudo mais.

– Ã-hã.

– Bem, eu me apropriei do carro dele e ele descobriu.

Ranger sorriu e me estendeu uma toalha.

– Ele entende de apropriação?
– Digamos que não ficou muito satisfeito. De qualquer modo, parei o carro no estacionamento aqui do prédio e retirei a tampa do distribuidor como precaução de segurança.
– Aposto que isso foi a gota d'água.
Saí da banheira e tive de reprimir um grito quando vi meu reflexo no espelho da bancada. Meu cabelo parecia ter levado um choque de dois mil volts e depois recebido um jato de laquê.
– Preciso instalar um sistema de alarme no carro, mas não tenho dinheiro.
Ranger soltou uma risada baixa e abafada.
– Um sistema de alarme. Morelli vai adorar. – Pegou uma caneta do chão e escreveu um endereço num pedaço de papel higiênico. – Conheço uma oficina que faz isso por um precinho camarada.
Passei por ele para ir até o quarto e troquei a toalha por um longo roupão felpudo.
– Ouvi você entrar pela porta.
– Forcei a fechadura. Não achei prudente acordar o porteiro.
– Ele examinou minha janela. A chuva respingava na vidraça escurecida e um pedaço de tela rasgada drapejava acima do peitoril. – Só dou uma de Homem-Aranha com tempo bom.
– Morelli destruiu minha tela.
– Vai ver que estava varado.
– Notei que você não usa sempre as gírias do pessoal do gueto.
– Sou poliglota.
Acompanhei-o até a porta, sentindo inveja e desejando saber uma segunda língua.

Meu sono foi profundo e sem sonhos e poderia dormir até o ano seguinte se não fossem as incessantes batidas na porta da frente. Franzi os olhos para o relógio na mesinha-de-cabeceira. O mostrador acusava 08:35. Antes, eu adorava uma visita. Agora me encolhia quando alguém batia na minha porta. O primeiro medo foi de Ramírez. O segundo, de que a polícia chegara para me prender por roubo de carro.

Peguei o spray de defesa pessoal na mesinha-de-cabeceira, enfiei os braços no roupão e arrastei-me até a porta. Fechei um dos olhos e espreitei pelo olho-mágico com o outro. Eddie Gazarra retribuía meu olhar. De uniforme, trazia dois sacos da Dunkin' Donuts. Abri a porta e farejei o ar como um cão de caça ao sentir algum cheiro.

— Huum — murmurei.

— Bem-vinda você também. — Gazarra espremeu-se para passar por mim no pequeno hall, rumo à mesa de jantar. — Cadê sua mobília?

— Estou reformando.

— Ã-hã.

Nos sentamos um diante do outro e esperei enquanto ele tirava duas canecas de papelão contendo café de um dos sacos. Destampamos as canecas, abrimos guardanapos e caímos de boca nos donuts recheados.

Éramos muito bons amigos, desde que não tivéssemos de conversar enquanto comíamos. Acabamos primeiro com os donuts de creme. Depois, dividimos os quatro de geléia restantes. Ele devorou dois donuts e ainda não havia reparado no meu cabelo e fiquei me perguntando como estaria minha aparência em geral. Gazarra também não comentou nada sobre a bagunça que Morelli causara enquanto revistava o apartamento, o que me deu uma pausa para pensar nos meus hábitos de dona-de-casa.

Gazarra comeu o terceiro donut mais devagar, tomando o café e saboreando o doce sem pressa.

— Soube que você fez uma captura ontem — ele disse, entre um gole e uma mordida.

Restou-lhe apenas o café. Lançou uma olhada comprida em meu donut e eu protetoramente puxei-o mais para perto de mim.

– Não imagino que gostaria de dividir esse comigo – ele disse.
– Não imagine que eu dividiria. Como soube da captura?
– Conversa de vestiário. Você é o assunto da vez. Os rapazes fizeram uma aposta sobre quando você vai transar com Morelli.

Senti o coração contrair-se com tanta força que temi que os globos oculares pulassem das órbitas. Encarei Gazarra por um minuto inteiro, à espera de que minha pressão sangüínea saísse da zona de perigo, imaginando os vasos capilares se rompendo por todo o meu corpo.

– Como vão saber quando eu vou transar? – perguntei entre dentes. – Talvez a gente já tenha transado. Talvez transe duas vezes por dia.

– Eles imaginam que você vai deixar o caso quando transar com ele. O momento premiado é quando você deixar o caso.

– Você entrou na aposta?

– Não. Sei que Morelli lhe deu uns amassos quando você estava no Ensino Médio. Não acho que você vá deixar que uma segunda transa passe por sua cabeça.

– Como você sabe sobre esse lance que rolou no Ensino Médio?

– Todo mundo sabe sobre o que rolou no Ensino Médio.

– Minha nossa. – Engoli o último pedaço da minha última rosquinha e levei-a goela abaixo com café.

Eddie suspirou ao ver toda a esperança de um pedaço da rosquinha desaparecer na minha boca.

– Sua prima, a rainha das pestes, me pôs de regime – ele disse. – De café-da-manhã, tomei café descafeinado, metade de uma tigela de cereais com leite desnatado e meia toranja.

– Acho que isso não deve ser a primeira refeição de um dia típico de um policial.

– Imagine se eu fosse baleado – explicou Eddie – e só tivesse dentro de mim café descafeinado e meia toranja. Acha que isso me levaria à UTI?

– Não da mesma forma como café de verdade com donuts.

UM DINHEIRO NADA FÁCIL

— Acertou em cheio.
— Essa saliência acima do seu cinturão na certa também serve para deter balas.

Eddie esvaziou o copo de café, pôs a tampa de volta e jogou-o no saco vazio.

— Você não diria isso se não estivesse danada da vida com a história da transa com Morelli.

Eu concordei.

— Foi cruel.

Ele pegou um guardanapo e habilmente espanou o açúcar da camisa azul. Uma das muitas habilidades que aprendera na academia, pensei. Recostou-se com os braços cruzados no peito. Tinha quase um metro e oitenta de altura, mas era atarracado. Tinha feições de eslavo oriental com impassíveis olhos azul-claros, cabelo louro-claro e nariz curto e grosso. Quando éramos crianças, ele morava duas casas adiante da minha. Os pais ainda moravam ali. Durante toda a vida, quisera ser policial. Agora que era um tira uniformizado, perdera o desejo de avançar na carreira. Gostava de dirigir a radiopatrulha, atender às emergências e ser o primeiro a chegar ao local do crime. Era bom em reconfortar as pessoas. Todo mundo gostava dele, com a possível exceção de sua mulher.

— Tenho uma informação para você — disse Eddie. — Fui ao Pino's ontem à noite tomar uma cerveja e Gus Dembrowski estava lá. Gus é o PP que trabalha no caso Kulesza.

— PP?

— Policial à paisana.

Isso fez com que eu desse um pulo na cadeira.

— Ele disse mais alguma coisa sobre Morelli?

— Confirmou que Carmen Sanchez era uma informante. Dembrowski deixou escapar que Morelli tinha uma ficha sobre ela. Os informantes são mantidos em segredo. O supervisor do controle mantém todas as fichas num arquivo trancado. Acho que, neste caso, foi liberado como informação necessária à investigação.

— Então talvez isso seja mais complicado do que parecia a princípio. Talvez o assassinato tivesse ligação com alguma coisa em que Morelli vinha trabalhando.

— É possível. Também é possível que Morelli tivesse interesse romântico em Carmen Sanchez. Sei que ela era jovem e bonita. Muito latina.

— E continua desaparecida.

— É. Continua desaparecida. O departamento procurou os parentes dela em Staten Island e ninguém a viu.

— Eu falei com os vizinhos dela ontem e fiquei sabendo que um dos inquilinos que se lembravam da suposta testemunha de Morelli sofreu morte súbita.

— Que tipo de morte súbita?

— Atropelamento e fuga diante do prédio onde morava.

— Pode ter sido um acidente.

— Eu gostaria de achar que sim.

Ele olhou para o relógio de pulso e se levantou.

— Preciso ir.

— Uma última coisa. Você conhece Bicão Morelli?

— De vista.

— Sabe o que faz ou onde mora?

— Trabalha na saúde pública. Uma espécie de inspetor. Mora em algum lugar em Hamilton Township. Connie com certeza tem um arquivo de telefones no escritório. Se ele tiver telefone, ela pode lhe dar o endereço certo.

— Obrigada. E obrigada pelas rosquinhas e o café.

Ele parou no corredor.

— Está precisando de dinheiro?

Fiz que não com a cabeça.

— Estou me virando bem.

Ele me deu um abraço e um beijo no rosto e partiu.

Fechei a porta e senti as lágrimas se empoçando atrás dos olhos. Às vezes a amizade me deixa com um nó na garganta.

Voltei para a sala de jantar, juntei os sacos e guardanapos e levei-os para o cesto de lixo da cozinha. Na verdade, era a primeira oportunidade que tinha de fazer um levantamento da situação do apartamento. Morelli percorrera-o num estado de grande agitação e desabafara a frustração fazendo a pior bagunça possível. Armários de cozinha abertos, parte do conteúdo parcialmente espalhado na bancada e no chão, livros jogados da estante, a almofada retirada da poltrona havia sobrado, o quarto entulhado de roupas tiradas das gavetas. Tornei a pôr a almofada no lugar e arrumei a cozinha, decidindo que o resto do apartamento podia esperar.

Tomei um banho de chuveiro e pus um short preto de lycra com uma enorme camiseta cáqui. Minha parafernália de caçadora de recompensas continuava espalhada pelo chão do banheiro. Enfiei-a de volta na bolsa de couro preto e pendurei-a no ombro. Chequei todas as janelas para me certificar de que estavam trancadas. Isso se tornaria um ritual da manhã e da noite. Eu detestava viver como um animal enjaulado, mas não queria mais receber visitantes de surpresa. Trancar a porta da frente parecia mais uma questão de formalidade que de segurança. Ranger forçara a fechadura com pouca dificuldade. Claro, nem todo mundo tinha os talentos dele. Mesmo assim, não faria mal acrescentar outro ferrolho infalível à minha coleção de dispositivos de tranca. Na primeira oportunidade que tivesse, eu ia falar com o porteiro.

Despedi-me de Rex, reuni coragem e espichei a cabeça no corredor, antes de me aventurar a seguir em frente, tendo certeza de que Ramírez não apareceria de repente.

SETE

A TAMPA DO DISTRIBUIDOR ESTAVA BEM ONDE EU A DEIXARA, SOB UM arbusto plantado junto ao prédio. Botei-a de volta no lugar e saí do estacionamento em direção à Hamilton. Encontrei uma vaga diante do escritório de Vinnie e consegui enfiar o Cherokee na terceira tentativa.

Sentada à sua escrivaninha, Connie se examinava num espelho de mão, retirando partículas de rímel seco das pontas dos cílios muito pintados.

Ela ergueu os olhos quando me viu.

— Você já usou esse rímel que alonga os cílios? — perguntou.

— Deixa tudo embaraçado, como se fosse pêlo de rato.

Brandi o comprovante de captura para ela.

— Eu peguei Clarence.

Ela ergueu o punho fechado e sacudiu o cotovelo com força para trás.

— Isso!

— Vinnie está aí?

— Precisou ir ao dentista. Foi afiar os incisivos, acho. — Ela retirou a pasta principal do arquivo e pegou meu comprovante. — Não precisamos do Vinnie pra fazer isso. Eu posso preencher cheques. – Fez uma anotação na capa do arquivo e guardou-o numa caixa no canto extremo da escrivaninha. Pegou um talão de cheques envolto por uma capa de couro na gaveta do meio e preencheu um. – Como andam as coisas com Morelli? Conseguiu dar uma prensa nele?

– Não exatamente, mas sei que ele continua na cidade.

– Ele é um caso sério. Vi esse cara seis meses atrás, antes de tudo isso acontecer, comprando trezentos gramas de provolone no açougue. Precisei fazer tudo que estava ao meu alcance pra não enterrar meus dentes no traseiro dele.

– Nossa, parece meio carnívoro.

– Carnívoro não chega nem à metade. Aquele homem é uma coisa.

– Também é acusado de assassinato.

Connie suspirou.

– Vai ter um bando de mulheres em Trenton infeliz por ver Morelli em cana.

Imaginei que fosse verdade, mas acontece que eu não era uma delas. Depois da última noite, a idéia de Morelli atrás das grades despertava apenas sentimentos confortáveis em meu coração humilhado e vingativo.

– Você tem um arquivo de endereços?

Connie girou na cadeira para ficar defronte ao arquivo.

– É aquele livro grande acima da gaveta G.

– Sabe alguma coisa sobre Bicão Morelli? – perguntei, enquanto procurava o nome dele.

– Só que ele se casou com Shirley Gallo.

O único Morelli em Hamilton Township estava listado na Bergen Court, 617. Conferi o endereço no mapa de parede. Se me lembrava da área corretamente, era um bairro de sobrados que pareciam dignos do meu banheiro.

– Você tem visto Shirley recentemente? – perguntou Connie. – Está maior que um elefante. Deve ter ganho uns cem quilos desde o Ensino Médio. Eu a vi no chá de bebê de Margie Manusco. Ocupou três cadeiras dobráveis quando se sentou e tinha a bolsa cheia de pacotes de chocolates. Acho que eram para uma emergência... para o caso de alguém vencê-la na salada de batata.

– Shirley Gallo? Gorda? Ela era um palito no Ensino Médio.
– O Senhor age por caminhos misteriosos – disse Connie.
– Amém.

O catolicismo do Burgo era uma religião conveniente. Quando a mente ficava confusa, sempre havia Deus, à espera nos bastidores para levar a culpa.

Connie entregou-me o cheque e arrancou um montinho de rímel pendurado na ponta do cílio esquerdo.

– Vou lhe dizer uma coisa, é difícil pra burro a gente ter classe.

A oficina que Ranger recomendou ficava num pequeno complexo industrial com os fundos voltados para a Rodovia 1. O complexo consistia de seis depósitos pintados de amarelo, a cor desbotada pelo tempo e os canos de descarga da rodovia. No começo do projeto, o arquiteto com toda probabilidade previra gramado e arbustos. A realidade era terra dura e compacta, repleta de guimbas de cigarro, canecas de isopor e algumas ervas daninhas espinhentas. Cada um dos seis edifícios tinha sua própria entrada de veículos pavimentada e um estacionamento.

Passei devagar pela Gráfica Capital e a Extrusões A. & J., parando na entrada da oficina mecânica do Al. Três portas duplas haviam sido instaladas na fachada do prédio, mas apenas uma estava aberta. Carros batidos, enferrujados e em vários estágios de desmonte entulhavam o pátio de ferro-velho nos fundos e outros de último modelo com o pára-choque recurvado ocupavam a área vizinha à terceira porta dupla, num galpão circundado por uma cerca encimada por arame farpado.

Entrei no estacionamento e parei junto a um Toyota preto quadrado, apoiado em rodas que eram do tamanho das de uma escavadora. Dera uma passada no banco a caminho e depositara meu cheque de captura. Sabia exatamente quanto me dispunha a gastar num sistema de alarme e não desejava pagar nenhum centavo a mais. Era mais provável que não se pudesse fazer o trabalho pelo meu preço, mas não faria mal algum perguntar.

Abri a porta do carro e saí para o calor opressivo, respirando superficialmente para não aspirar mais ar poluído que o necessário. Assim tão próximo à rodovia, o sol parecia esquálido, a poluição diluía a luz e comprimia a imagem. O ruído de ar pressurizado saiu flutuando do galpão aberto.

Atravessei o estacionamento e franzi os olhos para o mal iluminado buraco infernal de pistolas de graxa, filtros de óleo e homens potencialmente grosseiros vestindo macacões cor de laranja. Um dos homens encaminhou-se sem pressa para mim. Usava na cabeça uma meia-calça tamanho grande, cortada e rematada num nó. Sem dúvida era um abreviador de etapas no caso de ele querer roubar uma das lanchonetes 7-Eleven a caminho de casa. Eu disse que procurava Al e ele me avisou que já o encontrara.

— Preciso instalar um alarme no meu carro. Ranger disse que você me faria um bom preço.

— Como é que você conheceu Ranger?

— Trabalhamos juntos.

— Isso pode significar um monte de coisas.

Não entendi bem o que ele quis dizer com isso e na certa era melhor não saber.

— Sou agente de captura.

— Então precisa de um sistema de alarme por que vai andar em bairros barra-pesada?

— Na verdade, eu meio que roubei um carro e receio que o dono vá tentar pegar de volta.

Uma risadinha tremulou por trás de seus olhos.

– Melhor ainda.

Ele foi até uma bancada nos fundos do prédio e retornou com um mecanismo de plástico preto de uns vinte centímetros quadrados.

– Isso é segurança de última geração – declarou. – Funciona com a pressão atmosférica. Toda vez em que ocorre uma mudança na pressão, de uma janela sendo quebrada a uma porta se abrindo, isso aqui pode até explodir um tímpano. – Virou a geringonça na mão. – Você aperta esse botão para ativar o mecanismo. Depois se passam vinte segundos antes de ele começar a funcionar, o que lhe dá tempo pra sair e fechar a porta. Há outro intervalo de vinte segundos depois que a porta é aberta, para você poder teclar seu código e desarmar.

– Como é que desligo assim que o alarme é ativado?

– Com uma chave. – Ele largou uma chavezinha prateada na minha mão. – Sugiro que não deixe a chave no carro. Elimina a finalidade.

– É menor do que eu esperava.

– Pequeno, mas poderoso. E a boa notícia é o bom preço porque é fácil de instalar. Você só precisa aparafusar no painel.

– Barato quanto?

– Sessenta dólares.

– Fechado.

Ele retirou uma chave de fenda do bolso de trás.

– Só me mostre onde quer que fique.

– O jipe vermelho Cherokee, ao lado do caminhão monstruoso. Eu gostaria que pusesse o alarme num lugar imperceptível. Não quero deformar o painel.

Minutos depois, eu seguia para a rua Stark, sentindo-me muito satisfeita comigo mesma. Tinha um alarme que não apenas custara um preço razoável, mas era facilmente retirável se eu quisesse instalá-lo no carro que pretendia comprar quando embolsasse o dinheiro da captura de Morelli. Parei num 7-Eleven no caminho e comprei iogurte de baunilha e uma caixa de suco de laranja para o almoço. Eu bebia, dirigia e tomava iogurte e me sentia muito confortável no meu esplendor de ar-condicionado. Tinha um alarme, um spray de defesa pessoal e comida. Que mais alguém poderia querer?

Estacionei bem em frente ao ginásio, engoli o resto do suco de laranja, ativei o alarme, peguei a bolsa e as fotos de arquivo de Morelli e tranquei a porta. Sacudia a capa vermelha para o touro. A única forma possível de ser mais óbvia era colar um aviso no pára-brisa dizendo: "Aqui está! Tente pegar!"

A atividade na rua era lenta no calor da tarde. Duas prostitutas paradas na esquina pareciam mais esperar um ônibus, só que não passam ônibus pela rua Stark. As mulheres ali em pé estavam obviamente entediadas e enojadas, imagino porque não havia nenhum cliente naquela hora do dia. Usavam sandálias baratas, tops de stretch e shorts de malha colados no corpo. Tinham cortado os cabelos bem curtos e habilmente os alisado até a textura do pêlo de javali. Eu não fazia uma idéia exata de como as prostitutas estipulavam o preço, mas, se os homens as compravam por quilo, aquelas duas deviam faturar bem.

Adotaram uma posição de combate quando me aproximei: mãos nos quadris, lábios inferiores salientes, olhos tão arregalados que se abaulavam como ovos de pato.

– Ei, menina – gritou uma das beldades. – Que acha que está fazendo aqui? Esta esquina aqui é nossa, sacou?

Parecia ser tênue a linha entre ser uma moça do Burgo e parecer uma prostituta.

– Estou procurando um amigo. Joe Morelli. – Mostrei-lhes o retrato dele. – Alguma de vocês viu esse cara por aí?

– Que é que você quer com esse Morelli?

– É pessoal.

– Aposto que sim.

– Você conhece?

Ela deslocou o peso de uma perna para a outra. Não era uma tarefa fácil.

– Talvez.
– Na verdade, fomos mais que amigos.
– Quanto mais?
– O filho-da-puta me engravidou.
– Você não parece grávida.
– Me dê um mês.
– Você pode fazer algumas coisas.
– É – eu disse – e a primeira é encontrar Morelli. Sabe onde ele está?
– Uum-uum.
– Conhece uma mulher chamada Carmen Sanchez? Ela trabalhava no Step In.
– Ela também engravidou você?
– Eu achei que Morelli podia estar com ela.
– Carmen desapareceu – disse uma das prostitutas. – Acontece com as mulheres na rua Stark. Risco ambiental.
– Quer me explicar isso?
– Ela quer ficar de matraca fechada, isso é o que ela quer fazer – interferiu a outra mulher. – Não sabemos nada dessa merda. E não temos tempo pra ficar aqui falando com você. Precisamos trabalhar.

Olhei a rua de um lado a outro. Não vi nenhum trabalho à vista, por isso deduzi que estava recebendo o velho passa-fora. Perguntei o nome delas e fiquei sabendo que eram Lula e Jackie. Dei a cada uma meu cartão e disse-lhes que agradeceria um telefonema se vissem Morelli ou Carmen. Teria perguntado sobre a testemunha desaparecida, mas que iria dizer? Com licença, vocês viram um sujeito com cara de frigideira?

Fui de porta em porta depois disso, falando com pessoas sentadas em sacadas, perguntando a donos de lojas. Às quatro da tarde, tinha o nariz queimado de sol como pagamento pelos meus esforços e não muito mais. Começara no lado norte da rua Stark e percorrera duas quadras a oeste. Depois, atravessara a rua e fizera o caminho inverso bem devagar. Passara furtivamente pela oficina e a academia. Também contornara os bares. Talvez fossem minha melhor fonte, mas me pareciam perigosos e acima das minhas habilidades. Na certa, vinha sendo desnecessariamente cautelosa; na certa, os bares estavam cheios de pessoas muito boas, que estavam cagando para a minha existência. A verdade é que eu não me habituara a ser minoria e me sentia como um negro olhando as saias das mulheres brancas num subúrbio de Birmingham onde todos os moradores eram brancos, protestantes e de descendência anglo-saxônica.

Cobri o lado sul dos dois quarteirões seguintes e tornei a atravessar para o lado norte. A maioria dos prédios naquele lado eram residenciais e, com o transcorrer do dia, cada vez mais pessoas haviam ido para as ruas, de modo que o fluxo era lento quando desci a rua de volta ao meu carro.

Felizmente o Cherokee continuava no meio-fio e infelizmente não se via Morelli em lugar algum. Zelosa, evitei erguer os olhos para as janelas da academia. Se Ramírez estivesse me vendo, eu preferiria não o reconhecer. Eu prendera os cabelos num rabo-de-cavalo inclinado para um lado e a minha nuca parecia arranhada. Imaginei que me queimara ali também. Não era muito diligente com o protetor solar. Quase sempre contava com a poluição para filtrar os raios cancerígenos.

Uma mulher atravessou correndo a rua em minha direção. De constituição sólida e trajes conservadores, tinha os cabelos pretos presos num coque na nuca.

— Com licença — ela disse. — Você é Stephanie Plum?

— Sim.

— O sr. Alpha gostaria de falar com você. O escritório dele fica bem ali do outro lado da rua.

Eu não conhecia ninguém chamado Alpha e não estava ávida por pairar na sombra de Benito Ramírez, mas a mulher exalava um forte cheiro de respeitabilidade católica, por isso resolvi arriscar e segui-a. Entramos no prédio vizinho à academia. Era uma casa geminada típica da rua Stark. Estreita, três andares, exterior enegrecido pela fuligem, janelas escuras e encardidas. Subimos às pressas um lance de escada até um pequeno patamar, para onde três portas se abriam, uma delas escancarada, e senti o ar-condicionado derramando-se no corredor.

– Por aqui. – A mulher me conduziu para uma sala de recepção entulhada, dominada por um sofá de couro verde e uma grande escrivaninha de madeira clara arranhada.

Uma mesa de canto gasta tinha exemplares de revistas de boxe com as pontas dobradas e retratos de pugilistas cobriam paredes que gritavam por uma pintura nova.

Ela me levou até um escritório interno e fechou a porta. Era muito semelhante à recepção, com exceção de duas janelas que davam para a rua. O homem atrás da escrivaninha levantou-se quando eu entrei. Usava uma elegante calça larga preguada e uma camisa de manga curta aberta no pescoço. Tinha o rosto vincado e um bom início de papada. O corpo atarracado ainda exibia músculos, mas a idade lhe acrescentara pneuzinhos e riscas cinza-escuras aos lustrosos cabelos pretos puxados para trás. Classifiquei-o como no fim da casa dos cinqüenta e decidi que sua vida não fora exatamente um mar de rosas.

Ele curvou-se para a frente e estendeu a mão.

– Jimmy Alpha. Sou empresário de Benito Ramírez.

Assenti com a cabeça, sem saber o que responder. Minha primeira reação foi gritar, mas isso na certa não seria uma atitude profissional.

Ele me indicou uma cadeira dobrável colocada ligeiramente ao lado de sua escrivaninha.

UM DINHEIRO NADA FÁCIL

— Eu soube que estava de volta na rua e quis aproveitar esta oportunidade para me desculpar. Sei o que aconteceu no ginásio entre você e Benito. Tentei lhe telefonar, mas o telefone estava desligado.

Sua desculpa me despertou uma raiva renovada.

— O comportamento de Ramírez foi gratuito e indesculpável.

Alpha parecia sinceramente envergonhado.

— Nunca achei que teria problemas como esse — ele disse. — Tudo o que eu queria era ter um pugilista importante e, agora que consegui um, ele anda me dando úlceras. — Alpha retirou um frasco tamanho econômico de Mylanta de gaveta superior. — Vê isto? Compro este remédio às dúzias. — Desenroscou a tampa e abocanhou alguns tabletes. Pôs o punho no esterno e suspirou. — Eu sinto muito. Lamento sinceramente o que aconteceu com você na academia.

— Não há motivo algum pra se desculpar. Não é problema seu.

— Quisera eu que isso fosse verdade. Infelizmente, é meu problema. — Ele enroscou de volta a tampa, tornou a guardar o frasco na gaveta, curvou-se para a frente e apoiou os braços na escrivaninha. — Você trabalha pra Vinnie.

— É.

— Conheço Vinnie de longa data. É uma figura.

Ele sorriu e imaginei que em algum lugar em suas viagens devia ter ouvido falar no pato.

Alpha ficou sério de repente, fixou os olhos nos polegares e afundou um pouco na cadeira.

— Às vezes eu não sei o que fazer com Benito. Não é um rapaz ruim. Simplesmente não aprendeu muita coisa na vida. Só conhece o boxe. Todo esse sucesso é difícil para um homem como ele, que veio do nada.

Ele ergueu os olhos para ver se eu estava engolindo a conversa. Emiti um som baixo e ele reconheceu minha aversão.

– Eu não o estou desculpando. – O rosto de Alpha era um estudo de amargura. – Benito faz coisas erradas mesmo. Não tenho qualquer influência sobre ele hoje. O cara vive cheio de si agora. E anda cercado por sujeitos que só têm cérebro nas luvas de boxe.

– Aquela academia estava cheia de homens sadios que nada fizeram pra me ajudar.

– Eu conversei com eles sobre isso. Houve época em que as mulheres eram respeitadas, mas agora nada é mais respeitado. Homicídios por atropelamento, drogas.

Ele se calou e mergulhou em seus próprios pensamentos.

Eu me lembrei do que Morelli me dissera sobre Ramírez e as acusações de estupro anteriores. Ou Alpha enfiava a cabeça na areia como um avestruz ou estava ativamente envolvido em limpar a sujeira feita pela sua galinha dos ovos de ouro. Apostei na teoria da areia.

Encarei-o em silêncio mortal, sentindo-me isolada demais em seu escritório no segundo andar do gueto para desabafar com franqueza meus pensamentos e sentindo-me furiosa demais para tentar murmúrios corteses.

– Se Benito incomodar você mais uma vez, me avise sem demora – ele disse. – Eu não gosto quando esse tipo de coisa acontece.

– Ele foi ao meu apartamento anteontem e tentou entrar. Masturbou-se no corredor e deixou uma grande sujeira na minha porta. Se isso acontecer de novo, eu vou dar queixa.

Alpha ficou visivelmente agitado.

– Ninguém me contou. Ele não fez mal a ninguém, fez?

– Não.

Alpha retirou um cartão de cima da escrivaninha e escreveu um número.

– Este é o meu telefone de casa. – Ele me entregou o cartão. – Se tiver mais algum problema, me ligue na mesma hora. Se ele emporcalhou sua porta, vou mandar arrumá-la.

– Está tudo bem com a porta. Só o mantenha longe de mim.

Alpha comprimiu os lábios e assentiu com a cabeça.

– Por acaso, sabe alguma coisa sobre Carmen Sanchez? – perguntei.

– Só o que eu li nos jornais.

Virei à esquerda na rua State e fui abrindo caminho no tráfego da hora do *rush*. O sinal mudou e todos avançamos devagar. Tinha dinheiro suficiente para comprar alguns mantimentos, por isso, passei direto pelo meu prédio e percorri mais quinhentos metros até o mercado Super-Fresh.

Ocorreu-me, enquanto esperava na fila do caixa, que Morelli tinha de estar comprando comida em algum lugar ou com alguém. Será que circulava pelo Super-Fresh usando um bigode de Groucho Marx e óculos com nariz falso? E onde estava morando? Talvez na van azul. Eu havia deduzido que ele a abandonara após ser localizado, mas talvez não. Talvez a caminhonete fosse conveniente demais. Talvez fosse sua sede de comando com um tesouro de comidas enlatadas. E achei possível que tivesse equipamento de vigilância na van. Como estivera no outro lado da rua, espionando Ramírez, talvez também estivesse ouvindo o que falavam.

Eu não vira a van na rua Stark. Embora não viesse procurando-a ativamente, não teria passado por ela sem reparar. Não conhecia muita coisa sobre vigilância eletrônica, mas sabia que o vigilante tinha de ficar bastante perto do vigiado. Era uma coisa a levar em conta. Talvez eu conseguisse encontrar Morelli procurando a van.

Fui obrigada a deixar o carro nos fundos do estacionamento quando cheguei ao meu prédio e fiz isso abrigando algumas idéias furiosas sobre os idosos com limitações que haviam ocupado todas as melhores vagas. Agarrei três sacos de plástico do supermercado em cada mão, mais uma caixa de cerveja. Fechei a porta do Cherokee com o joelho. Sentia os braços sendo repuxados pelo peso, as sacolas desajeitadamente batendo em meus joelhos enquanto andava e fazendo-me lembrar de uma piada que ouvira certa vez, relacionada a testículos de elefante. Tomei o elevador, atravessei cambaleando a curta distância do corredor e larguei as sacolas no tapete, enquanto apalpava a bolsa à procura da chave. Abri a porta, acendi a luz, carreguei os mantimentos até a cozinha e retornei para trancar a porta da frente. Desempacotei alguns mantimentos, separando os de armário dos de geladeira. Era gostoso ter de novo algumas provisões. Minha herança para acumular comida. As donas-de-casa no Burgo viviam se preparando para calamidades, estocando papel higiênico e latas de creme de milho para o caso de repetir-se a devastadora tempestade de neve.

Até Rex ficou excitado com a atividade, olhando da gaiola com as patinhas róseas de hamster apoiadas no vidro.

– Dias melhores estão chegando, Rex. – Dei-lhe uma fatia de maçã. – De agora em diante, será tudo maçãs e brócolis.

Comprara um mapa da cidade no supermercado e abri-o na mesa enquanto beliscava o jantar. Amanhã iria fazer uma busca metódica na procura da van azul. Inspecionaria a área ao redor da academia e também verificaria o endereço da casa de Ramírez. Peguei o catálogo e procurei pelo sobrenome. Vinte e três nomes listados. Três tinham B como a primeira inicial. Havia dois Benitos. Teclei o número do primeiro e uma mulher atendeu na quarta chamada. Ouvi um bebê chorando ao fundo.

– O pugilista Benito Ramírez mora aí? – perguntei.

A resposta veio em espanhol e não pareceu amistosa. Desculpei-me por incomodá-la e desliguei. O segundo Benito atendeu ao próprio telefone e decididamente não era o Ramírez que eu procurava. O três Bês também nao deram em nada. Não me pareceu valer a pena ligar para os dezoito números restantes. De certo modo, fiquei aliviada por não o ter encontrado. Não sei o que teria dito. Nada, imagino. Procurava um endereço, não uma conversa. E a verdade é que só a idéia de Ramírez me disparou um frio no coração. Eu podia cercar a academia e tentar segui-lo quando saísse no fim do dia, mas o grande Cherokee vermelho não era exatamente imperceptível. Eddie talvez pudesse me ajudar. Os policiais tinham meios de conseguir endereços. Quem mais eu conhecia que tinha acesso a endereços? Marilyn Truro trabalhava no Departamento de Veículos Motorizados. Se eu tivesse o número da placa, ela na certa obteria o endereço. Ou eu podia ligar para a academia. Não, isso seria fácil demais. Que diabos, pensei. Faça uma tentativa. Eu arrancara do catálogo a página que anunciava a academia, por isso, liguei para o serviço de informações. Agradeci à operadora e teclei o número. Disse ao homem que atendeu que tinha de me encontrar com Benito, mas perdera o endereço dele.

– Claro – ele disse. – É Polk, 320. Não sei o número do apartamento, mas é no segundo andar. Fica no fim do corredor. Tem o nome dele na porta. Não tem erro.

– Obrigada – agradeci. – Fico muito grata mesmo.

Empurrei o telefone até a outra beirada da mesa e voltei ao mapa para localizar a rua Polk. O mapa mostrava-a a três quadras da academia, paralela à Stark. Rodeei o endereço com marcador amarelo. Agora tinha dois locais onde procurar a van. Ia estacionar o carro e seguir a pé se precisasse, entrando em ruelas e investigando garagens. Faria isso de manhã cedo e, caso não desse em nada, voltaria para a pilha de DDAs que Connie me dera para tentar ganhar o dinheiro do aluguel resolvendo casos chinfrins.

Verifiquei duas vezes todas as janelas para certificar-me de que estavam trancadas, depois fechei todas as cortinas. Queria tomar banho e ir para a cama cedo e não desejava visitas de surpresa. Arrumei o apartamento, tentando não notar os espaços vazios onde haviam ficado eletrodomésticos e ignorar as mossas das mobílias fantasmas que persistiam no tapete da sala de estar. Os honorários de dez mil dólares da captura de Morelli avançariam muito em direção à recuperação de uma certa semelhança de normalidade na minha vida, mas era uma medida de tapa-buraco. Na certa, eu devia continuar a me candidatar a empregos. A quem eu estava enganando? Já cobrira todas as bases do meu campo. Podia ficar na procura de faltosos, mas isso na melhor das hipóteses parecia arriscado. E na pior... Eu não queria nem pensar na pior. Além de me acostumar a ser ameaçada, odiada e possivelmente molestada, ferida ou, não queira Deus, assassinada, teria de criar uma estrutura mental para trabalhar por conta própria. E de investir em treinamento de artes marciais e aprender algumas técnicas policiais para dominar criminosos. Não queria me transformar no Exterminador do Futuro, mas tampouco estava a fim de continuar a agir no meu atual nível de Hortelino Trocaletras. Se eu tivesse uma televisão, podia assistir às reprises de *Cagney and Lacey*.

    Lembrei-me do plano de mandar instalar outro ferrolho infalível e decidi visitar o porteiro Dillon Ruddick. Éramos velhos chapas, isto é, quase as únicas duas pessoas no prédio que não julgavam o Metamucil um dos quatro principais grupos alimentares. Dillon movia os lábios quando lia histórias em quadrinhos, mas era só pôr uma ferramenta na mão do homem que ele virava um gênio. Morava nas entranhas do prédio, num apartamento de empregados atapetado que nunca viu a luz natural do dia. Ouvia-se uma constante serenata ao fundo enquanto as caldeiras e aquecedores d'água roncavam e a água assobiava nos canos. Dillon dizia que gostava disso, fazia de conta que morava junto ao mar.

    — Ei, Dillon — disse, quando ele abriu a porta. — Como vão as coisas?

    — Vão indo. Não tenho do que me queixar. Que posso fazer por você?

    Ando preocupada com a violência, Dillon. Achei que seria uma boa idéia instalar outro ferrolho na minha porta.

    — É uma boa. O seguro morreu de velho. Na verdade, acabei de pôr um daqueles infalíveis na porta da sra. Luger. Ela disse que tinha um cara grande, imenso, berrando nos corredores, tarde da noite, uns dois dias atrás. Disse que ficou apavorada. Talvez você também tenha ouvido. O apartamento da sra. Luger fica apenas a duas portas do seu.

Resisti ao desejo de engolir em seco e me engasgar. Eu sabia o nome do cara grande, imenso.

– Vou tentar conseguir a fechadura amanhã – disse Dillon. – Enquanto isso, que tal uma cerveja?

– Seria ótimo.

Ele me entregou uma garrafa e uma lata de amendoins. Aumentou mais uma vez o som da TV e nos acomodamos no sofá.

Eu programara o despertador para as oito, mas me levantei às sete da manhã, ansiosa por encontrar a van. Tomei banho e gastei algum tempo com o cabelo, realizando o ritual do secador, adicionando um pouco de gel e umas borrifadas de laquê. Quando terminei, parecia a Cher num dia ruim. Mesmo assim, a Cher num dia ruim não era tão mal assim. Cheguei ao último short de lycra limpo. Vesti um sutiã esportivo e enfiei uma camiseta roxa e larga com um grande decote em forma de gota. Amarrei os cadarços dos Reeboks de cano alto, abaixei as meias brancas e me senti muito descolada.

Comi sucrilhos de café-da-manhã. Se eram bons o bastante para o Tigre Tony, também o eram para mim. Engoli um comprimido de multivitamínico, escovei os dentes, enfiei duas argolonas de ouro nos lobos da orelha, passei batom cor de cereja que brilhava no escuro e fiquei pronta para partir.

As cigarras zumbiam sem parar, a advertência matinal de mais um dia de calor escorchante, e o asfalto fumegava com o que restara do orvalho. Saí do estacionamento para o fluxo constante de tráfego da St. James. Tinha o mapa estendido no banco junto a mim, mais um bloco de taquigrafia que começara a usar para anotar números de telefone, endereços e informações diversas relacionadas ao trabalho.

O prédio de Ramírez ficava no meio do quarteirão, a identidade perdida num conjunto habitacional de prédios baratos de quatro andares colados uns nos outros, para a classe operária pobre. O mais provável era que o prédio fora originalmente ocupado por imigrantes – esperançosos irlandeses, italianos e poloneses embarcados nas barcaças que faziam a travessia do rio Delaware para trabalhar em fábricas de Trenton. Era difícil saber quem morava ali agora. Não se viam velhos vadiando nas rampas da entrada, nem crianças brincando na calçada. Duas asiáticas de meia-idade paradas esperando num ponto de ônibus traziam as bolsas coladas junto ao peito, os rostos sem expressão. Nenhum sinal da van à vista e nem lugar para esconder uma. Nem oficinas de carro ou becos. Se Morelli vinha vigiando Ramírez, teria de ser dos fundos ou de um apartamento vizinho.

Contornei a esquina e encontrei a rua transversal de mão única que cortava o quarteirão. Também não havia garagens ali atrás. Uma faixa de asfalto fora estendida junto aos fundos do prédio de Ramírez, formando um estacionamento diagonal para seis carros demarcado na faixa. Apenas quatro carros estavam estacionados. Três latas-velhas e um Silver Porsche com uma moldura na placa que exibia estampado "O Campeão" em dourado. Nenhum dos carros ocupado.

Do outro lado da rua transversal, mais apartamentos tipo baixa renda. Seria um lugar razoável para Morelli vigiar ou escutar, pensei, mas não vi sinal algum dele.

Segui pela rua transversal e dei a volta no quarteirão, aumentando metodicamente a área até cobrir todas as ruas transitáveis por veículos num quadrado de nove quarteirões. A van não apareceu.

Rumei para a rua Stark e repeti o procedimento. Havia oficinas e becos, por isso estacionei o Cherokee e parti a pé. Ao meio-dia e meia, já bisbilhotara oficinas caindo aos pedaços e fedorentas suficientes por uma vida inteira. Se ficasse vesga, poderia ver meu nariz descascando, o cabelo grudado na nuca suada e estava com bursite de tanto carregar a bolsa pesada.

Quando retornei ao Cherokee, meus pés pareciam ter saído de brasas. Encostei-me no carro e examinei-os para ter certeza de que as solas não derretiam. A um quarteirão dali, vi Lula e Jackie demarcando sua esquina. Imaginei que não faria mal falar mais uma vez com elas.

– Ainda procurando Morelli? – perguntou Lula.

Empurrei os óculos escuros para o alto da cabeça.

– Tem visto ele?

– Não. Nem ouvi falar, também. O cara anda mesmo no sapatinho.

– E a van dele?

– Não sei nada de van. Ultimamente, Morelli tem dirigido um Cherokee vermelho e dourado... como aquele ali. – Ela arregalou os olhos. – Minha nossa, aquele não é o carro de Morelli, é?

– Eu meio que peguei emprestado.

O rosto de Lula dividiu-se num enorme sorriso.

– Benzinho, está me dizendo que *roubou* o carro de Morelli? Menina, ele vai chutar esse seu rabo branco magrelo.

– Dois dias atrás, eu o vi dirigindo uma Econoline azul clara – eu disse. – Com uma antena imensa. Vocês viram alguma coisa assim passando por aqui?

– Nós não vimos nada – disse Jackie.

Virei-me para Lula.

– E você, Lula? Viu uma van azul?

– Quer me dizer a verdade agora? Está mesmo grávida? – perguntou Lula.

– Não, mas poderia estar.

Catorze anos atrás.

– Então que tá rolando? O que você realmente quer com Morelli?

— Eu trabalho pro fiador dele. Morelli é DDC.
— Não brinca. Rola dinheiro nisso?
— Dez por cento da fiança.
— Eu bem que podia fazer isso — disse Lula. — Talvez fosse uma boa mudar de profissão.
— Talvez fosse uma boa você fechar a matraca e tratar de faturar o que precisa antes que seu velho a mate de porrada — retrucou Jackie.

Peguei o carro e voltei para meu apartamento, comi um pouco mais de sucrilhos e liguei para minha mãe.
— Fiz uma bela travessa de repolho recheado — ela disse.
— Você devia vir jantar.
— Parece ótimo, mas tenho coisas a fazer.
— Como o quê? O que é tão importante que impeça você de comer um repolho recheado?
— Trabalho.
— Que tipo de trabalho? Continua tentando achar o tal Morelli?
— É.
— Você devia arranjar outro emprego. Vi um anúncio no Salão de Beleza de Clara dizendo que precisam de uma moça pro xampu.

Ouvi vovó Mazur berrar alguma coisa ao fundo.
— Ah, é — disse minha mãe. — Você recebeu um telefonema esta manhã daquele pugilista, Benito Ramírez. Seu pai ficou muito animado. Que rapaz simpático. Tão cortês.
— Que é que ele queria?
— Ele disse que tem tentado entrar em contato com você, mas seu telefone tinha sido desligado. Eu disse que está bom agora.

Bati mentalmente a cabeça na parede.

Benito Ramírez é um depravado. Se ele ligar de novo, não dê papo.
— Ele foi educado comigo ao telefone.

É, pensei, o mais educado estuprador homicida de Trenton. E agora ele sabia que podia me telefonar.

OITO

Meu prédio era da safra pré-lavanderia comum e o dono atual não sentia a menor compulsão por implantar algumas melhorias. A mais próxima lavanderia automática, a Super Suds, ficava a quase um quilômetro de distância, na Hamilton. Não era uma jornada de proporções insuperáveis, mas, de qualquer modo, era um pé no saco.

Enfiei a pilha de DDCs que recebera de Connie na bolsa e pendurei-a no ombro. Empurrei a cesta de roupa suja até o corredor, tranquei a porta e me reboquei para o carro.

Comparada à Laundromat, a Super Suds não era tão ruim. Oferecia estacionamento num terreno e tinha uma lanchonete anexa onde a gente podia comer um saboroso sanduíche de salada de frango se tivesse uns trocados. Acontece que eu estava de caixa baixa, por isso meti a roupa suja numa máquina, adicionei detergente e moedas de vinte e cinco centavos e me instalei para rever os DDCs.

Lonnie Dodd era o primeiro da pilha e parecia a captura mais fácil. Tinha vinte e dois anos e morava em Hamilton Township. Fora autuado por roubo de carro.

Um infrator primário, sem antecedentes criminais. Usei o telefone público da lavanderia para ligar para Connie com o intuito de verificar se Dodd continuava em dívida.

– Ele na certa está na garagem de casa, trocando o óleo de algum carro – ela disse. – Acontece o tempo todo. Uma dessas coisas masculinas. Droga, eles dizem a si mesmos, ninguém vai me pressionar. Eu só roubei alguns automóveis. Que porra isso tem de mais? Então não se apresentam na data marcada no tribunal.

Agradeci a Connie pela perspicácia e retornei à minha cadeira. Assim que minha roupa estivesse lavada e seca, ia dar um pulo na casa de Dodd e ver se conseguia achá-lo.

Enfiei os arquivos na bolsa e transferi as roupas para a secadora. Sentei-me, olhei a rua pela grande vidraça da fachada e vi a van azul passando. Fiquei tão surpresa que congelei, boquiaberta, olhos vidrados, a mente vazia. Não era o que se chamaria de uma reação rápida. A van desapareceu rua abaixo e, à distância, vi as luzes dos freios se acenderem. Morelli foi parado pelo tráfego.

Então me mexi. Na verdade, acho que voei, porque não me lembro dos meus pés tocando a calçada. Arranquei a toda do estacionamento, cantando pneus. Cheguei à esquina e o alarme disparou. Na pressa, esquecera de digitar o código.

Mal conseguia pensar por causa do barulho. A chave estava no chaveiro e o chaveiro preso na chave na ignição. Pisei fundo no freio, ziguezagueando até parar no meio da rua. Quando parei, olhei pelo espelho retrovisor, aliviada ao constatar que não havia nenhum carro atrás de mim. Desativei o alarme e segui em frente mais uma vez.

Vários carros se interpunham entre mim e Morelli. Ele dobrou à direita e agarrei o volante com mais força, costurando o trânsito e inventando novos expletivos muito criativos enquanto abria caminho até o cruzamento. Quando virei na esquina, ele já desaparecera. Devagar, percorri as ruas de um lado ao outro.

UM DINHEIRO NADA FÁCIL

Já me preparara para desistir, quando localizei a van estacionada nos fundos da Manni's Deli.

Parei na entrada do estacionamento e fiquei olhando para a van, me perguntando o que fazer em seguida. Eu não tinha como saber se Morelli estava atrás do volante. Podia estar deitado nos fundos, tirando uma soneca, ou na *deli* pedindo um sanduíche de atum para viagem. Talvez fosse melhor parar e investigar. Se verificasse que Morelli não estava na van, me esconderia atrás de um dos carros e tacaria gás nele assim que se aproximasse.

Parei numa vaga nos fundos do estacionamento, quatro veículos depois da van, e desliguei o motor. Já ia pegar a bolsa, quando, de repente, a porta do lado do motorista foi aberta e eu, arrancada de trás do volante. Tropecei para a frente e bati em cheio na parede formada pelo peito de Morelli.

– Me procurando? – ele perguntou.

– Você devia desistir – eu disse –, porque eu não desisto nunca.

A linha formada pela boca dele tornou-se ainda mais estreita.

– Me fale sobre isso. Que tal eu me deitar no chão e você passar por cima de mim algumas vezes com meu próprio carro... apenas pelos velhos tempos. Que tal? Você recebe o dinheiro comigo vivo ou morto?

– Não precisa ficar irritado. Eu tenho um trabalho a fazer. Não é nada pessoal.

– Nada pessoal? Você atormentou minha mãe, roubou meu carro e agora anda dizendo às pessoas que eu engravidei você! Em minha opinião, engravidar alguém é pessoal pra caralho! Deus do céu, já não basta eu ser acusado de assassinato? Que porra é você, afinal, a caçadora de recompensas do inferno?

– Você está exausto.

– Eu já passei de exausto. Eu me rendo. Todo mundo tem uma cruz pra carregar... você é a minha. Eu desisto. Fique com o carro. Não me importo mais. Só peço que não arranje muitas

mossas na porta e troque o óleo quando a luz vermelha acender.
– Ele desviou os olhos para o interior do carro. – Não anda dando telefonemas, anda?
– Não. Claro que não.
– Os telefonemas são caros.
– Não se preocupe.
– Merda – ele desabafou. – Minha vida é uma merda.
– Na certa, é apenas uma fase.
A expressão dele se suavizou.
– Gostei dessa roupa que você pôs. – Morelli enganchou um dedo na gola da minha blusa e olhou para dentro, dando uma boa sacada no meu sutiã esportivo de lycra preta. – Muito sensual.
Um lampejo de calor disparou pela minha barriga. Eu disse a mim mesma que era raiva, mas desconfio de que pânico carnal esteja mais próximo da verdade. Empurrei a mão dele.
– Não seja grosseiro.
– Ora, diabos, eu engravidei você, lembra? Você não devia se incomodar com mais uma intimidadezinha. – Ele se aproximou mais um pouco. – Gosto do batom, também. Cereja. Muito tentador.
Morelli se abaixou e lascou um beijo.
Sei que devia ter dado uma joelhada na virilha dele, mas o beijo foi delicioso. Joe Morelli ainda sabia beijar bem. Começara devagar e suave e terminara intenso e profundo. Ele recuou e sorriu e eu vi que fora conquistada.
– Peguei você – ele disse.
– Veado.
Ele passou o braço por trás de mim e retirou as chaves da ignição.
– Não quero você me seguindo.
– Isso nunca me passou pela cabeça.
– É mesmo? Bem, mesmo assim vou obrigá-la a fazer um pit stop. – Ele foi até a caçamba de lixo da *deli* e atirou as chaves den-

tro. – Boa caçada – disse Morelli, se encaminhando para a van.
– Não deixe de limpar os pés antes de entrar no meu carro.
– Espere um minuto – berrei atrás dele. – Eu tenho algumas perguntas. Quero saber sobre o assassinato. Quero saber sobre Carmen Sanchez. E é verdade que você foi jurado de morte?

Ele se içou para dentro da van e arrancou-a do estacionamento. A caçamba de lixo era de tamanho industrial. Um metro e meio de altura, o mesmo de largura e dois de comprimento. Levantei-me nas pontas dos pés e examinei a abertura. Estava cheia até um quarto e fedia a cachorro morto. Não consegui ver as chaves.

Uma mulher mais fraca teria desatado a chorar. Uma mais esperta teria um conjunto extra de chaves. Arrastei uma caixa de madeira até a lateral da caçamba e subi para dar uma olhada melhor. A maior parte do lixo estava ensacada. Alguns dos sacos haviam se rompido no impacto, cuspindo sanduíches semicomidos, pedaços de salada de batata, grãos de café, óleo de fritura, substâncias pastosas irreconhecíveis e pés de alface tornando-se sopa primordial.

Lembrei-me de mortes no meio da estrada. Das cinzas às cinzas... maionese a seus vários componentes. Não importa se são gatos ou salada de repolho cru, a morte não é atraente.

Fiz um levantamento mental de todo mundo que conhecia, mas não consegui me lembrar de ninguém palerma o suficiente para subir na caçamba por mim. Isso aí, disse a mim mesma, é agora ou nunca. Ergui uma perna, passei-a sobre a borda e fiquei pendurada ali por um momento, reunindo coragem. Baixei bem devagar, o lábio superior curvado. Se sentisse a mínima *sugestão* de bafo de rato, eu ia cair fora dali.

Latas giravam debaixo de meus pés, dando lugar a substâncias nojentas e borbulhantes. Senti que escorregava e enganchei a mão na borda da caçamba, batendo o cotovelo na lateral. Praguejei e pisquei para reprimir as lágrimas.

Encontrei um saco plástico de pão relativamente limpo e usei-o como luva para cuidadosamente remexer nos dejetos, movendo-me com todo o cuidado, morta de medo de cair de cara nas alcachofras e nos miolos de boi ensopados. A quantidade de comida descartada era assombrosa, o desperdício quase tão revoltante quanto o odor de podridão que ardia dentro de meu nariz e grudava-se no céu de minha boca.

Após o que pareceu uma eternidade, descobri as chaves enfiadas numa gororoba espessa marrom-amarelada. Não vi nenhuma Pampers por perto, portanto desejei que a substância fosse mostarda. Enfiei a mão ensacada no sei lá o quê e comprimi a boca. Prendi a respiração, joguei as chaves pela borda da caçamba, no asfalto, e não perdi tempo para pular fora dali. Limpei as chaves o melhor que pude com o saco de pão. Quase toda a viscosidade amarela saíra, deixando-as boas o suficiente para direção de emergência. Tirei os sapatos pisando nos calcanhares e usei as unhas para arrancar as meias com dois dedos. Inspecionei o resto de mim. Fora algumas manchas de molho Thousand Island na frente da camiseta, eu parecia incólume.

Jornais para reciclagem haviam sido empilhados ao lado da caçamba. Cobri o banco do motorista com a seção de esportes, para a hipótese de ter-me escapado alguma substância nociva grudada no traseiro. Estendi umas folhas de jornal no tapete do piso diante do banco do carona e cuidadosamente pus meus sapatos e meias no centro.

Dei uma olhada no restante do jornal e uma manchete saltou-me aos olhos.

"Morador do bairro assassinado por tiros provenientes de um carro de passagem." Sob a manchete, uma foto de John Kuzack, o veterano do Vietnã que desarmara Morelli. Eu o vira na quarta-feira. Já era sexta. O jornal em minha mão era da véspera. Li a matéria quase sem respirar. Kuzack fora baleado na noite da última quarta-feira diante de seu prédio. A matéria continuava dizendo que ele fora um herói do Vietnã, condecorado com a medalha Coração Púrpuro, concedida a membros das forças armadas feridos em ação, uma figura pitoresca do bairro e amada por todos. Segundo o comunicado à imprensa, a polícia ainda não tinha nenhum suspeito nem motivo.

Encostei-me no Cherokee, tentando absorver a realidade da morte de John Kuzack. Um homem tão grande e vivo quando eu falara com ele. E agora estava morto. Primeiro Edleman, o atropelamento e fuga, e agora Kuzack. Das três pessoas que haviam visto a testemunha desaparecida e se lembravam dela, duas estavam mortas. Pensei na sra. Santiago e nos filhos dela e estremeci.

Dobrei cuidadosamente o jornal e guardei-o no pára-sol. Quando voltasse ao meu apartamento, ligaria para Gazarra e tentaria conseguir alguma certeza sobre a segurança da sra. Santiago. Embora sem condições de sentir meu próprio cheiro, dirigi com as janelas abaixadas por precaução.

Estacionei no terreno da lavanderia e entrei discretamente descalça para pegar minhas roupas. Havia apenas outra pessoa na loja, uma velha no balcão de dobrar as roupas na parede do outro lado.

– Oh, meu Deus! – ela exclamou, parecendo confusa. – Que cheiro é esse?

Senti minhas faces se aquecerem.

– Deve ser lá de fora – respondi. – Deve ter me seguido quando abri a porta.

– É *horrível*!

Funguei, mas não senti odor algum. Meu nariz se fechara em autodefesa. Examinei a camiseta.

– O cheiro parece com o de molho Thousand Island?

Ela levou uma fronha ao rosto.

– Acho que vou vomitar.

Empilhei minha roupa na cesta e saí em seguida. A meio caminho de casa, parei num sinal e notei que meus olhos lacrimejavam. Que agourento, pensei. Felizmente, não havia ninguém no estacionamento do meu prédio quando cheguei. A portaria e o elevador estavam vazios. Até aqui, tudo bem. As portas do elevador se abriram no segundo andar e também não vi ninguém ali. Soltei um suspiro de alívio, arrastei a roupa lavada até a porta, entrei depressa no apartamento, me despi das roupas e joguei-as num grande saco de lixo preto que fechei bem.

Corri para o chuveiro, ensaboei meu corpo, esfregando bastante, e passei xampu três vezes. Vesti roupas limpas e atravessei o corredor até o apartamento do sr. Wolesky, como um teste.

Ele abriu a porta e imediatamente apertou o nariz com a mão.

– Uau – arfou. – Que cheiro é esse?

– Era isso o que eu me perguntava – respondi. – Parece suspenso aqui no corredor.

– Cheira a cachorro morto.

Suspirei.

– É. Também foi minha primeira impressão.

Retirei-me de volta ao meu apartamento. Precisava lavar tudo de novo e não tinha mais moedas de vinte e cinco centavos. Ia ter de ir à casa dos meus pais para isso. Conferi as horas no relógio. Quase seis. Ligaria para minha mãe pelo telefone do carro e avisaria que afinal chegaria a tempo para o jantar.

Estacionei diante da casa e minha mãe surgiu como magia, impelida por algum instinto maternal misterioso que sempre a atacava quando a filha encostava o carro no meio-fio.

– Carro novo – ela comentou. – Que lindo. Onde arranjou?

Eu levava a cesta debaixo de um braço e o saco plástico de lixo debaixo do outro.

– Peguei emprestado com um amigo.

– Quem?

– Você não conhece. Um colega de escola.

– Ora, você é uma felizarda por ter amigos assim. Você devia cozinhar alguma coisa pra ele. Um bolo.

Espremi-me ao passar por ela, rumando para a escada do porão.

– Trouxe minha roupa pra lavar. Espero que não se importe.

– Claro que não me importo. Que cheiro é esse? É você? Está cheirando como uma lata de lixo.

– Deixei cair sem querer minhas chaves numa caçamba de lixo e tive de entrar pra pegar.

– Eu não entendo como essas coisas acontecem com você. Não acontecem com ninguém mais. Quem mais você conhece que deixou cair as chaves numa caçamba de lixo? Ninguém, com certeza. Só você faria uma coisa dessas.

Vovó Mazur saiu da cozinha.

– Sinto cheiro de vômito.

– É Stephanie – informou minha mãe. – Ela entrou numa caçamba de lixo.

– Que fazia numa caçamba de lixo? Procurava cadáveres? Vi um filme na televisão onde a máfia explodiu os miolos de um cara que se espalharam pra tudo que é lado e depois o deixaram pra servir de comida para os ratos numa caçamba de lixo.

– Ela procurava as chaves – explicou minha mãe. – Foi um acidente.

– Ora, que decepção – disse vovó Mazur. – Eu esperava coisa melhor dela.

Quando acabamos de comer, liguei para Eddie Gazarra, pus a segunda leva de roupa para lavar na máquina e, com a mangueira, lancei um jato de água sobre os sapatos e as chaves. Borrifei o interior do jipe com Lysol e escancarei todas as janelas. O alarme não funcionava com as janelas abertas, mas achei que não corria muito risco de o carro ser reclamado na frente da casa dos meus pais. Tomei banho e pus roupas limpas tiradas da máquina de secar.

Eu estava assombrada com a morte de John Kuzack e nada ansiosa por entrar num apartamento escuro, por isso fiz questão de chegar em casa cedo. Acabara de trancar a porta quando o telefone tocou. A voz era abafada, portanto tive de me esforçar para ouvir, me grudando no receptor como se isso ajudasse. O medo não é uma emoção lógica. Ninguém poderia me machucar fisicamente por telefone, mas vacilei mesmo assim quando percebi que era Ramírez. Desliguei logo e quando tocou de novo arranquei a tomada da parede. Precisava de uma secretária eletrônica para monitorar minhas chamadas, mas não tinha condições de comprar uma enquanto não fizesse uma captura. Assim que acordasse de manhã, ia ter de correr atrás de Lonnie Dodd.

Despertei com o tamborilar constante da chuva na minha escada de incêndio. Maravilha. Era só o que precisava para complicar ainda mais a vida. Levantei-me da cama e abri a cortina, nada satisfeita com a perspectiva de um dia inteiro encharcado. O estacionamento ficara escorregadio, refletindo a luz de fontes misteriosas. O resto do mundo parecia cinza-escuro, a manta de nuvens baixa e infindável, os prédios com suas cores roubadas pela chuva.

Tomei um banho, pus uma calça jeans e uma camiseta e deixei os cabelos secarem ao natural. Não fazia o menor sentido me esmerar quando ia ficar encharcada assim que saísse do prédio. Passei pelo ritual do café-da-manhã, escovei os dentes e apliquei uma bela linha grossa de delineador turquesa para compensar o desânimo. Usava os sapatos da caçamba de lixo em honra da chuva. Baixei a cabeça e funguei. Talvez exalasse uma pitada de cheiro de presunto cozido, mas, no cômputo geral, não achei tão ruim.

Fiz um inventário do que carregava na bolsa, certificando-me de que levava todas as minhas guloseimas — algemas, cassetete, lanterna, arma, munição extra (não muito útil para mim, pois já esquecera como carregar a arma — mesmo assim, a gente nunca sabe quando pode precisar de uma coisa pesada para tacar num criminoso em fuga). Enfiei nela o arquivo de Dodd junto com um guarda-chuva desmantelado e um pacote de biscoitos de manteiga de amendoim para um lanche de emergência. Peguei a jaqueta preta e roxa supertransada Gore-Tex que comprara quando eu era da privilegiada classe operária e dirigi-me ao estacionamento.

Era o tipo de dia para a gente ler revistas em quadrinhos sob uma tenda de cobertor e comer o recheio de biscoitos Oreo. Não para perseguir caloteiros desesperados. Infelizmente, estava muito mal de grana e não podia ser exigente quanto a escolher um dia especial para caçar esse tipo de cara.

O endereço de Lonnie Dodd constava como sendo na Barnes, 2115. Peguei o mapa e examinei as coordenadas. Hamilton Township é três vezes maior que a Trenton propriamente dita e com o traçado semelhante ao de uma fatia de torta que sofreu algumas mordiscadas. A rua Barnes corria com os fundos colados aos trilhos da Conrail logo ao norte de Yardville, o início da parte sul do município.

Tomei a Chambers até a Broad e dobrei na Apollo. A Barnes era transversal à Apollo. O céu clareara um pouco e era possível ver os números das casas enquanto eu dirigia. Quanto mais próximo chegava do 2115, mais deprimida ficava. O valor das propriedades caía numa proporção assustadora. O que começara como um bairro operário respeitável, com bem cuidados bangalôs em terrenos de bom tamanho, se deteriorara para alojamentos de baixa renda ou renda nenhuma.

O número 2115 ficava no fim da rua. A grama fora invadida pelo mato e produzia sementes. Uma bicicleta enferrujada e uma lavadora de roupas com a tampa torta enfeitavam o jardim. A casa em si era um pequeno cubo de concreto construído numa laje. Parecia mais um anexo que uma residência. Algo como um galinheiro ou um chiqueiro. Um lençol fora preso com tachas a esmo na janela panorâmica da frente. Na certa, para proporcionar aos habitantes alguma intimidade enquanto esmagavam latas de cerveja Bull's Eye nas testas e tramavam distúrbios.

Eu disse a mim mesma que era agora ou nunca. A chuva tamborilava no teto e escorria pelo pára-brisa. Injetei um pouco de ânimo em meu espírito aplicando uma nova camada de batom. Como não surgiu nenhuma grande onda de poder, reforcei o delineador azul e acrescentei rímel e ruge. Conferi minha aparência no espelho retrovisor. Mulher Maravilha, morra de inveja. É, isso mesmo. Examinei a foto de Dodd uma última vez. Não queria subjugar o homem errado. Larguei as chaves na bolsa, ergui o capuz e saí do carro. Bati na porta e me flagrei desejando secretamente que não houvesse ninguém em casa. A chuva, o bairro e a sinistra casinha davam-me arrepios. Se a segunda batida não fosse atendida, pensei, ia considerar que a vontade de Deus era que eu não pegasse Dodd e eu ia me mandar da mesma forma como o diabo foge da cruz.

Ninguém respondeu à segunda batida, mas ouvi uma descarga de privada e soube que tinha alguém ali. Maldição. Dei à porta umas boas pancadas com o punho fechado.

– Abra – gritei no máximo da voz. – Entrega de pizza.

Um cara magricela, de cabelos escuros emaranhados que batiam na altura dos ombros, atendeu à porta. Era uns cinco centímetros mais alto que eu.

Descalço e sem camisa, usava uma calça jeans imunda bem abaixo dos quadris, desabotoada e com o zíper fechado só até a metade. Além dele, vi uma sala de estar cheia de lixo. Desprendia dali um ar pungente de odores de gato.

– Eu não pedi nenhuma pizza – ele disse.

– Você é Lonnie Dodd?

– Sou. E que tem isso a ver com a merda da entrega de pizza?

– Foi um ardil pra fazer você atender à porta.

– Um o quê?

– Eu trabalho pra Vincent Plum, seu agente de fiança. Você faltou à data do seu julgamento e o sr. Plum gostaria que remarcasse.

– Foda-se. Não vou remarcar nada.
A chuva escorria da minha jaqueta formando uma poça, empapando o jeans e os sapatos.
– Só vai levar alguns minutos. Eu teria o maior prazer em levar você de carro.
– Plum não tem nenhum serviço de limusine. Ele só emprega dois tipos de pessoa... mulheres com grandes tetas pontudas e caçadores de recompensa desprezíveis. Nada pessoal, e é difícil ver com esse seu impermeável, mas você não parece ter grandes tetas pontudas. O que sobra é a caçadora de recompensas desprezível.
Sem avisar, ele estendeu a mão na chuva, arrancou minha bolsa do ombro e jogou o conteúdo sobre o desfiado tapete cor de bronze atrás dele. A arma caiu com um baque.
– Você podia ter se metido em uma enrascada da porra levando um arma escondida desse jeito – ele disse.
Estreitei os olhos.
– Vai cooperar?
– Que é que você acha?
– Acho que, se for inteligente, vai pegar uma camisa, sapatos e vir comigo até o centro.
– Acho que não sou muito inteligente.
– Ótimo. Então simplesmente me dê minhas coisas e terei mais que prazer em partir.
As palavras mais sinceras nunca eram ditas.
– Não vou dar nada. Esses troços aqui parecem que são meus agora.
Eu me debatia se lhe dava um chute nos colhões, quando ele me deu um empurrão no peito, derrubando-me para trás na pequena rampa de cimento. Caí batendo com força o traseiro na lama.
– Vá passear – disse – ou atiro em você com a porra da sua própria arma.
A porta fechou-se com uma pancada e o ferrolho encaixou-se. Eu me levantei e limpei as mãos na jaqueta. Não dava para

acreditar em simplesmente ficar parada ali e deixar ele roubar minha bolsa nova. Em que eu andava pensando?

Andava pensando em Clarence Sampson e não em Lonnie Dodd, que não era um bêbado gordo. Eu devia tê-lo abordado com uma postura muito mais defensiva. Devia ter ficado bem afastada do alcance dele. E levado meu spray de defesa pessoal na mão, não na bolsa.

Eu ainda tinha muito que aprender como caçadora de recompensas. Faltavam-me muitos talentos, entretanto, o que era mais problemático é que me faltava atitude. Ranger tentara me dizer isso, mas eu não absorvera. Nunca baixe sua guarda, ele explicara. Quando andar na rua, você tem de ver tudo, a cada segundo. Se deixar a mente vagar, pode perder até a vida. Quando for ao encalço de seu DDC, sempre esteja preparada para o pior.

Parecera excessivamente dramático na época. Em retrospecto, havia sido um bom conselho.

Voltei pisando forte ao jipe e fiquei ali fumegando, xingando a mim mesma, a Dodd e à E. E. Martin. Incluí alguns pensamentos especiais em Ramírez e Morelli e chutei um pneu.

– E agora? – berrei na chuva. – Vai fazer o que agora, menina gênio?

Bem, com toda a certeza não ia embora sem Lonnie Dodd algemado e enfiado no meu banco de trás, porra. Pelo que via, eu precisava de ajuda e tinha duas opções. A polícia ou Ranger. Se ligasse para a polícia, talvez me metesse em apuro por causa da arma. Teria de ser Ranger.

Fechei os olhos. Realmente não sentia a mínima vontade de ligar para ele. Queria fazer aquilo sozinha. Queria mostrar a todo mundo que eu era competente.

– O orgulho precede a queda – eu disse.

Não tinha muita certeza de onde tirara esse dito, mas me pareceu certo.

Respirei fundo, soltei um gemido, despi o barrento e gotejante impermeável, deslizei por trás do volante e liguei para Ranger.
— Fala — ele disse.
— Eu tenho um problema.
— Está nua?
— Não, não estou nua.
— Que pena.
— Estou com um DDC encurralado na casa dele, mas não estou tendo nenhuma sorte em realizar a captura.
— Pode ser mais específica sobre a parte de não ter nenhuma sorte?
— Ele pegou minha bolsa e me chutou pra fora da casa.
Pausa.
— Não creio que você tenha conseguido conservar a arma.
— Não creio que consegui. O lado positivo é que a arma não estava carregada.
— Você tinha munição na bolsa?
— Talvez tivesse algumas balas soltas.
— Onde está agora?
— Na frente da casa, no jipe.
— E quer que eu vá aí e convença seu DDC a se comportar?
— É.
— Que bom pra você que ando nessa merda de espírito de Henry Higgins e a bela dama dele. Qual o endereço?

Dei-lhe o endereço e desliguei, sentindo-me repugnada comigo mesma. Praticamente armara meu DDC e agora mandava Ranger ir até ali limpar a bagunça que eu fizera. Ia ter de ficar mais esperta mais rápido. Precisaria aprender a carregar a maldita arma e ia ter de aprender a dispará-la. Talvez não tivesse coragem de disparar em Joe Morelli, mas tinha certeza absoluta de que poderia atirar em Lonnie Dodd.

Eu olhava o relógio no painel, à espera de Ranger, ansiosa por solucionar aquele negócio inacabado. Dez minutos se passaram até a Mercedes dele surgir no fim da rua, deslizando pela chuva, lustrosa e sinistra, a água não ousando grudar-se no perfeito acabamento da pintura.

Saímos simultaneamente de nossos carros. Ele usava um boné de beisebol, calça jeans justa e camiseta, tudo preto. Prendera no cinto munição e o coldre de náilon preto, a arma colada na perna por uma tira de velcro preta. À primeira vista, passaria por um policial da SWAT. Vestia um colete à prova de balas.

– Qual o nome do DDC?
– Lonnie Dodd.
– Você tem uma foto?

Corri até o jipe, descolei a foto de Dodd e dei-a a Ranger.

– Que foi que ele fez? – perguntou Ranger.
– Roubo de carro. Réu primário.
– Está sozinho?
– Até onde sei, sim. Não posso garantir.
– Essa casa tem porta nos fundos?
– Não sei.
– Vamos descobrir.

Tomamos uma rota direto para os fundos, cortando por entre o mato alto, mantendo os olhos na porta da frente e vigiando qualquer movimento nas janelas. Não me dera o trabalho de vestir a jaqueta impermeável. Parecia um estorvo desnecessário àquela altura. Concentrava todas as energias em pegar Dodd. Encharcada até os ossos, era libertador saber que não podia me molhar mais. O quintal era semelhante à frente: mato alto, um conjunto de balanços enferrujados, duas latas de lixo transbordando, as tampas dentadas caídas no chão perto. Uma porta abria-se para o quintal.

Ranger me empurrou para perto da casa, fora da visão da janela.

– Fique aqui e vigie a porta dos fundos. Vou entrar pela frente. Não quero que você dê uma de heroína. Se vir alguém correr em direção aos trilhos de trem, saia da frente. Entendeu?

A água pingava da ponta do meu nariz.
– Me desculpe fazer você passar por isso.
– Em parte é minha culpa. Não tenho levado você a sério o bastante. Se for fazer mesmo esse trabalho, vai precisar de alguém para ajudar com a captura. E precisamos passar algum tempo falando de técnicas.
– Eu preciso de um parceiro.
– É. Você precisa de um parceiro.

Ele se afastou e contornou a casa, os passos abafados pela chuva. Prendi a respiração, esforçando-me por ouvir o que acontecia, captei a batida na porta e o ouvi identificar-se.

Houve obviamente uma resposta lá de dentro, mas me escapou. O que se seguiu depois foi um borrão de ruído e ação em rápida aceleração. Avisos de Ranger de que ele ia entrar, a porta se abrindo com estrondo e muitos gritos. Um único disparo de arma.

A porta dos fundos se abriu de repente e Lonnie Dodd precipitou-se para fora, rumando não para os trilhos, mas para a casa vizinha. Continuava vestido apenas de calça jeans. Corria a esmo pela chuva, claramente apavorado. Como eu me achava parcialmente escondida por uma espécie de galpão, ele passou correndo por mim sem um olhar para o lado. Vi o brilho prateado de uma arma enfiada no cinto. Você não sabia que ia ter de engolir isso? Para completar todos os outros insultos, agora o verme fugia com minha arma. Quatrocentos dólares jogados no inferno e logo quando eu decidira aprender a usar aquela porcaria.

De jeito nenhum eu ia deixar isso acontecer. Berrei para Ranger e parti atrás de Dodd, que não estava tão longe assim de mim, e eu tinha a vantagem dos sapatos. Ele escorregava na grama deslizante graças à água, pisando em Deus sabe o quê. Caiu sobre um joelho e eu me atirei com tudo nas costas dele, derrubando-o chão. Dodd tombou com um "ai!" graças aos 63 quilos de fêmea furiosa que caíram sobre ele. Bem, certo, talvez 65, mas nem um único grama a mais, juro.

Dodd lutava para respirar e eu peguei a arma, sem qualquer instinto defensivo, mas por pura possessividade. Era a *minha* arma, droga. Levantei-me e apontei o .38 em direção a Dodd, segurando-a com as duas mãos para minimizar o tremor. Não me ocorreu verificar se tinha balas.

– Não se mova! – gritei. – Não se mova, porra, ou eu atiro.

Ranger surgiu em minha visão periférica. Apoiou o joelho nas costas de Dodd, prendeu as algemas nele e empurrou-o para que se levantasse.

– O filho-da-puta atirou em mim – disse Ranger. – Você acredita nessa merda? O desgraçado de um ladrãozinho de carros atirou em mim. – Empurrou Dodd para a rua. – Estou com a porra de um colete Kevlar. Acha que ele atirou no colete? De jeito nenhum. Esse cara atirou em mim de um jeito tão escroto, estava apavorado como um frangote e ainda consegue acertar na porra da minha perna.

Baixei os olhos para a perna de Ranger e quase me ajoelhei.

– Corra na frente e chame a polícia – disse Ranger. – E chame Al na oficina pra vir pegar meu carro.

– Tem certeza de que vai ficar bem?

– Ferimento superficial, benzinho. Nada com que se preocupar.

Dei os telefonemas, recuperei a bolsa, juntei meus pertences na casa de Dodd e esperei com Ranger. Imobilizamos Dodd como se fosse um peru de Natal, de bruços com a cara enfiada na lama. Ranger e eu ficamos sentados no meio-fio, na chuva. Ele não parecia preocupado com a gravidade do ferimento. Disse que já sofrera piores, mas eu via a dor extenuá-lo e beliscar-lhe o rosto.

Enrosquei os braços apertados em volta de meu corpo e cerrei os dentes para impedi-los de baterem uns nos outros. Por fora, mantinha uma expressão rígida e impávida, tentando ser tão estóica quanto Ranger, confiantemente encorajadora. Por dentro, tremia tanto que até meu coração se revirava.

NOVE

Os policiais chegaram primeiro, depois os paramédicos e, por último, Al. Demos as declarações preliminares, Ranger foi transportado para o hospital e eu segui a radiopatrulha até a delegacia.

Era quase cinco da tarde quando cheguei ao escritório de Vinnie. Pedi a Connie para preencher dois cheques separados. Cinqüenta dólares para mim, o restante para Ranger. Eu não teria levado qualquer dinheiro mesmo, mas realmente precisava identificar meus telefonemas e a única maneira de fazer isso era comprando uma secretária eletrônica.

Eu queria desesperadamente ir para casa, tomar um banho, pôr roupas secas e limpas e fazer uma refeição decente. Sabia que, assim que me instalasse, não ia ter disposição para sair de novo, por isso fiz um desvio até a loja de eletrodomésticos Kuntz, antes de voltar para meu apartamento.

Bernie usava uma etiquetadora numa caixa de papelão repleta de despertadores. Ergueu os olhos quando entrei na loja.

– Preciso de uma secretária eletrônica – eu disse. – Alguma coisa que custe menos de cinqüenta dólares.

Minha camiseta e a calça jeans já se achavam relativamente secas a essa altura, mas os sapatos ainda vazavam água quando eu andava. Onde pisava, poças em forma de ameba formavam-se à minha volta.

Bernie educadamente fingiu não notar. Transferiu-se para o modo de vendedor e me mostrou duas secretárias eletrônicas na faixa de preço que eu determinara. Perguntei qual ele recomendava e segui seu conselho.

– MasterCard? – ele perguntou.

– Eu só tenho um cheque de cinqüenta dólares do Vinnie. Posso pôr nominal a você?

– Claro – ele respondeu. – Fique à vontade.

De onde eu estava, via pela vidraça da frente o Açougue do Sal, do outro lado da rua. Não havia muito para ver – uma vitrine obscura com o nome da loja escrito em preto e dourado, a única porta de vidro com a plaqueta vermelha e branca anunciando ABERTA afixada por uma ventosa. Imaginei Bernie passando horas a espreitar pela vidraça, entorpecidamente olhando a porta de Sal.

– Você disse que Ziggy Kulesza comprava na loja do Sal?

– Sim. Claro, a gente pode comprar de tudo lá.

– É o que dizem. Que tipo de coisa acha que Ziggy fazia?

– É difícil saber, mas eu não o notei saindo com pacotes de costeletas de porco.

Enfiei a secretária eletrônica debaixo da camiseta e corri para o carro. Dei uma última olhada admirada à loja de Sal e arranquei.

O tráfego era lento na chuva e me vi hipnotizada pela batida e o assobio do limpador do pára-brisa e a mancha das luzes vermelhas de freio que surgiam diante de mim. Dirigia no piloto automático, repassando o dia e preocupada com Ranger.

Uma coisa é a gente ver alguém baleado na televisão. Outra muito diferente é ver a destruição de perto. Ranger não parou de dizer que não era um ferimento sério, mas era ruim o suficiente para mim. Eu tinha uma arma e ia aprender a usá-la cor-

UM DINHEIRO NADA FÁCIL

retamente, mas perdera parte do entusiasmo anterior por meter chumbo num corpo.

Virei no estacionamento do meu prédio e encontrei uma vaga perto do prédio. Ativei o alarme, saí me arrastando do carro e subi a escada. Deixei os sapatos no vestíbulo e pus a secretária eletrônica e a bolsa na bancada da cozinha. Abri uma cerveja e liguei para o hospital, para saber como estava Ranger. Disseram-me que ele fora atendido e liberado. Era uma boa notícia.

Entupi-me de biscoitos Ritz com manteiga de amendoim, empurrei-os goela abaixo com uma segunda cerveja e fui cambaleando para o quarto. Descolei as roupas úmidas, larguei-as longe, meio que esperando ver que eu começara a mofar. Não conferi todas as partes do corpo, mas as que examinei pareciam livres de bolor. Cachorro-quente. Que sorte. Enfiei uma camisola tipo camiseta pela cabeça, uma calcinha limpa pelas pernas e desabei na cama.

Despertei com o coração disparado e sem saber por quê. As teias de aranha se dissolveram de meus olhos e percebi que o telefone tocava. Tateei à procura do fone e fitei idiotamente o relógio na mesinha-de-cabeceira. Duas da manhã. Alguém deve ter morrido, pensei. Vovó Mazur ou minha tia Sophie. Ou talvez meu pai tenha expelido um cálculo renal.

Atendi sem ar, esperando o pior.

– Alô.

Silêncio na outra ponta. Ouvi uma respiração ofegante, ruídos de esgotamento e depois alguém gemeu. A voz de uma mulher transportada de alguma distância.

– Não – ela implorava. – Oh, meu Deus, não.

Um grito terrível varou o ar, fez-me afastar, sobressaltada, o telefone da orelha e comecei a suar frio quando compreendi o que ouvia. Bati o fone na base e acendi o abajur na mesinha-de-cabeceira.

Levantei-me da cama com as pernas trêmulas e fui tropeçando até a cozinha. Instalei a secretária eletrônica e programei-a para responder na primeira chamada. A gravação me mandou deixar uma mensagem. Fiz isso, mas não dei meu nome. Fui ao banheiro, escovei os dentes e retornei para a cama. O telefone tocou e ouvi o bipe da secretária. Sentei-me e prestei atenção. A voz de quem ligou sussurrou-me, meio cantarolada, meio murmurada.

– Stephanie – ele entoou. – Stephanie.

Levei instintivamente a mão à boca. Foi uma reação de reflexo condicionado destinada a controlar um grito primal, mas o grito se manifestara fora de mim. O que restou foi uma rápida inspirada de ar. Parte arquejo, parte soluço.

– Você não devia ter desligado, sua puta – disse a voz. – Perdeu o melhor. Precisa saber o que o campeão sabe fazer, assim vai esperar ansiosamente por isso.

Corri para a cozinha, mas, antes que pudesse desligar a máquina, a mulher surgiu na linha. Parecia jovem. As palavras mal eram audíveis, a voz rouca graças às lágrimas e trêmula do esforço para falar.

– Foi bo-bo-bom – ela disse. A voz partiu-se. – Oh, meu Deus, me ajude, estou ferida. Estou ferida com alguma coisa terrível.

A ligação caiu e eu imediatamente liguei para a polícia. Descrevi o conteúdo da fita e disse que vinha de Ramírez. Dei o endereço da casa dele e o meu número se alguém quisesse fazer um rastreamento telefônico. Desliguei e circulei por todo o apartamento, verificando três vezes se todas as portas e janelas estavam trancadas, aliviada porque mandara instalar um ferrolho extra.

O telefone tocou e a secretária atendeu. Embora ninguém falasse, eu sentia as vibrações do mal e da insanidade pulsando no silêncio. Ele estava ali, ouvindo, saboreando o contato, tentando absorver uma gota do meu medo. Bem ao longe, quase fraco demais para distinguir, ouvi uma mulher chorando baixinho. Arranquei o plugue do telefone da tomada da parede, partindo o pequeno pino de plástico, e depois vomitei na pia da cozinha. Graças a Deus pelos trituradores de lixo.

Acordei ao raiar do dia, aliviada por ter deixado a noite para trás. A chuva parara. Era muito cedo para a tagarelice de pássaros. Na St. James não se viam carros passando. Era como se o mundo prendesse a respiração, à espera que o sol rompesse no horizonte. O telefonema tornava a tocar em minha mente. Eu não precisava do gravador para me lembrar da mensagem. A boa e sensata Stephanie queria pedir uma ordem de proteção. A neófita caçadora de recompensas Stephanie continuava preocupada com credibilidade e respeito. Dificilmente podia sair correndo para a polícia toda vez em que fosse ameaçada e depois esperar que os policiais me aceitassem como igual. Fui registrada por pedir ajuda para a mulher maltratada na minha fita. Pensei nisso por algum tempo e decidi deixar a coisa ficar por aí no momento.

Mais tarde, eu ia dar um telefonema a Jimmy Alpha.

Eu pretendia pedir a Ranger que me levasse ao centro de treinamento de tiro, mas, como ele se recuperava de um ferimento de arma de fogo, teria de pôr o fardo sobre os ombros de Eddie Gazarra. Conferi mais uma vez as horas no relógio de pulso. Gazarra devia estar no trabalho. Liguei para a delegacia e deixei um recado para ele me ligar de volta.

Vesti uma camiseta e um short e amarrei os tênis de corrida. Correr não é uma das minhas atividades preferidas, mas estava na hora de levar o trabalho a sério e manter-me em boa forma parecia parte dele.

– Corra atrás – eu disse, no intuito de criar alguma coragem.

Atravessei trotando o corredor, desci a escada e continuei pela porta da frente. Dei um longo suspiro de resignação e parti em minha rota de cinco quilômetros, demarcada com grande cuidado para evitar ladeiras e padarias.

Percorri com passos firmes o primeiro quilômetro e então a coisa começou a ir realmente mal. Não sou uma dessas pessoas que acertam o ritmo das passadas. Meu corpo não foi projetado para correr, mas para se sentar num carro caro e dirigir. Eu suava e respirava com dificuldade quando dobrei a esquina e vi meu prédio a um quilômetro. Tão próximo e, contudo, tão distante. Varei o último trecho o melhor que pude. Parei diante da porta e me dobrei, esperando a vista clarear, e me sentia tão extremamente saudável que mal conseguia me agüentar de pé.

Eddie Gazarra encostou junto ao meio-fio numa radiopatrulha.

– Recebi seu recado – disse. – Nossa, você parece péssima.

– Estive correndo.

– Talvez devesse fazer um check-up com um médico.

– É a minha pele clara. Fica logo vermelha. Soube o que aconteceu com Ranger?

– Simplesmente todos os detalhes. Você é realmente a bola da vez. Sei até a roupa que usava quando chegou com Dodd. Entendi que sua camiseta era água pura. Sério, água pura.

– Quando você começou como policial, tinha medo da arma?

– Convivi com armas por praticamente toda a minha vida. Tive uma espingarda de ar comprimido quando era garoto e me habituei a elas indo caçar com meu pai e meu tio Walt. Acho que as armas pra mim sempre foram apenas mais uma peça de ferragem.

– Se eu decidir continuar trabalhando pra Vinnie, acha que é necessário portar uma arma?

– Depende de que tipo de casos você pegar. Se só for fazer busca de faltosos, não. Se for correr atrás de loucos, sim. Você tem alguma arma?

– Um Smith e Wesson .38. Ranger me deu uns dez minutos de aula, mas não me sinto à vontade. Você se disporia a me acompanhar enquanto eu me exercito um pouco no tiro ao alvo?

– Está falando sério, não é?
– Não há outro jeito.
Ele assentiu com a cabeça.
– Eu soube do seu telefonema ontem à noite.
– Minha queixa deu em alguma coisa?
– O pessoal do despacho mandou gente lá, mas quando chegaram, Ramírez estava sozinho. Ele disse que não telefonou pra você. Não se recebeu queixa da mulher, mas você pode registrar uma acusação de molestamento.
– Vou pensar a respeito.

Dei-lhe um aceno de despedida, soltei um palavrão e subi a escada com os bofes para fora. Entrei no apartamento, desencavei um fio telefônico auxiliar, pus uma nova fita na secretária eletrônica e tomei banho. Era domingo. Vinnie me dera uma semana, que já terminava. Não me importei. Ele podia dar o arquivo a outra pessoa, mas não me impedir de caçar Morelli. Se outra pessoa o encaçapasse antes de mim, seria o fim, mas, até isso acontecer, eu pretendia continuar na busca.

Gazarra concordara em se encontrar comigo na cabine de tiro ao alvo atrás da loja de armas da Sunny, quando largasse o trabalho às quatro da tarde. Isso me deixava com um dia inteiro destinado à bisbilhotice. Comecei passando de carro pela casa da mãe de Morelli, pela do primo e de vários outros parentes. Contornei o estacionamento para o apartamento dele, notando que o Nova ainda estava onde eu o deixara. Percorri a rua Stark e a Polk de cima a baixo. Não vi a van nem qualquer outra coisa que indicasse a presença de Morelli.

Passei pela frente do prédio de Carmen e depois fiz a volta até os fundos. A rua transversal era estreita, malconservada e cheia de buracos. Não havia estacionamento para os inquilinos ali atrás. A única porta dos fundos abria-se para a rua secundária. Do outro lado, casas geminadas com telhas de ardósia também se projetavam até a rua.

Estacionei o mais próximo do prédio de apartamentos possível, deixando apenas espaço suficiente para um carro passar espremido pelo meu. Saltei e ergui os olhos, tentando localizar o apartamento de Carmen no segundo andar, surpresa ao ver duas janelas tapadas com ripas de madeira e enegrecidas do incêndio. As janelas faziam parte do apartamento dos Santiago.

A porta dos fundos no nível da rua abriu-se e o acre odor de fumaça e madeira carbonizada pairou no ar. Ouvi os ruídos de uma vassoura sendo utilizada e percebi que alguém trabalhava no estreito corredor que levava ao saguão da frente.

Um fio d'água repleto de fuligem escorreu pelo peitoril e um homem de pele escura e bigodudo me olhou. Desviou os olhos para meu carro e apontou a cabeça na direção da rua.

– É proibido estacionar aí.

Dei-lhe meu cartão.

– Estou procurando Joe Morelli. Ele violou o acordo de fiança e não se apresentou.

– A última vez em que vi o cara, estava caído de costas, frio.

– Viu ele ser atingido?

– Não. Só cheguei lá depois da polícia. Meu apartamento fica no porão. O ruído não chega muito bem lá.

Olhei as janelas arruinadas em cima.

– Que foi que aconteceu?

– Incêndio no apartamento dos Santiago. Aconteceu na sexta-feira. Imagino que, para ser preciso, aconteceu no sábado. Às duas da manhã. Graças a Deus não tinha ninguém em casa. A sra. Santiago estava na casa da filha. Cuidando dos netos. Em geral, as crianças ficam aqui, mas na sexta-feira ela foi pra casa deles.

– Alguém sabe como começou?

– Pode ter começado de um milhão de maneiras. Nem está de acordo com o código de obras num prédio como este. Não que este prédio seja tão ruim comparado a alguns outros, mas não é novo, sabe o que quero dizer?

Protegi os olhos, dei uma última examinada e me perguntei até onde seria difícil atirar uma bomba incendiária pela janela do quarto da sra. Santiago. Provavelmente essa não era uma tarefa das mais complexas. E, às duas da manhã, num apartamento daquele tamanho, um fogo iniciado num quarto seria um horror. Se a sra. Santiago estivesse em casa, teria sido torrada. Não havia varanda nem saída de incêndio. Todos os apartamentos tinham apenas uma saída – pela porta da frente. Embora não parecesse que Carmen e a testemunha desaparecida houvessem saído por ali.

Virei-me e fitei as janelas escuras das casas idênticas do outro lado da rua e decidi que não faria mal perguntar aos residentes. Entrei de novo no Cherokee e contornei o quarteirão, encontrando uma vaga numa rua adiante. Bati em portas, fiz perguntas e mostrei fotos. As respostas foram todas semelhantes. Não, não reconheciam a foto de Morelli e não, não viram nada de extraordinário das janelas dos fundos na noite do assassinato nem na do incêndio.

Tentei a casa geminada diretamente em frente ao apartamento de Carmen e me vi cara a cara com um velho curvado que empunhava um bastão de beisebol. Tinha olhos minúsculos, nariz adunco e orelhas que na certa o mantinham em casa quando o vento soprava.

– Treino de bastão? – perguntei.

– O seguro morreu de velho – ele respondeu.

Identifiquei-me e perguntei se ele vira Morelli.

– Não. Nunca vi. E tenho coisas melhores a fazer que olhar pelas minhas malditas janelas. Não podia ter visto nada de qualquer modo na noite do assassinato. Estava escuro. Como diabo esperava que eu visse alguma coisa?

– Há iluminações de rua ali atrás. Me parece que estava muito bem iluminado.

– As luzes estavam apagadas naquela noite. Eu disse isso aos policiais que apareceram por aqui. As malditas luzes vivem apagadas. Os moleques atiram nelas. Sei que estavam apagadas, porque olhei pra saber o que era todo aquele movimento. Mal conseguia ouvir a TV com todo o barulho dos carros dos policiais e os caminhões.

"Na primeira vez em que olhei aqui fora foi por causa do motor ligado num dos caminhões refrigerados... como de uma loja de congelados. A maldição era que estava estacionado bem atrás da minha casa. Eu lhe digo, o bairro está indo rápido pro inferno. As pessoas não têm a menor consideração. Param caminhões e carros de entrega aqui na rua o tempo todo, enquanto fazem visitas pessoais. Isso não devia ser permitido."

Assenti em vaga afirmação, achando que era bom ter uma arma, porque, se eu sempre me deparasse com esse tipo de excentricidade, ia preferir me matar.

Ele tomou meu assentimento como um incentivo e continuou a ladainha.

– Depois, o próximo caminhão a chegar foi um camburão da polícia quase do mesmo tamanho do frigorífico e também deixaram o motor ligado. Esses sujeitos devem ter gasolina pra desperdiçar.

– Quer dizer que então não viu nada realmente suspeito?

– Estava uma escuridão dos diabos, estou dizendo. O King Kong podia ter escalado aquela parede e ninguém o teria visto.

Eu lhe agradeci a ajuda e voltei para o Cherokee. Já era quase meio-dia e o ar crepitava graças ao calor. Fui até o bar do meu primo Roonie, peguei uma embalagem de seis cervejas tinindo de geladas e rumei para a rua Stark.

Lula e Jackie apregoavam sua mercadoria na esquina, exatamente como sempre. Suavam e gingavam no calor, gritando apelidinhos íntimos e sugestões explícitas a clientes em potencial. Estacionei próxima a elas, pus as cervejas no capô e abri uma.

Lula olhou a lata.

— Está tentando atrair a gente com esse chamariz pra nos tirar da nossa esquina, menina?

Eu ri. Gostava delas

— Achei que você talvez estivesse com sede.

— Merda. Sede não é nem a metade. — Lula chegou gingando, pegou uma cerveja e bebeu um pouco. — Não sei por que eu perco meu tempo parada em pé aqui fora. Ninguém quer foder neste tempo.

Jackie seguiu-a.

— Você não devia fazer isso — advertiu a Lula. — Seu velho vai ficar furioso.

— Huum — respondeu Lula. — E eu ligo muito. Cafetão de bosta de cavalo. Não vejo o bundão parado aqui fora no *sol*, você vê?

— Então, quais as novas sobre Morelli? — perguntei. — Alguma novidade recente?

— Não tenho visto ele — disse Lula. — Nem a van.

— Sabe alguma coisa de Carmen?

— Tipo o quê?

— Tipo estar em algum lugar por aqui?

Lula usava um bustiê com um monte de peito projetado para fora. Rolou a lata de cerveja gelada no peito. Imaginei que fosse um esforço desperdiçado. Precisaria de um galão para refrescar um peito daquele tamanho.

— Não ouvi nada sobre Carmen.

Uma idéia horrível me passou pela cabeça.

— Carmen já passou algum tempo com Ramírez?

— Mais cedo ou mais tarde, todo mundo passa algum tempo com Ramírez.

— Você já?

— Eu não. Ele gosta de fazer mágica com xoxota magricela.

— Imagine se ele quisesse fazer mágica em você? Iria com ele?

— Querida, ninguém recusa nada a Ramírez.

— Eu sei que ele maltrata mulheres.

— Muitos homens maltratam mulheres – disse Jackie. – Às vezes os homens entram num clima meio esquisito.
— Às vezes eles são doentes – completei. – Às vezes são anormais. Eu sei que Ramírez é anormal.
Lula olhou para a academia mais à frente, os olhos fixos nas janelas do segundo andar.
— É – ela sussurrou. – Ele é anormal. Sinto pavor dele. Eu tinha uma amiga que saiu com Ramírez e ele cortou ela sério.
— Cortou? Com uma faca?
— Não – ela disse. – Com uma garrafa de cerveja. Quebrou o gargalo e depois usou... você sabe, pra fazer o ato. Senti a cabeça bambear e o tempo parou por um momento.
— Como sabe que foi Ramírez?
— A gente sabe.
— A gente não sabe nada – disse Jackie. – A gente não devia ficar falando. Alguém vai ouvir e você vai pagar por isso. E a culpa é toda sua também, porque devia ter mais juízo, não falar como uma tagarela e fechar a matraca. Não vou ficar aqui e fazer parte disso. Nada disso. Eu, não. Vou voltar pra minha esquina. Se sabe o que é bom pra você, venha também comigo.
— Eu sei o que é bom pra mim. Não ia ficar parada aqui mesmo, ia? – Lula começou a se afastar.
— Tome cuidado – gritei.
— As mulheres grandes como eu não precisam ser cuidadosas – ela disse. – Eu simplesmente piso com força nos filhos-da-puta pervertidos. Ninguém ferra com a Lula.
Guardei o resto da cerveja no carro, sentei-me atrás do volante e tranquei as portas. Dei a partida no motor e liguei o ar no máximo, posicionando todas as aberturas para o frio bater direto no meu rosto.
— Vamos, Stephanie – disse –, se controle.
Mas eu não conseguia. O coração me martelava o peito e a garganta contraía-se de dor por uma mulher que eu nem se-

quer conhecia, uma mulher que deve ter sofrido terrivelmente. Queria me afastar ao máximo da rua Stark e nunca mais voltar. Não queria saber dessas coisas, não queria o terror delas se esgueirando pela minha consciência em momentos desprotegidos. Agarrei-me ao volante e olhei a academia no segundo andar ali adiante na rua e fiquei aturdida de raiva e horror com a idéia de que Ramírez não fora punido e continuava livre para mutilar e aterrorizar outras mulheres. Saltei do carro, bati a porta e atravessei a rua empertigada até o prédio de escritórios de Alpha, subindo dois degraus de cada vez. Passei batida pela secretária e abri a porta do escritório de Alpha com força suficiente para espancá-la contra a parede.

Alpha levantou-se de um salto da cadeira. Apoiei as palmas no topo da escrivaninha e encarei-o.

– Eu recebi um telefonema ontem à noite do seu lutador. Ele estava violentando uma garota e tentava me aterrorizar com o sofrimento dela. Sei tudo sobre as acusações anteriores de Ramírez por estupro e sei da preferência dele por mutilação sexual. Eu não sei como ele conseguiu escapar de um processo até agora, mas vim aqui pra lhe dizer que a sorte dele acabou. Ou você detém o cara ou então eu vou deter ele. Vou procurar a polícia. Vou procurar a imprensa. Vou procurar o conselho nacional de boxe.

– Não faça isso. Deixe comigo. Juro que cuido disso. Vou arranjar algum tratamento psicológico pra ele.

– Hoje!

– Sim. Hoje. Prometo, vou procurar ajuda.

Não acreditei em Alpha nem por um segundo, mas dei o recado e assim saí no mesmo redemoinho de mau humor com que entrara. Forcei-me a respirar fundo na escada e atravessar a rua com uma calma que não sentia. Manobrei para fora da vaga e muito devagar, com muito cuidado, afastei-me. Ainda era cedo, mas eu perdera a energia para a caçada. Meu carro parecia tomar o rumo de casa por vontade própria e, quando eu menos esperava, já estava no estacionamento. Tranquei-o, subi a escada até o apartamento, desabei na cama e adotei uma posição de pensadora. Acordei às três da tarde e me sentia melhor. Enquanto dormia, minha mente obviamente estivera trabalhando arduamente à procura de repositórios reclusos para a coleção mais recente de pensamentos deprimentes. Embora continuassem comigo, não me davam mais tanta dor de cabeça. Fiz um sanduíche de manteiga de amendoim e geléia, dei um pedacinho a Rex e comi o resto enquanto acessava as mensagens de Morelli. Um estúdio fotográfico ligara com a oferta de uma foto 16 por 24 grátis se ele aparecesse para posar. Alguém queria vender-lhe lâmpadas e Carlene ligara com uma sugestão indecente, dera algumas arfadas fortes e ou teve um orgasmo dos diabos ou pisou no rabo do gato. Infelizmente, também se esgotou a fita, portanto não havia mais mensagens. Melhor assim. Eu não teria agüentado escutar muito mais. Arrumava a cozinha quando o telefone tocou e a máquina atendeu.

– Está ouvindo, Stephanie? Está em casa? Eu vi você conversando com Lula e Jackie hoje. Vi você tomando cerveja com elas. Não gostei nada disso, Stephanie, me fez sentir mal, me fez achar que você gosta mais delas que de mim. E me deixou furioso porque você não quer o que o campeão quer lhe dar.

"Talvez eu lhe dê um presente, Stephanie. Talvez mande entregar na sua porta quando estiver dormindo. Que tal, gostaria disso? Todas as mulheres gostam de presentes. Especialmente o tipo de presentes que o campeão dá. Vai ser uma surpresa, Stephanie. Vai ser só pra você."

Com essa promessa soando nos ouvidos, fui conferir se a arma e as balas estavam na bolsa e parti para a loja de Sunny. Cheguei lá às quatro e esperei no estacionamento até Eddie aparecer às quatro e quinze. Ele despira o uniforme e pusera o .38 que usava quando de folga preso ao cinto.

– Cadê sua arma? – ele perguntou.

Apalpei a bolsa.

– Isso é considerado porte de arma ilegal em Nova Jersey.

– Eu tenho uma autorização.
– Deixe eu ver.
Retirei a licença da carteira.
– Essa licença permite apenas que você tenha uma arma, não que porte uma – explicou Eddie.
– Ranger me disse que servia para diversos fins.
– Ranger vai visitar você quando estiver marretando pedras na cadeia?
– Às vezes eu acho que ele estica um pouco os limites da lei. Vai me prender?
– Não, mas vai lhe custar um preço.
– Uma dúzia de rosquinhas?
– Uma dúzia de rosquinhas é o que custa arranjar um tíquete de estacionamento. Isso vale uma caixa de cerveja e uma pizza.

Era necessário passar pela loja de armas para chegar à cabine de tiro ao alvo. Eddie pagou a taxa e comprou uma caixa de cartuchos. Eu fiz o mesmo. A cabine ficava diretamente atrás da loja de armas e consistia de um espaço do tamanho de uma pequena pista de boliche. Sete compartimentos eram divididos com tabiques por divisórias que batiam na altura do meu peito. A parte da frente dos compartimentos era conhecida como local de lançamento. Alvos padrão de seres humanos, sem definição de sexo, cortados nos joelhos e com círculos que indicavam o centro do alvo e se irradiavam do coração estavam pendurados em roldanas. A principal regra de etiqueta do lugar mandava jamais apontar a arma para o cara em pé ao seu lado.

– Muito bem – disse Gazarra –, vamos começar do princípio. Você tem um Smith e Wesson .38 Especial. É um revólver de cinco tiros, o que o classifica na categoria de arma pequena. Está usando balas de hidrochoque para causar o máximo de dor e sofrimento. Este trequinho aqui é empurrado pra frente com o polegar, libera o cilindro e você pode carregar a arma. Uma bala é um disparo. Carregue um disparo em cada câmara e clique o cilindro para fechar. Nunca deixe o dedo apoiado no gatilho.

É um reflexo natural apertar quando se é surpreendido e você pode acabar abrindo um buraco no pé. Estenda o dedo do gatilho em direção ao cano até estar pronta para atirar. Vamos usar a posição mais básica hoje. Pés afastados um do outro alinhados com os ombros, o peso do corpo equilibrado nos calcanhares, segure a arma com as duas mãos, o polegar esquerdo sobre o polegar direito, braços retos. Olhe bem para o alvo, erga a arma e mire. Alinhe as miras dianteira e traseira no ponto desejado do alvo e dispare. Este revólver é de dupla ação. Pode disparar puxando o gatilho ou armando o cão e depois puxando o gatilho. Ele demonstrava enquanto falava, fazendo tudo, menos disparar a arma. Liberou o cilindro, despejou as balas na prateleira, largou a arma ali e recuou.
– Alguma pergunta?
– Não. Ainda não.
Entregou-me um par de protetores de ouvido.
– Vá em frente.
Meu primeiro tiro foi individual e acertei na mosca. Disparei vários outros individuais e depois passei para os duplos. Estes eram mais difíceis de controlar, mas eu me saí muito bem.

Após meia hora, consumira toda minha munição e atirava irregularmente graças à fadiga muscular. Em geral, quando vou à ginástica, passo a maior parte do tempo fazendo abdominais e malhando as pernas, porque é aí que se concentra a minha gordura. Se quisesse ser boa em tiro, ia ter de trabalhar na parte superior do corpo. Eddie parou meu alvo.
– Um tiro da porra, Tex.
– Sou melhor em tiro individual.
– Porque é mulher.
– Você não devia dizer uma coisa dessas quando eu tenho uma arma na mão.

Comprei uma caixa de cartuchos antes de ir embora. Larguei-a na bolsa junto com a arma. Dirigia um carro roubado. Preocupar-me com um porte de arma ilegal àquela altura pareceu excessivo.

– Então vou ganhar minha pizza agora? – quis saber Eddie.
– E quanto à Shirley?
– Shirley foi a um chá de bebê.
– Com as crianças?
– Com a sogra.
– E sua dieta?
– Está querendo se livrar de ter de pagar a pizza?
– Só doze dólares e trinta e três centavos me diferenciam daquela senhora que fica mendigando na estação de trem.
– Certo, eu compro a pizza.
– Ótimo. Preciso conversar. Estou com problemas.

Dez minutos depois, nos encontramos na Pino's Pizzeria. Havia vários restaurantes italianos no Burgo, mas o Pino's era o lugar para comer pizza. Tinham me dito que à noite baratas do tamanho de gatos invadiam a cozinha, mas a pizza era de excelente qualidade – massa crocante e fofa, molho caseiro e o *pepperoni* com gordura suficiente para escorrer pelo braço da gente e pingar do cotovelo. O lugar consistia num bar e num salão para as famílias. Tarde da noite, o bar ficava cheio de policiais de folga tentando baixar o facho antes de voltar para casa. Nessa hora do dia, o lugar ficava repleto de homens que aguardavam pizzas para viagem.

Ocupamos uma mesa no salão e pedimos uma garrafa de cerveja enquanto esperávamos a pizza. No meio da mesa, havia um pimenteiro e uma queijeira com parmesão. A toalha de mesa era de plástico xadrez vermelho e branco. As paredes revestidas de ripas de madeira envernizadas com alto brilho e decoradas com fotografias emolduradas de italianos famosos e alguns moradores ilustres do bairro que não eram italianos. Frank Sinatra e Benito Ramírez eram as celebridades dominantes.

– Então qual é o problema? – perguntou Eddie.
– Dois problemas. Número um: Joe Morelli. Já o encontrei quatro vezes desde que peguei esse trabalho e nem sequer cheguei perto de fazer uma captura.

– Você tem medo dele?
– Não. Mas tenho medo de usar a arma
– Então faça à maneira das garotas. Borrife gás nele e o algeme. Mais fácil falar que fazer, pensei. É difícil borrifar um homem quando ele tem a língua dentro da garganta da gente.
– Esse era meu plano também, mas ele sempre se move mais rápido que eu.
– Quer meu conselho? Esqueça Morelli. Você é uma iniciante e ele, um profissional. Tem anos de experiência nas costas. Era um policial inteligente e na certa tem se saído até melhor como vigarista.
– Esquecer Morelli não é uma opção. Eu gostaria que você investigasse dois carros pra mim. – Anotei o número da licença da van num guardanapo e passei para Eddie. – Veja se consegue descobrir quem é o dono dela. Eu também gostaria de saber se Carmen Sanchez tem um carro. E, se ela realmente tiver, será que foi apreendido?

Tomei um pouco de cerveja e me recostei, curtindo o ar frio e o zumbido das conversas à minha volta. Todas as mesas encontravam-se cheias naquele momento e um grupo de pessoas aguardava na porta. Ninguém gostava de cozinhar com um calor daqueles.

– Então qual é o segundo problema? – perguntou Eddie.
– Se eu disser, você tem de me prometer segredo absoluto.
– Deus do céu, você está grávida.
Encarei-o, impassível.
– Por que acha isso?
A expressão dele parecia envergonhada.
– Eu não sei. Apenas me pipocou na cabeça. É o que a Shirley sempre me diz.
Gazarra tinha quatro filhos. O mais velho tinha nove anos. O mais moço, um. Todos meninos e todos monstrinhos.
– Bem, não estou grávida. É Ramírez.

Contei-lhe a história completa sobre Ramírez.

– Você devia ter feito uma denúncia por escrito sobre ele – disse Gazarra. – Por que não ligou pra polícia quando foi agredida na academia?

– Ranger teria feito uma denúncia por escrito se fosse agredido?

– Você não é Ranger.

– É verdade, mas entende o que quero dizer?

– Por que está me dizendo isso?

– Acho que, se de repente eu desaparecer, quero que saiba onde começar a procurar.

– Nossa, se acha que ele é tão perigoso, devia solicitar uma ordem judicial para manter o cara detido até uma decisão no tribunal.

– Não tenho muita confiança nessas ordens. Além disso, que vou dizer ao juiz... que Ramírez ameaçou me mandar um presente? Olhe aqui em volta. Que está vendo?

Eddie suspirou.

– Retratos de Ramírez, lado a lado com o Papa e Frank Sinatra.

– Tenho certeza de que vou ficar bem – eu disse. – Só precisava contar a alguém.

– Se tiver mais problemas, quero que me ligue imediatamente.

Concordei com a cabeça.

– Quando estiver em casa sozinha, não se esqueça de deixar a arma carregada e acessível. Você seria capaz de atirar em Ramírez se tivesse necessidade?

– Eu não sei. Acho que sim.

– Os horários dos turnos estão uma zona e vou mais uma vez trabalhar durante dias seguidos. Quero que você me encontre na loja da Sunny todo dia às quatro e trinta. Eu compro a munição e pago o aluguel da cabine. A única maneira de a gente se sentir à vontade com uma arma é usando-a.

DEZ

CHEGUEI EM CASA ÀS NOVE E, POR FALTA DE COISA MELHOR PARA fazer, decidi faxinar meu apartamento. Não encontrei nenhuma mensagem na secretária nem pacotes suspeitos na porta da frente. Mudei a serragem da jaula de Rex, passei o aspirador no tapete, faxinei o banheiro e passei lustra-móveis nas poucas peças de mobiliário que me haviam restado. Quando terminei, já eram dez da noite. Conferi uma última vez para ter certeza de que tudo estava trancado, tomei um banho e fui para a cama. Acordei às sete me sentindo exultante. Dormira como uma pedra. A secretária continuava gloriosamente sem mensagem. Os pássaros gorjeavam, o sol brilhava e vi meu reflexo na torradeira. Vesti short e camiseta e comecei a preparar o café. Abri as cortinas da sala de estar e fiquei boquiaberta com a magnificência do dia. O céu era de um azul brilhante, o ar continuava tinindo de limpo pela chuva e fui tomada por um irresistível desejo de soltar a voz em algum trecho de A noviça rebelde. Cantei:
 "The hills are aliiiive with the sound of muuuuusic", mas também não sabia o resto da letra.
 Fui rodopiando até o quarto e abri a cortina com um floreio. Gelei com a visão de Lula amarrada na minha escada de incên-

dio. Pendurada ali como uma grande boneca de trapo, os braços enganchados sobre a grade num ângulo anormal, a cabeça caída para a frente junto ao peito. As pernas abertas, tortas, faziam-na parecer sentada. Estava nua e manchada de sangue coagulado nos cabelos e nas pernas. Um lençol drapejado atrás dela escondia-a da visão de quem passasse pelo estacionamento.

Gritei o nome dela e tateei a fechadura, o coração martelando tão forte no peito que minha visão se borrou. Atirei-me na janela aberta e meio que tombei na escada de incêndio, estendi a mão e puxei com força e sem sucesso as cordas que a amarravam. Lula não se mexeu, não emitiu nem um único som e não pude me recuperar o suficiente para saber se ela respirava.

– Você vai ficar bem – gritei, a voz soando rouca, a garganta comprimida, os pulmões queimando. – Eu vou pedir ajuda. – E, baixinho, soluçava. – Que não esteja morta. Meu Deus, Lula, você não pode estar morta.

Voltei desajeitada pela janela para ligar para uma ambulância, prendi o pé no peitoril e me estatelei no chão. Não senti dor alguma, apenas pânico, quando fui rastejando de quatro até o telefone. Não conseguia me lembrar do número de emergência. Minha mente se fechara diante da histeria, deixando-me lutar impotente contra a confusão e a negação que acompanham uma súbita e inesperada tragédia.

Soquei a tecla que ostentava o zero e disse à telefonista que Lula estava ferida na minha escada de incêndio. Tive um lampejo retrospectivo de Jackie Kennedy se arrastando sobre o assento do carro para pedir ajuda para o marido morto e desatei em lágrimas, chorando por Lula, por Jackie, por mim mesma e todas as vítimas de violência.

Fiz uma barulheira ao remexer na gaveta de talheres, procurando a faca de descascar, e acabei achando-a no escorredor de pratos. Não tinha a menor idéia de quanto tempo fazia que Lula fora amarrada à grade, mas não suportava vê-la ali pendurada nem mais um segundo.

Corri de volta com a faca e serrei as cordas até rompê-las e Lula desabou nos meus braços. Tinha quase duas vezes o meu tamanho, mas de algum modo consegui arrastá-la inerte, o corpo ensangüentado, pela janela. Meus instintos eram de esconder e proteger a mulher. A gata mãe Stephanie Plum. Ouvi os gemidos de sirenes ao longe, se aproximando cada vez mais e logo os policiais batiam em minha porta. Não me lembro de tê-los mandado entrar, mas é óbvio que o fiz. Um policial uniformizado afastou-me para o lado, entrou na cozinha e sentou-me numa cadeira. Um médico seguiu-nos.

– Que aconteceu? – perguntou o policial.
– Encontrei Lula na escada de incêndio – respondi. – Abri as cortinas e lá estava ela. – Meus dentes tiritavam e o coração continuava disparado no peito. Respirei fundo. – Foi amarrada pra ficar em pé e eu cortei as cordas, soltei Lula e a arrastei pela janela.

Ouvi os médicos gritarem para que trouxessem a maca. E depois o barulho de minha cama sendo empurrada para abrir espaço. Tive medo de perguntar se Lula estava viva. Suguei mais ar e cerrei as mãos coladas no peito até as juntas ficarem brancas e as unhas enterradas nas palmas.

– Lula mora aqui? – quis saber o policial.
– Não. Eu é que moro aqui. Não sei onde ela mora. Não sei nem qual é o sobrenome dela.

O telefone tocou e estendi a mão automaticamente para atender.

A voz no bocal sussurrou.
– Recebeu meu presente, Stephanie?

Foi como se a Terra de repente parasse de girar. Após um momento em que me senti perdendo o equilíbrio, tudo entrou em foco de repente. Apertei o botão de gravar na máquina e aumentei o volume para que todos ouvissem.

– De que presente está falando? – perguntei.

— Você sabe qual é o presente. Eu vi você a encontrar. Vi você a arrastar pro apartamento pela janela. Tenho vigiado você. Podia ter entrado e agarrado você ontem à noite enquanto dormia, mas queria que você visse Lula. Queria que você visse o que posso fazer a uma mulher pra que saiba o que deve esperar. Quero que pense nisso, sua puta. Quero que pense em como isso vai doer e em como você vai implorar.

— Você gosta de machucar mulheres? — perguntei, o controle começando a retornar.

— Às vezes as mulheres precisam ser machucadas. Decidi dar um pouco de corda.

— E com Carmen Sanchez? Também a machucou?

— Não tão bem quanto vou machucar você. Eu tenho umas coisinhas especiais preparadas pra você.

— Nunca deixe pra amanhã o que pode fazer hoje — respondi e fiquei chocada ao perceber que falava sério. Sem qualquer desafio fanfarrão naquela declaração. Achava-me dominada por uma fúria fria, dura, que me contraía o esfíncter.

— Os policiais estão aí agora, sua puta. Não vou entrar enquanto os policiais estiverem aí. Vou pegar você quando estiver sozinha, desprevenida, sem me esperar. Vou cuidar pra que a gente tenha muito tempo juntos.

A ligação caiu.

— Minha nossa — disse o cara de uniforme. — Ele é louco. Você sabe quem era?

— Receio que sim.

Retirei a fita da secretária eletrônica e escrevi meu nome e a data na etiqueta. Minha mão tremia tanto que mal dava para ler o que eu acabara de escrever.

Um rádio portátil estalou na sala de estar. Ouvi o murmúrio de vozes no meu quarto. As vozes eram menos frenéticas e o ritmo de atividade tornara-se mais ordenado. Olhei para mim mesma e percebi que estava coberta pelo sangue de Lula. Empapara

a camiseta e o short e começava a coagular-se nas mãos e nas solas dos pés descalços. O telefone ficara pegajoso com manchas de sangue, assim como o piso e a bancada.
O policial e o médico trocaram olhares.
– Talvez você devesse lavar esse sangue – disse o médico.
– Que tal a gente levar você bem rápido para o chuveiro?
No caminho do banheiro, olhei para Lula na sala. Eles se preparavam para retirá-la dali. Estava amarrada numa maca e coberta por um lençol e uma manta e recebia medicação intravenosa.
– Como está ela? – perguntei.
Um membro da equipe empurrou a maca adiante.
– Viva – respondeu.
Os médicos já haviam partido quando saí do chuveiro. Dois policiais uniformizados permaneceram e aquele que falara comigo na cozinha conferenciava com o agente da polícia na sala de estar, os dois examinando cuidadosamente as anotações. Vesti-me depressa e deixei os cabelos para secarem sozinhos. Estava ansiosa por dar minha declaração e acabar logo com aquilo. Queria chegar ao hospital para tratar de Lula.
O nome do agente da polícia era Dorsey. Eu já o vira antes. Provavelmente no Pino's. Tratava-se de um homem de altura e constituição medianas, que parecia ter uns quarenta e tantos anos e vestia calça bem larga e mocassins baratos. Vi minha fita gravada enfiada no bolso de sua camisa. Prova A. Contei-lhe sobre o incidente na academia, omitindo o nome de Morelli e deixando Dorsey achar que a identidade de meu salvador era desconhecida. Se a polícia decidiu acreditar que Morelli deixara a cidade, por mim tudo bem. Ainda tinha esperanças de entregá-lo e embolsar a grana.
Dorsey fazia um monte de anotações e olhava como quem sabe das coisas para o patrulheiro. Ele não pareceu surpreso. Imagino que quando a gente é policial de longa data, nada mais surpreende.

Quando eles saíram, desliguei a cafeteira elétrica, fechei e tranquei a janela do quarto, peguei a bolsa e enrijeci os ombros para o que sabia que me aguardava no corredor. Ia ter de atravessá-lo passando pela sra. Orbach, o sr. Grossman, a sra. Feinsmith, o sr. Wolesky e quem sabe por quantos mais. Iam, na certa, querer saber dos detalhes e eu não estava a fim de falar nada.

Baixei a cabeça, gritei desculpas e segui direto para a escada, sabendo que isso diminuiria a velocidade deles. Precipitei-me do prédio e corri até o Cherokee.

Tomei a St. James até a Olden e atravessei Trenton até a Stark. Teria sido mais fácil ir direto ao hospital St. Francis, mas eu queria pegar Jackie. Percorri batida a Stark e passei pela academia sem dar uma única olhada para o lado. Pelo que sabia, Ramírez estava liquidado. Se deslizasse pelos furos da malha da lei desta vez, eu mesma o pegaria. Cortaria seu pau com uma faca de carne se fosse necessário.

Jackie acabava de sair do Corner Bar, onde imaginei que tomara o café-da-manhã. Parei cantando os pneus e me pendurei fora da porta.

– Entre! – gritei.

– Que é que tá pegando?

– Lula está no hospital. Foi pega pelo Ramírez.

– Oh, meu Deus! – ela lamentou. – Eu estava com tanto medo. Sabia que tinha alguma coisa errada. É grave?

– Francamente, não sei. Encontrei-a há pouco na minha escada de incêndio. Ramírez deixou a coitada amarrada ali como uma mensagem pra mim. Lula está inconsciente.

– Eu estava lá quando ele veio pegar a Lula. Ela não queria ir, mas a gente não diz não a Benito Ramírez. O velho cafetão dela teria deixado a pobre ensangüentada de tanta porrada.

– Bem, ela está toda ensangüentada de porrada, de qualquer modo.

Achei uma vaga na Hamilton, a uma quadra da entrada do pronto-socorro. Armei o alarme e eu e Jackie demos numa corridinha. Ela tinha mais de noventa quilos sobre os pés e nem sequer ofegava quando cruzamos as portas duplas de vidro. Acho que rebolar o dia todo mantém a gente em forma.
– Uma mulher chamada Lula acabou de ser trazida pra cá de ambulância – eu disse à recepcionista.
Ela olhou para mim e depois para Jackie. Jackie usava um short de um verde forte com metade do traseiro projetado para fora, sandálias de borracha combinando e um sensual top rosa-choque.
– Vocês são da família? – ela perguntou a Jackie.
– Lula não tem família aqui.
– Precisamos de alguém pra preencher os formulários.
– Acho que eu posso fazer isso – ela disse.
Quando terminamos com os formulários, a recepcionista pediu que nos sentássemos e aguardássemos. Nós o fizemos em silêncio, folheando sem interesse revistas rasgadas e observando com desumano desligamento uma tragédia após outra desenrolar-se pelo corredor. Após meia hora, perguntei sobre Lula e a mulher me informou que ela estava no raio X. Eu quis saber por quanto tempo Lula ia ficar lá e a recepcionista não sabia. Ia demorar algum tempo, mas depois o médico sairia para falar conosco. Comuniquei isso a Jackie.
– Hum – ela disse. – Aposto.
Meu nível de cafeína estava um quarto abaixo, portanto deixei Jackie esperando e saí em busca da lanchonete. Mandaram-me seguir as pegadas no chão e malditas fossem se não me levassem à comida. Enchi uma caixinha de papelão para viagem com pastéis, dois cafés grandes e acrescentei duas laranjas, apenas por via das dúvidas, para o caso de Jackie e eu sentirmos necessidade de ser saudáveis. Achava isso improvável, mas imaginei que fosse como pôr uma calcinha limpa pensando que nunca se sabe

quando podemos nos meter num acidente de carro. É melhor prevenir que remediar.

Uma hora depois, vimos o médico. Ele me olhou e depois virou para Jackie, que içou o top e puxou o short. Um gesto inútil.

— Vocês são da família? – o médico perguntou a Jackie.

— Acho que sim – ela respondeu. – O que é que tá pegando?

— Ainda não podemos dar um prognóstico exato, mas estamos esperançosos. Ela perdeu muito sangue e sofreu um leve traumatismo craniano. Tem ferimentos múltiplos que necessitam de sutura. Está sendo encaminhada à sala de cirurgia. É muito provável que leve algum tempo até ser levada para o quarto. Talvez seja melhor vocês saírem e voltarem dentro de uma ou duas horas.

— Eu não vou a lugar algum – disse Jackie.

Duas horas arrastaram-se sem mais informações. Já havíamos comido todos os pastéis e, por isso, fomos obrigadas a chupar as laranjas.

— Eu não gosto disso – comentou Jackie. – Não gosto de ser engaiolada em instituições. Toda a porra deste lugar tem cheiro de feijão-verde enlatado.

— Você passou muito tempo em instituições, não?

— Já tive minha cota nessa encarnação.

Ela não pareceu propensa a falar do assunto e eu, de qualquer modo, não queria saber. Remexi-me na cadeira, olhei a sala ao redor e localizei Dorsey conversando com a recepcionista. Ele balançava a cabeça, obtendo respostas às perguntas. A recepcionista nos apontou e ele veio andando relaxado em nossa direção.

— Como está Lula? – perguntou. – Alguma notícia?

— Na cirurgia.

Ele se instalou no assento a meu lado.

– Não conseguimos pegar Ramírez ainda. Você tem alguma idéia de onde esse cara possa estar? Ele disse alguma coisa interessante antes de você começar a gravar?
– Disse que estava me vigiando e me viu puxar Lula pela janela. E que sabia que a polícia estava no meu apartamento. Devia estar bem perto dali.
– Na certa, no telefone de um carro.
Concordei.
– Tome meu cartão. – Ele escreveu um número no verso. – Este é o telefone da minha casa. Se vir Ramírez ou receber outro telefonema, entre em contato imediatamente.
– Será difícil ele conseguir se esconder – eu disse. – É uma celebridade local. Fácil de reconhecer.
Dorsey devolveu a caneta a um bolso interno do paletó e eu captei um vislumbre do coldre em seu quadril.
– Muitas pessoas nesta cidade se darão o trabalho de esconder e proteger Benito Ramírez. Já trilhamos esse caminho com ele antes.
– Sim, mas vocês não tinham uma fita.
– É verdade. A fita talvez faça diferença.
– Não fará nenhuma diferença – comentou Jackie quando Dorsey foi embora. – Ramírez faz o que quer. Ninguém liga se ele espanca uma prostituta.
– Nós ligamos – eu disse a Jackie. – Podemos impedir. Podemos fazer Lula depor contra ele.
– Hum – rebateu Jackie. – Você não sabe de nada.
Eram três da tarde quando nos deixaram ver Lula. Ela não recuperara a consciência e estava no CTI. Nossa visita foi restrita a dez minutos para cada uma. Eu apertei a mão dela e prometi que ela ia ficar bem. Quando se esgotou meu tempo, disse a Jackie que tinha um compromisso a que não podia faltar. Ela respondeu que ia ficar ali até Lula abrir os olhos.

Cheguei à loja de Sunny meia hora antes de Gazarra. Paguei o aluguel, comprei uma caixa de cartuchos e voltei para a cabine. Disparei alguns tiros com o cão puxado para trás e então me posicionei para o exercício sério. Imaginei Ramírez na frente do alvo. Apontei para o coração, os colhões e o nariz.

Gazarra chegou à cabine de tiro às quatro e meia. Largou uma nova caixa de cartuchos em minha mesa de munição e ocupou o compartimento ao lado. Quando acabei com as duas caixas, vi-me agradavelmente relaxada e me sentindo à vontade com minha arma. Carreguei cinco balas e enfiei-a de volta na bolsa. Dei uma cutucada no ombro de Gazarra e fiz um gesto de que terminara.

Ele encaixou sua Glock no coldre e saiu atrás de mim. Esperamos chegar ao estacionamento para conversar.

– Eu ouvi o telefonema – ele disse. – Desculpe por não ter atendido. Estava no meio de uma coisa. Encontrei Dorsey na delegacia. Disse que você foi esperta e teve iniciativa. Apertou o gravador quando a voz de Ramírez surgiu na linha.

– Você devia ter me visto cinco minutos antes. Nem consegui me lembrar do número da polícia.

– Não devia pensar em tirar umas férias?

– Isso passou pela minha cabeça.

– Pôs a arma na bolsa?

– Droga, não, isso seria violar a lei.

Gazarra suspirou.

– Só não deixe ninguém ver, certo? E me ligue se ficar apavorada em casa. É bem-vinda se quiser morar comigo e Shirley pelo tempo que quiser.

– Fico muito grata.

– Eu chequei o número da placa que você me deu. As placas são de um veículo apreendido por violação de estacionamento, confiscado e nunca recuperado.

– Eu vi Morelli dirigindo o dito veículo.

– Na certa, o pegou emprestado.

Rimos da idéia de Morelli dirigindo uma caminhonete roubada do pátio de veículos apreendidos.

– E Carmen Sanchez? Ela tem carro?

Gazarra retirou um pedaço de papel do bolso.

– Este é o modelo do carro e o número da placa. Nunca foi apreendido. Quer que eu acompanhe você até em casa? Tem certeza de que seu apartamento está seguro?

– Não é necessário. Metade da população do prédio na certa continua acampada em meu corredor.

O que realmente me apavorava era enfrentar o sangue. Ia ter de entrar no apartamento e enfrentar o horrível desfecho de trabalho braçal de Ramírez. O sangue de Lula ainda estaria no telefone, nas paredes, na bancada da cozinha e no chão. Se a visão daquele sangue desencadeasse uma renovada onda de histeria, eu queria tratar disso sozinha, à minha maneira.

Parei no estacionamento e entrei no prédio sem ser notada. Ótimo cálculo de tempo, pensei. Os corredores estavam vazios. Todo mundo fora jantar. Eu levava o spray de defesa pessoal na mão e a arma enfiada embaixo do cós da calça. Girei a chave na fechadura e senti guinadas no estômago. Simplesmente acabe logo com isso, disse a mim mesma. Irrompa logo aí dentro, verifique se tem algum estuprador debaixo da cama, ponha luvas de borracha e limpe toda a sujeira.

Avancei um passo hesitante no vestíbulo e percebi que tinha alguém no meu apartamento. Alguém preparava comida na cozinha, fazendo agradáveis ruídos de culinária, batendo tampas de panelas e abrindo a água da torneira. Sob os tinidos, eu ouvia comida chiando numa frigideira.

– Olá – gritei, já de arma em punho, mal conseguindo me ouvir acima da martelação do meu coração. – Quem está aqui?

Morelli saiu sem pressa da cozinha.

– Só eu. Largue esta arma. A gente precisa conversar.
– Deus do céu! Mas que grande arrogante você é, porra! Jamais lhe ocorreu que eu poderia disparar esta arma em você?
– Não. Jamais.
– Eu tenho treinado. Sou uma atiradora danada de boa.

Ele se aproximou de mim, fechou e trancou a porta.

– É, aposto que você é uma motorista danada de excelente quando tenta estourar os miolos daqueles homens de papel.
– O que você está fazendo no meu apartamento?
– Preparando o jantar. – Ele voltou ao refogado. – Circula um boato por aí de que você teve um dia difícil.

Minha mente rodopiava. Eu andava rachando o coco tentando bolar algum plano para encontrar Morelli e acabo encontrando-o ali, na minha casa. Ele até ficara de costas para mim. Eu podia acertá-lo bem na mosca.

– Você não ia atirar num homem desarmado. – Ele pareceu ler meus pensamentos. – O estado de Nova Jersey reprova esse tipo de coisa. Aceite esse conselho de alguém que conhece o ofício.

Tudo bem, então eu não ia atirar nele. Ia derrubá-lo com uma borrifada de spray de proteção pessoal. Seus neurotransmissores nem saberiam o que os atingiu.

Ele acrescentou alguns cogumelos fatiados frescos à panela e continuou a cozinhar, enviando divinos cheiros de comida que ondulavam em minha direção. Punha agora pedaços de pimentão vermelho e verde, cebola e cogumelos e meus instintos assassinos enfraqueciam na proporção direta do volume da saliva que se empoçava em minha boca.

Vi-me racionalizando a decisão de retardar a borrifada de gás, dizendo-me que precisava ouvir o que ele tinha a dizer, mas a horrível verdade era que meus motivos não eram nem de perto tão dignos. Estava faminta e deprimida e muito mais apavorada com Ramírez que com Joe Morelli. De fato, acho que, de uma forma estranha, me sentia segura com Morelli em meu apartamento.

Uma crise de cada vez, decidi. Coma alguma coisa. Taque gás nele como sobremesa.

Ele se virou e olhou para mim.

– Quer conversar sobre isso?

– Ramírez quase matou Lula e a pendurou na minha escada de incêndio.

– Ramírez é como um fungo que se alimenta do medo. Você já viu esse cara no ringue? Os fãs o adoram porque ele vai até as últimas conseqüências, a menos que o juiz encerre a luta. Ele brinca com o adversário. Adora tirar sangue. Adora castigar. E, o tempo todo em que castiga, fala com a vítima naquela voz suave, dizendo-lhe o quanto a coisa vai ficar pior, que ele só vai parar quando o oponente for nocauteado. É assim também com as mulheres. Gosta de ver as vítimas se contorcerem de medo e dor. Gosta de deixar sua marca.

Joguei a bolsa na bancada.

– Eu sei. Ele é muito generoso em mutilação e súplica. De fato, a gente poderia dizer que é obcecado por isso.

Morelli baixou a chama do bico de gás.

– Por mais que eu tente assustar você, acho que não está funcionando.

– Estou morrendo de medo. Não tenho mais de onde tirar tanto medo. Talvez amanhã.

Olhei em volta e percebi que alguém limpara todo o sangue.

– Você esfregou a cozinha?

– A cozinha e o quarto. Só o tapete vai precisar de lavagem profissional.

– Obrigada. Eu não morria de ansiedade por ver mais sangue hoje.

– Foi grave?

– Foi. Ele espancou o rosto dela e deixou quase além do reconhecimento e ela sangrava... por todos os lugares. – Minha voz se partiu e grudou na garganta. Baixei os olhos para o chão.

– Merda.

– Eu tenho vinho na geladeira. Por que você não troca essa arma por duas taças?
– Por que está sendo tão bonzinho comigo?
– Eu preciso de você.
– Ai, meu Deus.
– Não nesse sentido.
– Eu não estava pensando "nesse sentido". Só disse ai, meu Deus. Que diabos você está fazendo?
– Carne. Pus na frigideira quando você entrou no estacionamento. – Ele serviu o vinho e me deu uma taça. – Você anda levando uma vida meio espartana por aqui.
– Perdi o emprego e não consegui arranjar outro. Vendi a mobília pra continuar vivendo.
– Foi quando decidiu trabalhar para Vinnie?
– Não tive muita opção.
– Então está atrás de mim pelo dinheiro. Nada pessoal.
– No início não era.

Ele se movimentava por minha cozinha como se morasse ali a vida toda, pondo pratos na bancada, pegando uma tigela de salada da geladeira. Aquilo devia parecer invasor e até mesmo uma atitude controladora, mas, na verdade, era muito agradável.

Arrumou uma costela em cada prato, cobriu-as com o molho de cebola e pimenta e acrescentou uma batata assada embrulhada em papel laminado. Pôs na bancada o molho *sour cream* para saladas e o molho de carne. Desligou o grill e enxugou as mãos num pano de prato.

– Por que é pessoal agora?
– Você me acorrentou na barra do chuveiro! Depois me fez escavar uma caçamba de lixo inteira pra pegar minhas chaves! Toda vez que consigo alcançar você, faz tudo que for possível pra me humilhar.
– Não eram suas chaves. Eram *minhas*. – Ele tomou um gole de vinho e nossos olhos se travaram. – Você roubou meu carro.

– Eu tinha um plano.
– Ia me imobilizar quando eu viesse atrás do carro?
– Qualquer coisa assim.
Ele levou seu prato para a mesa.
– Soube que a Macy's abriu inscrições para contratar moças.
– Você parece a minha mãe.
Morelli riu e caiu de boca no bife.
O dia fora exaustivo e o vinho e boa comida me amoleciam. Comíamos à mesa de jantar, sentados um diante do outro, absorvidos na comida como um velho casal casado. Limpei meu prato e encostei-me na cadeira.
– Por que precisa de mim?
– Cooperação. E, em troca dessa cooperação, vou cuidar pra que receba o dinheiro da recompensa.
– Sou toda ouvidos.
– Carmen Sanchez era informante. Uma noite, eu estava sentado em casa vendo televisão, quando recebi um telefonema dela pedindo socorro. Disse que tinha sido estuprada e espancada, precisava de dinheiro e de um lugar seguro pra ficar. Em troca, ia me dar uma coisa grande.

"Quando cheguei ao apartamento, quem abriu a porta foi Ziggy Kulesza e não vi Carmen em lugar nenhum. Outro cara, mais conhecido como a testemunha desaparecida, saiu do quarto, me reconheceu quem sabe de onde e se apavorou. 'Este cara é um policial', ele gritou pra Ziggy. 'Não acredito que você abriu a porta pra um maldito policial.'

"Ziggy sacou a arma e disparou em mim. Eu devolvi o fogo e atirei nele quase à queima-roupa. Quando menos esperava, me vi fitando o teto. O segundo cara desapareceu. Carmen desapareceu. A arma de Ziggy desapareceu."

– Como ele pôde errar o tiro em você estando tão próximo? E, se errou, pra onde foi a bala?
– A única explicação que me ocorreu é que a arma falhou e negou fogo.

— E agora você quer encontrar Carmen pra que ela confirme sua história.

— Não creio que Carmen possa confirmar a história de ninguém. Meu palpite é que ela foi espancada por Ramírez e Ziggy e seu comparsa, mandados pra liquidar o trabalho. Ziggy fazia todo o trabalho sujo de Ramírez.

"Quando a gente circula na rua como eu, fica sabendo de coisas. Ramírez gosta de castigar as mulheres. Às vezes a gente fica sabendo que as mulheres vistas pela última vez em companhia dele desapareceram. Acho que ele se descontrola e mata, ou talvez machuque tanto as coitadas que tem de mandar alguém terminar o trabalho e abafar as coisas. Depois o corpo desaparece. Sem cadáver, não há crime. Acho que Carmen foi morta no quarto quando cheguei. Por isso Ziggy se apavorou."

— Só tem uma porta – eu disse – e ninguém viu Carmen sair... morta ou viva.

— Tem uma janela no quarto que dá pra uma rua secundária.

— Acha que Carmen foi jogada pela janela?

Morelli levou seu prato para a cozinha e começou a preparar o café.

— Estou procurando o sujeito que me reconheceu. Ziggy largou a arma quando caiu no chão. Eu vi quando ela deslizou pro lado. Quando fui atingido por trás, o comparsa de Ziggy deve ter pegado a arma, entrado furtivamente no quarto, jogado Carmen pela janela e pulado em seguida.

— Eu voltei lá. É uma longa queda se a pessoa não estiver morta.

Morelli encolheu os ombros.

— Talvez ele tenha conseguido se esgueirar pelo monte de gente que olhava Ziggy e eu. Depois saiu pela porta dos fundos, pegou Carmen e arrancou com o carro.

— Quero ouvir a parte em que eu recebo os dez mil dólares.

– Você me ajuda a provar que atirei em Kulesza em legítima defesa e eu deixo você me entregar.
– Mal posso esperar pra saber como vou fazer isso.
– O único elo que tenho com a testemunha desaparecida é Ramírez. Apesar de andar vigiando o cara, não tenho conseguido resultados. Infelizmente, meus movimentos estão ficando cada vez mais limitados. Já lancei mão de simplesmente quase todo favor que tinha aí fora. Nos últimos tempos, tenho passado mais horas me escondendo que procurando. A sensação é de que estou ficando sem tempo e idéias. Você é a única pessoa de quem ninguém suspeitaria que estivesse me ajudando – ele concluiu.
– Por que eu ia querer ajudar você? Por que simplesmente não aproveito a oportunidade para uma captura?
– Porque eu sou inocente.
– Isso é problema seu, não meu.
Foi uma resposta dura e não inteiramente verdadeira. A verdade era que eu de fato começara a me sentir meio amolecida por Morelli.
– Então vamos aumentar a aposta pra você. Enquanto me ajudar a procurar a minha testemunha, eu protejo você de Ramírez.
Eu quase disse que não precisava de proteção, mas isso era absurdo. Precisava de toda a proteção que conseguisse.
– Que acontece quando Dorsey pegar Ramírez e eu não precisar mais de sua proteção?
– Ramírez voltará pras ruas sob fiança e duas vezes mais faminto. Ele tem alguns amigos poderosos.
– E como você vai me proteger?
Eu vou proteger seu corpo, gatinha.
– Você não vai dormir no meu apartamento.
– Eu durmo na van. Amanhã acordo você pelo telefone.
– E hoje à noite?
– A decisão é sua – ele disse. – Na certa você vai ficar bem. Meu palpite é que Ramírez quer brincar com você durante al-

UM DINHEIRO NADA FÁCIL

gum tempo. É como uma luta pra ele. Vai querer fazer você passar por todos os dez *rounds* da competição.

Concordei. Ramírez podia ter arrombado a janela do meu quarto e entrado na hora em que quisesse, mas preferiu esperar.

– Mesmo que eu quisesse ajudar você, não saberia por onde começar – eu disse. – Que poderia fazer que você já não fez? Talvez a testemunha esteja na Argentina.

– A testemunha não está na Argentina. Está lá fora matando pessoas. Está matando todo mundo que pode pôr o cara no local do crime. Já matou duas pessoas do prédio onde Carmen morava e fracassou na tentativa de assassinar uma terceira. Também estou na lista dele, mas o criminoso não pode me encontrar enquanto eu estiver escondido, e se me expuser em público pra agarrar ele, a polícia me pega.

A lâmpada se acendeu.

– Você vai me usar como isca. Vai me balançar na frente de Ramírez e esperar que eu arranque informação dele enquanto ele me treina em suas técnicas de tortura. Deus do céu, Morelli, sei que está puto da vida porque acertei você com o Buick, mas não acha que isso é levar a vingança longe demais?

– Não é vingança. A verdade é que... eu gosto de você. – Ele suavizou a boca num sorriso sedutor. – Se as circunstâncias fossem diferentes, eu poderia até tentar acertar algumas contas do passado.

– Oh, meu Deus.

– Sei que quando tudo isso terminar vamos ter de fazer alguma coisa sobre esse veio de cinismo que você adquiriu.

– Está me pedindo que ponha minha vida na corda bamba pra ajudar você a salvar o rabo.

– Sua vida já está na corda bamba. Você vem sendo perseguida por um cara gigantesco que estupra e mutila mulheres. Se nós dois conseguirmos encontrar minha testemunha, vamos poder ligá-la a Ramírez e, com esperança, afastar todos pelo resto de suas vidas anormais.

Ele tinha razão.

– Vou pôr um grampo no vestíbulo e no quarto – disse Morelli – e assim ouvir tudo que se passa em todo o apartamento, com exceção do banheiro. Se você fechar a porta do banheiro, na certa não vou poder ouvir o que acontecer lá dentro. Quando você sair, a gente esconde um dispositivo debaixo da sua camiseta e eu acompanho a distância.

Inspirei fundo.

– E vai me deixar receber o pagamento da recompensa por você quando a gente pegar a testemunha desaparecida?

– Absolutamente certo.

– Você disse que a Carmen era informante. Que tipo de coisa ela informava?

– Vendia qualquer lixo que lhe caía nas mãos. Sobretudo gente que traficava drogas leves e os nomes de membros da turba. Eu não sei o que tinha pra mim quando telefonou. Não cheguei a pegar.

– Membros da turba?

– Membros da gangue dos jamaicanos. Striker é o pai de todos, com sede na Filadélfia. Tem o dedo dele metido em cada transação de droga que ocorre aqui em Trenton. Striker faz a máfia parecer um bando de bichinhas. Tem contrabandeado merda aqui dentro mais rápido do que pode vender e não conseguimos descobrir como chegam aqui. Tivemos doze mortes por overdose de heroína neste verão. A droga é tão farta, que os traficantes não estão se dando o trabalho de reduzir o teor até o padrão.

– Acha que Carmen tinha informação sobre Striker?

Morelli encarou-me por alguns segundos.

– Não – acabou dizendo. – Acho que ela tinha alguma coisa a me dizer sobre Ramírez. Na certa, descobriu algo enquanto estava com ele.

ONZE

MEU TELEFONE TOCOU ÀS SETE DA MANHÃ. A SECRETÁRIA ELETRÔNICA atendeu e reconheci a voz de Morelli.
— Levante-se e brilhe, bundona — ele disse. — Estarei em dez minutos na sua porta pra instalar o equipamento. Ligue a cafeteira.

Comecei a preparar o café, escovei os dentes e enfiei um short e uma camiseta de corrida. Morelli chegou cinco minutos antes, trazendo uma caixa de ferramentas. Sua camisa de mangas curtas tinha um emblema de pano com aparência de oficial costurado no bolso, sugerindo que ele trabalhava para o Serviço Long.

— Que é Serviço Long? — perguntei.
— Não é nada com que você queira se envolver.
— Ah-ah! Um disfarce.

Ele largou seus apetrechos na bancada da cozinha e rumou para o café.

— As pessoas não notam os caras do conserto. Lembram-se da cor do uniforme e mais nada. E, se a gente fizer direito, um uniforme entra em quase qualquer prédio.

Eu me servi de café e telefonei para o hospital para saber do progresso do estado de Lula. Fiquei sabendo que seu estado era estável e fora removida do CTI.

— Você precisa falar com ela — disse Morelli. — Garantir que ela dê queixa. Pegaram Ramírez ontem à noite e o interrogaram por agressão sexual com agravantes. Já está solto. Libertado por haver reconhecido as acusações.

Ele largou o café, abriu a caixa de ferramentas e retirou uma pequena chave de fenda e duas plaquetas para tampar saídas elétricas.

— Parecem plugues comuns — explicou —, mas têm dispositivos de áudio embutidos. Eu gosto de usá-los porque não exigem substituição de bateria. Eles usam a energia da sua rede elétrica. São muito seguros.

Ele tirou a tomada do corredor e cortou os fios com um alicate de pontas de borracha.

— Da van posso escutar e gravar tudo que acontece aqui. Se Ramírez invadir o apartamento ou se aparecer na porta, você vai ter de seguir o que seus instintos mandarem. Se achar que é capaz de envolvê-lo numa conversa e arrancar informação dele sem se arriscar, deverá fazer uma tentativa.

Ele terminou no vestíbulo e se transferiu para o quarto, repetindo o procedimento.

— Duas coisas que precisa lembrar. Se ligar o rádio, não ouvirei o que está acontecendo aqui em cima. E, se eu tiver de entrar, é mais provável que seja pela janela do seu quarto. Por isso, deixe as cortinas fechadas pra me dar alguma cobertura.

— Você acha que vai chegar a tanto?

— Espero que não. Tente fazer Ramírez falar ao telefone. E se lembre de gravar. — Ele pôs a chave de fenda de volta na caixa e tirou um rolinho de esparadrapo cirúrgico e um pequeno estojo de plástico do tamanho de uma embalagem de chiclete. — Isso é um transmissor corporal em miniatura. Tem duas baterias de lítio de nove volts aí, o que lhe dá quinze horas de funcionamento útil. Tem um microfone de eletreto externo, pesa menos de duzentos gramas e custa cerca de mil e duzentos dólares. Não perca e não use no chuveiro.

— Talvez Ramírez vá apresentar um bom comportamento agora que foi indiciado por agressão.

— Não tenho certeza de que Ramírez sabe diferenciar o bem do mal.

— Qual é o plano pra hoje?

— Pensei que a gente podia levar você de volta à rua Stark. Agora que não precisa mais se preocupar em me enlouquecer, pode se concentrar em enlouquecer Ramírez. Incentivá-lo a fazer outra investida.

— Nossa, a rua Stark. Meu lugar favorito. E o que eu devo fazer por lá?

— Passeie por lá e se mostre sensual, faça perguntas irritantes, que geralmente dão nos nervos de todo mundo. Todas aquelas coisas que você sempre faz sem nem ao menos se dar conta.

— Você conhece Jimmy Alpha?

— Todo mundo conhece Jimmy Alpha.

— Que acha dele?

— Sentimentos contraditórios. Sempre se mostrou um sujeito correto nas minhas transações com ele. E sempre achei que era um grande agente. Fez todas as coisas certas para Ramírez. Arranja as lutas certas pra ele. Contrata bons treinadores. — Morelli terminou o café. — Caras como Jimmy Alpha passam a vida inteira esperando conseguir alguém do calibre de Ramírez. A maioria deles nunca chega nem perto. Agenciar Ramírez é como ter na mão o bilhete premiado para a loteria de um milhão de dólares... só que melhor, porque um bom pugilista vai continuar rendendo. Ramírez é uma mina de ouro. Infelizmente também é um louco furioso e Alpha se viu entre a cruz e a espada.

— Essa era minha opinião, também. Imagino que ter esse bilhete premiado tentaria uma pessoa a fazer vista grossa para alguns defeitos de personalidade de Ramírez.

— Principalmente agora quando eles mal começaram a ganhar dinheiro graúdo. Alpha sustentou Ramírez durante anos

quando Ramírez era apenas um delinqüente juvenil. Agora seu lutador tem o título e assinou um contrato para lutas televisadas. Ele vale literalmente milhões pro Alpha em futuros pagamentos.
– Então sua opinião a respeito de Alfa não é das melhores.
– Acho que Alpha é criminalmente irresponsável. – Ele olhou para o relógio de pulso. – Ramírez faz o serviço de rua assim que acorda, então toma café-da-manhã na lanchonete em frente à academia. Depois do café, se exercita e geralmente permanece por lá até as quatro.
– É muito treinamento.
– Esse cara é um bundão. Se ele tivesse de lutar contra qualquer pugilista decente ia se ver em apuros. Seus dois últimos oponentes foram perdedores escolhidos a dedo. Ele tem uma luta em três semanas com outro vagabundo. Depois disso, a coisa vai começar a ficar séria, pois será sua primeira luta contra Lionel Reesey.
– Você sabe muito sobre boxe.
– O boxe é o esporte fundamental. Homem contra homem. Combate primal. É como sexo... põe a gente em contato com a fera.
Eu fiz um som estrangulado no fundo da garganta.
Ele selecionou uma laranja da fruteira na bancada.
– Você só está fula da vida porque não consegue se lembrar da última vez em que viu a fera.
– Eu vejo bastante a fera, obrigada.
– Querida, você não vê a fera mesmo. Andei me informando por aí. Você não tem nenhuma vida social.
Ergui-lhe um dedo médio rígido.
– Oh, sim, boa vida social com isso.
Morelli riu.
– Você fica danada de bonita quando age feito idiota. A qualquer hora que quiser que eu solte a fera, é só me avisar.
Era a gota d'água. Eu ia borrifar gás nele. Talvez não o entregasse, mas adoraria vê-lo desmaiar e vomitar.

– Preciso picar a mula – informou Morelli. – Um dos vizinhos me viu entrar. Eu detestaria manchar sua reputação ficando tempo demais aqui. Você devia chegar à rua Stark ao meio-dia e desfilar de um lado pro outro durante uma hora ou duas. Ponha o transmissor. Vou ficar vigiando e ouvindo.

Eu tinha a manhã para matar, assim saí para uma corrida. Não foi nada mais fácil, mas pelo menos Eddie Gazarra não apareceu me dizendo que eu parecia à beira da morte pelo esforço. Tomei o café-da-manhã, um longo banho de chuveiro e planejei como iria gastar meu dinheiro depois que embolsasse Morelli. Calcei sandálias de tiras de couro, vesti uma minissaia de malha preta justa e um top vermelho de stretch com um decote cavado, levando-se em conta o tamanho do meu sutiã. Fiz o ritual de musse e laquê nos cabelos, de modo que ficaram bem cheios. Delineei os olhos com azul meia-noite, besuntei os cílios com rímel, pintei os lábios de vermelho-prostituta e pendurei nas orelhas os maiores brincos de metal que tinha. Passei esmalte nas unhas para combinar com os lábios e me inspecionei no espelho.

Quem foi que disse que eu não dava uma boa prostituta?

Eram onze horas. Um pouco cedo, mas eu queria fazer logo aquele requebrado pela rua para poder visitar Lula assim que acabasse. Após a visita, imaginei que poderia treinar um pouco de tiro, depois ir para casa e esperar o telefone tocar.

Estacionei a um quarteirão da academia e comecei a descer a rua com a bolsa pendurada no ombro e a mão enroscada no spray de defesa pessoal. Eu descobrira que o transmissor aparecia sob o top de stretch, por isso o aconcheguei na calcinha biquíni. Tire as calças pela cabeça, Morelli.

A van estava estacionada quase na frente da academia. Jackie interpunha-se entre mim e a van. Parecia ainda mais emburrada que o habitual.

– Como está Lula? – perguntei. – Você a viu hoje?

– Eles não têm horas de visita pela manhã. Não tenho tempo para vê-la de qualquer modo. Preciso ganhar a vida, você sabe.
– O hospital disse que a condição dela era estável.
– É. Eles puseram Lula num quarto normal. Ela precisa ficar lá algum tempo porque continua sangrando por dentro, mas acho que vai ficar bem.
– Ela tem um lugar seguro pra ficar quando sair?
– Nenhum lugar é seguro pra Lula ficar quando sair, a não ser que aprenda a ser mais esperta. Ela vai dizer à polícia que algum branco desgraçado a cortou.

Olhei adiante na rua a van e senti o grunhido telepático de exasperação de Morelli.

– Alguém precisa conter Ramírez.
– Não vai ser Lula – disse Jackie. – De que tipo de testemunha você acha que ela vai servir, de qualquer modo? Acha que as pessoas vão acreditar numa prostituta? Vão dizer que ela teve o que merecia e na certa o velho dela vai espancá-la e deixá-la pra você ver. Talvez digam que você tem rodado a bolsinha por aí sem pagar o preço e que isso seja uma lição pra você.
– Viu Ramírez hoje? Ele está na academia?
– Não sei. Estes olhos não vêem Ramírez. Ele é o homem invisível, pelo que sei.

Eu esperava isso mesmo de Jackie. E ela, na certa, tinha razão sobre Lula no banco das testemunhas. Ramírez contrataria o melhor advogado de defesa do estado e nem teria de se esforçar para desacreditar Lula.

Continuei descendo a rua. Perguntei se alguém tinha visto Carmen Sanchez. É verdade que ela foi vista com Benito Ramírez na noite em que Ziggy Kulesza foi baleado? Ninguém a vira. Ninguém sabia coisa alguma sobre ela e Ramírez.

Eu desfilei por mais uma hora e rematei o esforço com uma requebrada até o outro lado da rua para me queixar aos pés de

Jimmy Alpha. Não irrompi no escritório dele desta vez. Esperei pacientemente a secretária me anunciar. Ele não pareceu surpreso. Provavelmente estivera olhando da janela. Tinha olheiras, daquelas que resultam de noites insones e problemas sem soluções. Parei na frente de sua mesa e nos encaramos por um minuto inteiro em silêncio.

– Você sabe de Lula? – perguntei.

Alpha assentiu com a cabeça.

– Ele quase a matou, Jimmy. Cortou-a, espancou-a e a deixou amarrada à minha saída de incêndio. Depois telefonou e me perguntou se eu tinha recebido seu presente e me disse que eu podia esperar ansiosamente por um destino até pior.

Alpha balançou a cabeça novamente. Só que, desta vez, fazia "não", negando.

– Eu falei com ele – disse. – Benito admite que passou algum tempo com Lula e talvez tenha ficado um pouco bruto, mas afirmou que foi só isso. Disse que alguém deve tê-la pegado depois dele. Diz que alguém está tentando fazer parecer que é um cara mau.

– Eu falei com ele no telefone. Sei o que ouvi. Tenho gravado em fita.

– Ele jura que não foi ele.

– E você acredita?

– Sei que ele fica meio louco com mulheres. Assume uma atitude de cara duro, machão. Tem essa mania de não levar desaforo pra casa. Mas não consigo vê-lo pendurar uma mulher numa saída de incêndio. Não consigo vê-lo dando esse telefonema. Sei que ele não é nenhum Einstein, mas simplesmente não consigo ver que seja tão idiota.

– Ele não é idiota, Jimmy. Ele é doente. Ele tem feito coisas terríveis.

Alpha passou a mão pelos cabelos.

– Eu não sei. Talvez você tenha razão. Escute, me faça um favor e fique longe da rua Stark por algum tempo. Os tiras vão investigar o que aconteceu com Lula. Seja o que for que descubram... eu vou ter de conviver com isso. Por enquanto, preciso deixar Benito pronto para lutar. Ele vai ter de enfrentar Tommy Clark em três semanas. Clark não chega a ser uma ameaça, mas a gente tem de levar essas coisas a sério mesmo assim. Os fãs compram um ingresso e merecem uma luta. Receio que se Benito vir você, vai ficar todo agitado, entende? É muito difícil fazer com que treine...

Fazia uns quatro graus no escritório, mas Alpha tinha manchas escuras sob as axilas. Se eu estivesse no lugar dele, também suaria. Ele via seu sonho se transformando num pesadelo e não tinha coragem para enfrentar isso.

Eu respondi que tinha um trabalho a fazer e não podia ficar longe da rua Stark. Saí do escritório e desci o único lance de escada. Sentei-me no primeiro degrau e falei para as minhas pernas.

– Droga – eu disse. – Isso foi uma porra muito deprimente.

Do outro lado da rua, Morelli escutava na van. Não pude imaginar o que pensava.

Morelli bateu em minha porta às dez e meia naquela noite. Trazia uma caixa de cerveja, uma pizza e uma TV portátil enfiada debaixo de um dos braços. Tirara o uniforme e tornara a pôr calça jeans e uma camiseta azul-marinho.

– Mais um dia naquela van e talvez eu fique feliz em ir pra cadeia – ele disse.

– Isso aí é uma pizza do Pino's?
– Existe alguma de outro tipo?
– Como você a comprou?
– Pino entrega pizza a criminosos. – Morelli olhou em volta. – Onde está seu cabo de TV?
– Na sala de estar.

Ele ligou a TV, pôs a pizza e a cerveja no chão e apertou o controle remoto.

— Você recebeu telefonemas?
— Nada.
Ele abriu uma cerveja.
— Ainda é cedo. Ramírez faz seu melhor trabalho à noite.
— Eu falei com Lula. Ela não vai testemunhar.
— Grande surpresa.
Eu me sentei no chão junto à caixa de pizza.
— Você ouviu a conversa com Jimmy Alpha?
— Sim, ouvi. Que diabo de roupa era aquela que você estava usando?
— Era meu traje de mulher da vida. Eu quis acelerar as coisas.
— Nossa mãe, você fez os caras jogarem os carros em cima do meio-fio. E onde escondeu o microfone? Não foi debaixo daquele top. Eu teria visto a fita adesiva embaixo.
— Enfiei na calcinha.
— Maldição — ele disse. — Quando o pegar de novo, vou ter de dar um banho de bronze.
Abri uma cerveja e me servi um pedaço de pizza.
— Qual a sua impressão sobre Alpha? Acha que ele poderia ser pressionado a testemunhar contra Ramírez?
Morelli surfou pelos canais, parou num jogo de futebol a que assistiu por alguns segundos.
— Depende de quanto ele sabe. Se ele enfiou a cabeça no fundo da areia, não vai querer aceitar os fatos mais complicados. Dorsey lhe fez uma visita depois que você saiu e conseguiu menos que você.
— Você mandou grampear o escritório de Alpha?
— Não. Conversa de bar no Pino's.
Sobrou um pedaço de pizza. Nós dois arregalamos os olhos para ele.
— Vai direto pros seus quadris — disse Morelli.
Ele tinha razão, mas eu o peguei de qualquer modo.
Chutei-o para fora um pouco depois de uma da madrugada e me arrastei para a cama. Dormi a noite toda e de manhã não en-

contrei mensagens na secretária eletrônica. Eu ia começar a fazer café, quando o alarme do carro disparou no estacionamento. Peguei as chaves e saí correndo do apartamento, descendo três degraus de cada vez. A porta do motorista estava aberta quando cheguei ao jipe. O alarme berrava sem parar. Desativei o sistema e rearmei-o, tranquei o carro e retornei ao apartamento.

Encontrei Morelli na cozinha e percebi que o esforço para ficar tranqüilo içava sua pressão sangüínea a um nível que beirava o enfarte.

– Eu não queria que ninguém roubasse seu carro – expliquei.
– Por isso mandei instalar um alarme.
– Não era com "ninguém" que você se preocupava. Era comigo. Você mandou instalar um maldito alarme no meu maldito carro pra eu não poder arrancar com ele debaixo do seu nariz!
– Deu certo, também. O que você ia fazer no nosso carro?
– Não é *nosso* carro. É meu carro. Estou *deixando* você dirigir. Ia tomar café-da-manhã.
– Por que não levou a van?
– Porque eu queria dirigir o meu carro. Juro, quando essa confusão for esclarecida, eu vou me mudar para o Alaska. Não me importa que tipo de sacrifício tenha de fazer, vou pôr uns bons quilômetros entre nós, porque, se eu ficar, vou estrangular você e eles vão me pegar por assassinato em primeiro grau.
– Deus do céu, Morelli, você fala como se tivesse TPM. Precisa aprender a pegar um pouco mais leve. É só um alarme. Devia me agradecer. Mandei instalar com meu próprio dinheiro.
– Ora, merda, no que é que eu estava pensando?
– Você tem andado sob muita tensão ultimamente.
Ouvimos uma batida na porta e demos um pulo.
Morelli me cutucou para ir até ao olho-mágico. Recuou vários passos e puxou-me com ele.
– É Morty Beyers – disse Morelli.
Houve outra batida na porta.

– Ele não pode ficar com você – reclamei. – Você é meu e eu não o divido.

Morelli fez uma careta.

– Vou estar debaixo da cama caso você precise de mim.

Fui até a porta e dei uma olhada sozinha. Nunca vira Morty Beyers antes, mas o cara parecia mesmo ter acabado de se submeter a uma apendicectomia. Beirava os quarenta anos, era gordo, o rosto cinzento e estava curvado, segurando o estômago. Tinha cabelos cor de areia, ralos e oleosos graças ao suor, penteados por cima do domo careca.

Abri a porta para ele.

– Morty Beyers. – Ele estendeu a mão. – Você deve ser Stephanie Plum.

– Você não devia estar no hospital?

– Um apêndice supurado só nos mantém internados por algumas horas. Estou de volta ao trabalho. Eles me disseram que estou novo. Em folha.

Ele não parecia nada novo. Parecia mais ter encontrado a Vampira na escada.

– Seu estômago ainda dói?

– Só quando fico reto.

– Que posso fazer por você?

– Vinnie disse que você tinha meus DDCs. Achei que agora que estou me sentindo bem...

– Você quer a papelada de volta.

– É. Escute, lamento que não tenha dado certo pra você.

– Não foi um fiasco total. Entreguei dois deles.

Ele fez que sim com a cabeça.

– Não teve nenhuma sorte com Morelli?

– Nenhuma mesmo.

– Sei que isso parece estranho, mas eu podia ter jurado que vi o carro dele no seu estacionamento.

– Eu o roubei. Pensei que talvez eu pudesse tirá-lo da toca fazendo-o vir atrás do seu carro.

– Você o roubou? Não brinca? Deus do céu, essa é ótima.

Ele se encostou na parede com a mão apertada contra a virilha.

– Quer se sentar por um minuto? Quer um pouco de água?

– Não, estou bem. Preciso começar a trabalhar. Eu queria apenas os retratos e o material.

Corri até a cozinha, juntei os arquivos e voltei correndo para a porta.

– Aqui está.

– Ótimo. – Ele enfiou as pastas debaixo do braço.

– Então vai manter o carro por algum tempo?

– Não tenho certeza.

– Se visse Morelli andando na rua, você o entregaria?

– Sim.

Ele sorriu.

– Se eu fosse você, faria a mesma coisa. Eu não ia desistir apenas porque meu prazo chegou ao fim. Só aqui entre nós, Vinnie pagará a qualquer um que trouxer Morelli de volta. Bem, já vou indo. Muito obrigado.

– Cuide-se.

– Sim. Vou usar o elevador.

Eu fechei a porta, encaixei o ferrolho e tranquei a corrente de segurança. Quando me virei, Morelli me esperava no vão da porta do quarto.

– Acha que ele sabia que você estava aqui? – perguntei.

– Se ele soubesse que eu estava aqui, já teria a essa altura a arma apontada na minha testa. Não subestime Beyers. Ele não é tão idiota quanto parece. E nem de longe tão bonzinho quanto gostaria que você acreditasse. Ele era policial. Foi chutado da corporação por exigir favores de pessoas de vida fácil de ambos os sexos. A gente o chamava de Morty Toupeira porque ele enterrava seu balangandã em qualquer buraco que estivesse disponível.

– Aposto que ele e Vinnie se dão às mil maravilhas.

Eu fui até a janela e olhei o estacionamento. Beyers examinava o carro de Morelli, esforçando-se para ver pelas janelas. Ele tentou a maçaneta e a tranca da mala. Escreveu alguma coisa no verso de uma pasta. Empertigou-se ligeiramente e olhou o estacionamento em volta. Sua atenção fixou-se na van. Foi-se encaminhando devagar para ali e apertou o nariz nas janelas, na tentativa de ver o interior. Em seguida, trepou no pára-choque dianteiro com dificuldade e tentou ver pelo pára-brisa. Recuou e ficou olhando a antena. Parou na traseira e anotou a placa.

Virou-se e ergueu os olhos para o prédio e eu pulei para trás da janela.

Cinco minutos depois, ouvi outra batida na porta.

– Eu gostaria de saber sobre aquela van no estacionamento – disse Beyers. – Você notou?

– A azul com a antena?

– É. Conhece o dono?

– Não, mas a van já está aí há algum tempo.

Eu fechei a porta, tranquei-a e fiquei vigiando Beyers pelo olho-mágico. Ele parou por um momento como se pensasse em algo e depois bateu na porta do sr. Wolesky. Mostrou a foto de Morelli e fez algumas perguntas. Agradeceu, deu-lhe seu cartão e afastou-se da minha vista.

Eu retornei à janela, mas Beyers não apareceu no estacionamento.

– Ele está indo de porta em porta – eu disse.

Continuamos a olhar da janela e Beyers acabou mancando até seu carro. Ele dirigia um Ford Escort azul-escuro último modelo equipado com um telefone celular. Ele deixou o estacionamento e virou em direção à St. James.

Morelli estava na cozinha com a cabeça dentro da minha geladeira.

– Beyers vai ser um verdadeiro péla saco. Vai checar as placas e juntar dois mais dois.

– E como isso vai interferir na sua vida?

– Vai me pôr pra fora de Trenton até eu arranjar um veículo diferente. – Morelli pegou uma caixa de suco laranja e um pão de passas. – Ponha isto na minha conta. Preciso dar o fora daqui. – Ele parou na porta. – Receio que você vá ter de ficar sozinha durante algum tempo. Tranque-se aqui no apartamento, não deixe *ninguém* entrar e deverá ficar bem. Uma alternativa seria vir comigo, mas, se formos pegos juntos, você será cúmplice.
– Ficarei aqui. Vou ficar bem.
– Prometa que não vai sair.
– Prometo! Prometo!
Algumas promessas são feitas para serem quebradas. Esta era uma delas. Eu não tinha a menor intenção de ficar ali sentada à espera de Ramírez. Queria ter notícias a respeito do que ele fizera no dia anterior. Queria pôr um ponto final em todo esse caso medonho. Queria Ramírez atrás das grades. Queria meu dinheiro da captura. Queria continuar tocando minha vida.

Olhei pela janela para ter certeza de que Morelli se fora. Peguei minha bolsa e tranquei o apartamento ao sair. Dirigi até a rua Stark e estacionei em frente à academia. Não tive o atrevimento de circular livremente na rua sem o apoio de Morelli, então fiquei no carro com as janelas fechadas e as portas trancadas. A essa altura, tinha certeza de que Ramírez conhecia meu carro. Imaginei que isso era melhor do que ele não ter lembrança alguma.

A cada meia hora, ligava o ar-condicionado para baixar a temperatura e quebrar a monotonia. Várias vezes eu erguera os olhos para o escritório de Jimmy Alpha e vira um rosto na janela. As janelas da academia mostravam menos atividade.

Ao meio-dia e meia, Alpha atravessou a rua numa corridinha e bateu na minha janela.

Apertei o botão e baixei-a.

– Lamento ter de parar aqui, Jimmy, mas preciso continuar minha vigilância de Morelli. Tenho certeza de que você entende.

Uma ruga franziu-lhe a testa.

— Eu não entendo. Se eu estivesse à procura de Morelli, ia vigiar os parentes e os amigos dele. Que coisa é essa com a rua Stark e Carmen Sanchez?

— Eu tenho uma teoria sobre o que aconteceu. Acho que Benito violentou Carmen exatamente como violentou Lula. Depois acho que ele se apavorou e mandou Ziggy e algum outro cara ao apartamento de Carmen pra garantir que ela não botasse a boca no mundo. Acho que Morelli entrou e na certa baleou Ziggy em legítima defesa exatamente como ele disse. De algum modo, Carmen, o outro cara e a arma de Ziggy conseguiram desaparecer. Acho que Morelli está tentando encontrá-los. E acho que a rua Stark é o lugar lógico para vigiar.

— Mas que loucura. De onde foi que você tirou uma idéia tão louca assim?

— Do testemunho de Morelli quando foi preso.

Alpha olhou-me repugnado.

— Bem, que esperaria que Morelli dissesse? Que atirou em Ziggy só de farra? Benito é um alvo fácil. Tem uma reputação de ser um pouco agressivo com as donas e Ziggy trabalhava pra ele, portanto Morelli inventou isso daí.

— E a testemunha desaparecida? Também devia trabalhar para Benito.

— Eu não sei nada sobre nenhuma testemunha desaparecida.

— As pessoas me disseram que ele tinha um nariz que parecia ter sido esmagado por uma frigideira. Este é um traço muito marcante.

Alpha sorriu.

— Não numa academia de boxe de terceira categoria. Metade dos vagabundos que se exercitam ali tem narizes assim. — Alpha conferiu as horas no relógio de pulso. — Estou atrasado pra um almoço. Você parece estar com calor aí dentro. Quer que eu traga alguma coisa pra você? Um refrigerante gelado? Um sanduíche, talvez?

— Estou bem. Acho que também vou tirar uma folga pra almoçar daqui a pouco. Preciso usar o banheiro das meninas.
— Tem um banheiro no segundo andar. É só pedir a chave para Loma. Diga a ela que eu disse que estava tudo bem.

Achei decente da parte de Alpha oferecer o uso de suas instalações, mas não queria correr o risco de Ramírez me encurralar enquanto eu estivesse no banheiro.

Dei uma última olhada em ambos os lados da rua e parti à procura de refeição ligeira. Meia hora depois, voltava para a mesma vaga, sentindo-me muito mais confortável e duas vezes mais entediada. Trouxera um livro comigo, mas era difícil ler e suar ao mesmo tempo e suar assumiu a preferência.

Às três, eu tinha os cabelos colados no pescoço e no rosto. Os fios encaracolaram, atingindo o máximo de seu volume. A camiseta grudava nas minhas costas e o suor manchava todo o meu peito. Sentia cãibra nas pernas e adquirira um tique nervoso no olho esquerdo.

Eu ainda não vira nem um único sinal de Ramírez. O tráfego de pedestres limitara-se a bolsos de sombra e desaparecera em bares enfumaçados com ar condicionado. Eu era a única idiota sentada num carro, assando. Até as prostitutas haviam desaparecido para fazer um lanchinho.

Empunhei meu spray de defesa pessoal e saltei do Cherokee, choramingando quando todos os pequenos ossos da minha espinha descomprimiram e se realinharam. Alonguei-me e saltitei sem sair do lugar. Contornei o carro e curvei-me para tocar os dedões do pé. Uma brisa ondulou pela rua Stark e eu me senti desordenadamente abençoada. Verdade, o índice de poluição do ar era letal e a temperatura média era mais alta do que a de um forno na potência máxima, mas, mesmo assim, era uma brisa.

Encostei-me no carro e descolei a frente da minha camiseta do corpo suado.

Jackie surgiu do Grand Hotel e arrastou-se pela rua em direção a mim, rumo à sua esquina de sempre.

– Você parece estar com uma baita insolação. – Ela me passou uma Coca-Cola gelada.

Puxei o anel, tomei um gole e encostei a lata gelada na testa.

– Obrigada. Que maravilha.

– Não vá pensar que estou amolecendo por causa desse seu rabo branco e murcho – disse ela. – É só que você vai morrer sentada naquele carro e vai dar à rua Stark uma fama ruim. As pessoas vão dizer que foi um assassinato por motivos raciais e minha atividade pervertida com lixo branco ficará arruinada.

– Vou tentar não morrer. Não queira Deus que eu arruíne sua atividade pervertida.

– Pode crer que a porra daqueles pervertidinhos brancos pagam um bom dinheiro pelo meu grande rabo malvado.

– Como está Lula?

Jackie deu de ombros.

– Está se saindo o melhor que pode. Ficou muito grata pelas flores que você mandou.

– Não tem muita atividade aqui hoje.

Jackie desviou os olhos para as janelas da academia.

– Graças ao doce Deus do céu por isso – ela disse baixinho.

Acompanhei seu olhar até o segundo andar.

– É melhor você não ser vista falando comigo.

– É – ela concordou. – Preciso voltar ao trabalho, de qualquer modo.

Eu fiquei ali por mais alguns minutos, curtindo o refrigerante e o luxo de estar inteiramente vertical. Virei-me para entrar de novo no carro e ofeguei à visão de Ramírez em pé ao meu lado.

– Fiquei esperando o dia todo você sair desse carro – ele disse.

– Aposto que ficou surpresa com a rapidez e o silêncio com que eu me movo. Nem ouviu eu me aproximar de você, ouviu? É assim que vai ser sempre. Nunca vai me ouvir chegar até eu me lançar sobre você. E aí será tarde demais.

Dei uma lenta inspirada para acalmar meu coração. Esperei um momento mais longo para firmar a voz. Quando senti algum controle, perguntei-lhe sobre Carmen.

– Eu quero saber sobre Carmen. Quero saber se ela viu você se aproximar.
– Carmen e eu tínhamos um encontro marcado. Carmen pediu o que teve.
– Onde ela está agora?
Ele encolheu os ombros.
– Não sei. Ela sumiu depois que Ziggy foi desta pra melhor.
– E o cara que estava com Ziggy naquela noite? Quem era? O que aconteceu com ele?
– Não sei nada sobre nenhuma das duas coisas.
– Pensei que trabalhassem pra você.
– Por que não vamos até lá em cima e conversamos sobre isso? Ou podíamos dar um passeio. Eu tenho um Porsche. Podia levar você pra dar um passeio no meu Porsche.
– Acho que não.
– Veja só, lá vem você de novo. Recusando o campeão. Você vive recusando o campeão. Ele não gosta disso.
– Fale-me de Ziggy e do amigo dele... o cara de nariz esmagado.
– Acho mais interessante falar do campeão. De como ele vai ensinar algum respeito a você. Vai castigar você pra que aprenda a não o recusar. – Ramírez avançou para mais perto e o calor que emanava do corpo dele fez o ar parecer frio. – Acho que talvez eu vá fazer você sangrar antes de foder você. Gosta disso? Você quer ser cortada, sua puta?

Chega. Já fui.

– Você não vai fazer nada disso em mim – eu disse. – Você não me assusta, muito menos me excita.
– É mentira. – Ele enlaçou a mão na parte de cima do meu braço e apertou-o com força suficiente para me fazer gritar.

Dei-lhe um pontapé em cheio na canela e ele me esbofeteou. Eu nem cheguei a ver a mão dele se mover. O estalo retiniu em meus ouvidos e minha cabeça virou para trás. Senti gosto de sangue e pisquei com força várias vezes para clarear a visão.

Quando a maioria das estrelas se apagou, disparei o spray de defesa pessoal direto no rosto dele.

Ele uivou de dor e raiva, rodopiando para a rua com as mãos nos olhos. O uivo metamorfoseou-se em sufocações e arquejos, e ele desabou de quatro como algum animal monstruoso – um enorme e furioso búfalo ferido.

Jimmy Alpha chegou correndo do outro lado da rua, seguido pela secretária e por um homem que eu nunca vira antes. O homem abaixou-se no chão com Ramírez, tentando tranqüilizá-lo, dizendo-lhe que ele ia ficar bem num minuto, que respirasse fundo. Alpha e a secretária correram para mim.

– Deus do céu. – Jimmy Alpha enfiou um lenço limpo na minha mão. – Você está bem? Ele não quebrou nada, quebrou?

Levei o lenço à boca e segurei-o ali enquanto corria a língua pelos dentes para ver se faltava alguma coisa ou se havia algo solto.

– Acho que estou bem.

– Lamento muitíssimo – disse Jimmy. – Eu não sei qual é o problema com Benito, com o jeito como trata as mulheres. Peço desculpas por ele. Eu não sei o que fazer.

Eu não estava no clima para aceitar desculpas.

– Você pode fazer muitas coisas – discordei. – Arranjar ajuda psiquiátrica pra ele. Trancar essa fera numa jaula. Leve-o ao veterinário e mande castrá-lo.

– Eu pago o médico – ofereceu-se Jimmy Alpha. – Você quer ir a um médico?

– O único lugar pra onde vou agora é a delegacia de polícia. Vou dar queixa de agressão e indiciá-lo, e nada que você diga vai me deter.

– Pense nisso por um dia – implorou Jimmy. – Pelo menos, espere até não estar tão transtornada. Ele não pode receber outra acusação de agressão agora.

DOZE

ABRI COM FORÇA A PORTA DO MOTORISTA E ME METI ATRÁS DO volante. Desencostei-me do meio-fio, tomando cuidado para não atropelar ninguém. Dirigi a uma velocidade moderada e não olhei para trás. Parei num sinal e avaliei o estrago no espelho retrovisor. Meu lábio superior estava partido no lado interno e continuava sangrando. Uma contusão roxa se formava na face esquerda. A bochecha e o lábio começavam a inchar. Agarrava-me com força ao volante e usava toda energia que possuía para ficar calma. Desci a Stark rumo ao sul até a State Street e segui até a Hamilton. Quando cheguei lá, eu me senti como se estivesse segura em meu próprio bairro e me permiti parar e pensar. Entrei no estacionamento de uma loja de conveniência e fiquei sentada ali durante algum tempo. Precisava ir à delegacia de polícia para registrar a agressão, mas não queria deixar a segurança e o conforto da minha área e não tinha certeza de como a polícia ia encarar este incidente mais recente com Ramírez. Ele me ameaçara e então eu deliberadamente o provocara estacionando diante da academia. Nada esperto.

Encontrava-me numa overdose de adrenalina desde o momento em que Ramírez surgiu ao meu lado e, agora que a adrenalina se dissipava, a exaustão e a dor tomavam conta de mim. O braço e o queixo doíam e a pressão caíra.

Encare os fatos, disse a mim mesma, você não vai conseguir chegar à delegacia de polícia hoje. Vasculhei dentro da bolsa até encontrar o cartão de Dorsey. É melhor tentar seguir em frente e me lamentar para Dorsey. Teclei o número dele e deixei uma mensagem para que retornasse minha ligação. Não especifiquei o problema. Não achei que seria capaz de passar por isso duas vezes. Arrastei-me até a loja e comprei um picolé de uva.

– Axidente – eu disse ao balconista. – Meu lábio xá inchado.
– Talvez você devesse ir a um médico.

Arranquei a embalagem e pus o picolé no lábio.

– Ahhh – suspirei. – Bem elhor.

Retornei ao carro, engrenei-o, dei ré e bati numa caminhonete aberta. Toda a minha vida passou lampejando diante de mim. Eu afundava. Por favor, meu Deus, rezei, que não tenha feito uma mossa.

Eu e o outro motorista saltamos e examinamos nossos respectivos carros. A caminhonete não tinha um arranhão. Nem mossa, nem pintura lascada ou sequer uma mancha na cera. Quanto ao Cherokee, parecia que alguém confundira o pára-choque traseiro da direita com um abridor de lata.

O cara que dirigia a caminhonete fitou meu lábio.

– Briga doméstica?
– Um axidente.
– Imagino que hoje não é o seu dia.
– Nenhum xia é meu xia – eu disse.

Como o acidente fora por minha culpa e não houvera nenhum dano ao carro dele, não fizemos o ritual de trocar informação de seguro. Dei uma última olhada no dano no Cherokee, estremeci violentamente e me afastei, debatendo o valor do suicídio em oposição a enfrentar Morelli.

O telefone tocava quando cruzei minha porta da frente. Era Dorsey.

– Eu xenho uma acuxação de aguessão conta Raírez – eu disse. – Ele me agediu na ôca...
– Onde isso aconteceu?
– Rua Staque.
Eu dei-lhe os detalhes e recusei a oferta de vir ao meu apartamento para tomar minha declaração. Não queria correr o risco de ele topar com Morelli. Prometi que passaria lá amanhã para preencher a papelada.
Tomei um banho e jantei um sorvete. A cada dez minutos, olhava pela janela para ver se havia algum sinal de Morelli no estacionamento. Eu parara o carro num canto afastado onde a iluminação era fraca. Se conseguisse resistir até o fim da noite, na manhã seguinte levaria o Cherokee à oficina do Al e veria se ele podia fazer um conserto instantâneo. Não tinha a menor idéia de como ia pagar.
Fiquei vendo televisão até as onze e fui para a cama, levando a gaiola de Rex para o quarto para me fazer companhia. Não recebera nenhum telefonema de Ramírez e não vira nenhum sinal de Morelli. Não tinha certeza de me sentir aliviada ou desapontada. Não tinha a mínima idéia se Morelli me escutava e protegia como combinado, por isso dormi com o spray de defesa pessoal, o telefone sem fio e a arma na mesinha-de-cabeceira.
O telefone tocou às seis e meia. Era Morelli.
– Hora de levantar – disse.
Conferi as horas no relógio da mesinha-de-cabeceira.
– Ainda é madrugada.
– Você já teria acordado horas atrás se tivesse de dormir num Nissan Sentra.
– O que está fazendo num Sentra?
– Mandei pintar a van de uma cor diferente e retirar a antena. Consegui "encontrar" um novo conjunto de placas. Enquanto isso, a oficina me emprestou um carro. Esperei escurecer e depois estacionei na Maple, bem atrás do estacionamento.

– Pra poder me vigiar melhor?
– Principalmente porque não queria deixar de ouvir você se despir. Que barulho esganiçado estranho foi aquele durante a noite toda?
– Rex na roda.
– Achei que ele morasse na cozinha. Como eu não queria que Morelli soubesse que me sentira apavorada e solitária, menti.
– Limpei a pia e ele não gostou do cheiro do detergente, por isso eu o trouxe pro quarto.
O silêncio estendeu-se por dois segundos.
– Tradução – disse Morelli –, você se sentiu apavorada e solitária e levou Rex pra fazer companhia.
– Tempos difíceis.
– E eu não sei?
– Acho que você precisa sair de Trenton antes que Beyers retorne.
– É verdade. Estou muito visível neste carro. Vou pegar a van às seis da tarde e depois volto.
– Me encontro com você mais tarde.
– Beleza.
Voltei para a cama e, duas horas depois, acordei sobressaltada com o alarme do carro retumbando no estacionamento embaixo do quarto. Pulei da cama, corri até a janela e abri as cortinas a tempo de ver Morty Beyers espatifar o alarme até virar ferro-velho com a coronha da arma.
– Beyers! – berrei da janela aberta. – Que diabos acha que está fazendo?
– Minha mulher me deixou e levou o Escort.
– E daí?
– E daí que preciso de um carro. Eu ia alugar um, então pensei no jipe de Morelli parado aqui e imaginei que economizaria algum dinheiro até pegar Mona.

— Meu Deus, Beyers, você não pode simplesmente entrar num estacionamento e levar o carro de alguém! Isso é roubo. Você é um maldito ladrão de carro.
— E daí?
— Onde arranjou as chaves?
— No mesmo lugar em que você. No apartamento de Morelli. Ele tinha um conjunto extra na cômoda.
— Você não vai sair impune disso.
— Que é que você vai fazer, chamar a polícia?
— Deus vai te pegar por isso.
— Foda-se Deus. — Beyers enfiou-se atrás do volante, sem pressa, para ajustar o banco e brincar com o rádio.

Safado arrogante, pensei. Não apenas vai roubar o maldito carro, mas fica ali sentado exibindo sua habilidade para fazer isso. Peguei meu spray de defesa pessoal e me precipitei pela porta, descendo a escada aos pulos, descalça, ainda de camisola estampada com o Mickey Mouse e de biquíni fio-dental, e não estava nem aí.

Cruzava a porta dos fundos com os pés no calçamento, quando vi Beyers girar a chave e pisar no acelerador. Uma fração de segundo depois, o carro explodiu com um estrondo ensurdecedor, disparando as portas no espaço como se fossem discos de plástico. As chamas lamberam o chassis e, na mesma hora, consumiram o Cherokee, transformando-o numa brilhante bola de fogo amarela.

Fiquei estupefata demais para me mexer, parada ali, boquiaberta e sem fala, enquanto partes do teto e do pára-choques invertiam a trajetória e caíam no chão com estrondo.

Sirenes soaram ao longe e os inquilinos saíram do prédio para ficar ao meu lado e ver o jipe em chamas. Nuvens de fumaça preta ferviam no céu da manhã e o calor que chamuscava ondulava-se no meu rosto.

Não havia qualquer possibilidade de salvar Morty Beyers. Mesmo que eu tivesse reagido logo, não poderia tê-lo tirado do carro. E, na certa, ele morrera na explosão e não por causa do fogo. Ocorreu-me que as possibilidades de aquilo ser um acidente eram mínimas. E as chances de ser destinado a mim, bem grandes.

O lado bom é que não tive de suar por Morelli descobrir sobre o dano do acidente da véspera.

Recuei do fogo e abri caminho por entre o pequeno grupo de pessoas que se formara. Subi a escada de dois em dois degraus e me tranquei no apartamento. Eu deixara, descuidada, a porta da frente escancarada quando me precipitara atrás de Beyers, por isso fiz uma busca minuciosa com a arma empunhada. Se topasse com o cara que assara Morty Beyers, não ia ficar sem fazer nada enquanto os neurotransmissores dele trabalhavam – ia tentar acertar uma bala na barriga. Aliás, a barriga formava um belo e grande alvo.

Quando tive certeza de que o apartamento estava seguro, vesti um short e uma camiseta. Fiz uma rápida pausa no banheiro e chequei minha aparência no espelho. Tinha um hematoma roxo na maçã do rosto e um pequeno corte no lábio. Quase todo o inchaço sumira. Em conseqüência do fogo da manhã, minha pele parecia queimada de sol e submetida a um jato de areia. As sobrancelhas e os cabelos em volta do rosto ficaram chamuscados e espetados em *spikes* de um centímetro de comprimento. Muito atraente. Não que me queixasse. Podia estar morta e sem algumas partes do corpo, que teriam caído no meio das azaléias. Amarrei os cadarços dos Reeboks e desci para dar mais uma olhada.

O estacionamento e as ruas vizinhas haviam-se enchido de carros de bombeiros, radiopatrulhas, ambulâncias e barricadas erguidas para manter os curiosos longe dos restos fumegantes do jipe de Morelli. Uma água oleosa e cheia de fuligem besuntava o asfalto do estacionamento e o ar cheirava a assado carbonizado. Não quis dar continuidade a essa linha de pensamento. Vi Dorsey parado na rua, falando com um policial uniformizado. Ele ergueu os olhos, captou meu olhar e aproximou-se.

– Estou com um pressentimento ruim sobre isso – ele disse.
– Você conhece Morty Beyers?
– Sim.
– Ele estava no jipe.
– Não brinca. Tem certeza?
– Eu estava falando com ele quando o cara explodiu.
– Acho que isso explica o sumiço das suas sobrancelhas. Sobre o que estavam falando?
– Vinnie tinha me dado uma semana pra entregar Morelli. A semana chegou ao fim e Morty assumiu a caça. A gente meio que falava sobre Morelli.
– Você não podia estar falando muito de perto, senão teria virado hambúrguer.
– Na verdade, eu estava bem aqui onde estamos agora, e a gente estava berrando um com o outro. Meio que... discordando.

Um policial uniformizado aproximou-se com uma placa de carro retorcida.

– Encontramos isto perto da caçamba de lixo. Quer que eu faça uma busca de identidade?

Peguei a placa.
– Não precisa. O carro é de Morelli.
– Ah, cara – disse Dorsey. – Mal posso esperar pra saber disso.

Decidi que ia embelezar um pouco a verdade, pois a polícia talvez não estivesse a par dos pontos mais específicos da caça de recompensas e talvez não entendesse a minha apropriação do carro.

– É mais ou menos assim – eu disse. – Fui visitar a mãe de Morelli e ela estava muito chateada porque ninguém rodava com o carro de Joe. Você sabe como é ruim pra bateria deixar um carro parado. Bem, uma coisa levou a outra e, quando menos eu espero, tinha concordado em dar umas voltas com o carro pra ela.

– Então tem dirigido o carro de Morelli como um favor pra mãe dele?

– É. Ele tinha pedido a ela pra cuidar disso, mas ela não tinha tempo.

– Muito nobre da sua parte.

– Eu sou uma pessoa nobre.

– Continue.

Fui em frente. Expliquei que a mulher de Beyers o deixara, que ele tentou roubar o carro e cometeu o pecado de dizer "Foda-se Deus" e aí o carro explodiu.

– Você acha que Deus ficou danado e fritou Beyers?

– Seria uma teoria.

– Quando for à delegacia completar o relato sobre Ramírez, talvez a gente possa conversar mais sobre isso.

Fiquei observando a movimentação por mais alguns minutos e depois voltei para o apartamento. Não queria estar por perto quando juntassem as cinzas que um dia haviam sido Morty Beyers.

Sentei-me diante da televisão até o meio-dia, mantendo as janelas e as cortinas fechadas para a cena do crime lá embaixo. De vez em quando, ia até o banheiro e fitava o reflexo no espelho, para ver se as minhas sobrancelhas já haviam crescido de novo.

Ao meio-dia, abri as cortinas e ousei uma espiada no estacionamento. O Cherokee fora retirado e apenas dois policiais permaneciam no local. Da minha janela, parecia que preenchiam formulários a respeito de danos à propriedade alheia para o punhado de carros que haviam sido bombardeados com os detritos da explosão.

Uma manhã de televisão me anestesiara mais do que eu me julgava disposta a suportar e, por isso, tomei um banho e me vesti, tomando o cuidado de não me estender em pensamentos a respeito de morte e explosões.

Eu precisava ir à delegacia, mas não tinha carro, apenas alguns dólares no bolso. Nada na conta-corrente. Os cartões de crédito haviam sido cancelados por falta de pagamento. Eu tinha de fazer outra apreensão.

Liguei para Connie e contei-lhe sobre Morty Beyers.

– Isso vai abrir um sério buraco na represa de Vinnie – ela disse. – Ranger está se recuperando do tiro e agora Morty Beyers está fora de ação. Eram nossos dois melhores agentes.

– É. Sem dúvida é lamentável. Imagino que Vinnie só tenha ficado comigo.

Fez-se uma pausa no outro lado do telefone.

– Você não liquidou Morty, liquidou?

– Morty meio que liquidou a si mesmo. Você tem alguma coisa nova e fácil pra mim? Preciso de dinheiro rápido.

– Tenho um exibicionista que entrou como DDC sob uma fiança de dois mil dólares. Foi expulso de três casas de idosos. No momento, está morando num apartamento em algum lugar. – Ouvi-a folheando papéis. – Aqui está. Oh, meu Deus, ele mora no seu prédio.

– Qual o nome dele?

– William Earling. No apartamento 3E.

Peguei a bolsa e tranquei o apartamento. Tomei a escada até o terceiro andar, enumerei os apartamentos e bati na porta de Earling. Um homem atendeu e imediatamente desconfiei de que tinha a pessoa certa porque ele era velho e estava nu.

– Sr. Earling?

– Sim. Sou eu. Estou em ótima forma, não é, mocinha? Não acha que tenho um equipamento assustador?

Dei-me uma ordem mental: "não olhe", mas meus olhos se desviaram para baixo por vontade própria. Não apenas era assustador, mas tinha o pau enrugado.

– É. O senhor é muito assustador – eu disse. Entreguei-lhe meu cartão. – Eu trabalho pra Vincent Plum, seu agente de fiança.

O senhor não compareceu a uma audiência no tribunal, sr. Earling. Preciso levá-lo ao centro da cidade pro senhor poder marcar uma nova data.

– Essas malditas audiências são uma perda de tempo – ele disse. – Eu tenho setenta e seis anos. Você acha que eles vão mandar um sujeito de setenta e seis anos de idade pra prisão porque ele exibiu seu material por aí? Eu sinceramente esperava que sim. Ver Earling nu era suficiente para me fazer virar celibatária.

– Eu preciso levar o senhor ao centro. Que tal ir pôr algumas roupas?

– Eu não uso roupas. Deus me trouxe para o mundo nu e é assim que eu vou embora.

– Por mim, tudo bem, mas enquanto isso eu gostaria que se vestisse.

– A única maneira de eu ir com você é se ficar nua.

Peguei as algemas e prendi-as nos pulsos dele.

– Brutalidade policial. Brutalidade policial – ele gritou.

– Lamento decepcioná-lo. Eu não sou policial.

– Ora, que é então?

– Sou caçadora de recompensas.

– Brutalidade de caçadora de recompensas. Brutalidade de caçadora de recompensas.

Fui ao armário do corredor, encontrei uma capa de chuva comprida e abotoei-o nela.

– Eu não vou com você – ele disse, permanecendo rígido no lugar, as mãos algemadas debaixo da capa. – Você não pode me obrigar a ir.

– Escute, vovô, ou vai por bem ou eu apago o senhor com gás e o arrasto pelos tornozelos.

Eu não acreditava que dizia isso a um coitado de um cidadão velho com um pau que mais parecia um caracol. Fiquei pasma comigo mesma, mas que diabos, ele valia duzentos dólares.

– Não se esqueça de trancar a porta – ele disse. – Este bairro está virando um inferno em miniatura. As chaves estão na cozinha.

Peguei as chaves e uma delas tinha um pequeno Buick. Que sorte.

– Mais uma coisa – eu disse. – O senhor se incomodaria se eu pegasse seu carro emprestado pra irmos ao centro?

– Acho que tudo bem, desde que não gaste gasolina demais. Eu tenho uma renda fixa, você sabe.

Conduzi o sr. Earling à delegacia em tempo recorde e tomei cuidado para não encontrar Dorsey. Parei no escritório a caminho de casa para pegar meu cheque e fui ao banco descontá-lo. Estacionei o carro do sr. Earling o mais perto da porta possível para diminuir a distância a percorrer quando ele saísse da prisão. Não queria mais ver nenhuma parte do corpo dele além daquelas absolutamente inevitáveis.

Corri para o apartamento e liguei para os meus pais, encolhendo-me com a idéia do que eu estava prestes a fazer.

– Papai está na rua com o táxi? – perguntei. – Eu preciso de uma carona.

– Está de folga hoje. Bem aqui ao meu lado. Aonde você precisa ir?

– A um conjunto de apartamentos na Rodovia I. – Eu me encolhi de novo.

– Agora?

– É. – Um suspiro muito grande. – Agora.

– Vou fazer casquinhas de siri hoje à noite. Não gostaria de vir jantar?

É difícil acreditar no quanto eu queria aquelas casquinhas de siri. Mais que um bom sexo, um carro rápido, uma noite tranqüila ou sobrancelhas. Eu queria uma folga temporária da maioridade. Queria me sentir incondicionalmente segura. Queria minha mãe cacarejando ao meu redor, enchendo meu copo de leite, aliviando-me das responsabilidades mais mundanas. Queria passar algumas horas numa casa entulhada de móveis horríveis e cheiros de comida opressivos.

– As casquinhas de siri seriam uma boa idéia.

Meu pai chegou à porta dos fundos do meu apartamento em quinze minutos. Levou um susto quando me viu.

– Tivemos um acidente no estacionamento – expliquei. – Um carro pegou fogo e eu estava perto demais.

Dei-lhe o endereço e pedi-lhe que parasse no posto de gasolina K-Mart no caminho. Trinta minutos depois, ele me deixava diante do estacionamento de Morelli.

– Diga a mamãe que chegarei às seis – pedi-lhe.

Ele olhou para o Nova e a caixa com as latas de óleo de motor que eu acabara de comprar.

– Talvez seja melhor eu ficar pra ter certeza de que vai funcionar.

Despejei as três latas e chequei a vareta de medição do nível de óleo. Fiz um sinal de OK para meu pai. Ele não se convenceu. Sentei-me atrás do volante, dei uma pancada forte no painel com o punho fechado e o carro saltou para a frente três vezes.

– Pegou todas as vezes – berrei.

Ele continuou impassível e percebi que pensava que eu devia ter comprado um Buick. Essas indignidades nunca ocorriam com um Buick. Saímos do estacionamento juntos e despedi-me dele com um aceno na Rodovia 1, apontando o Nova em direção à loja de silenciosos Ye Olde. Passei pelo telhado com o topo pintado de laranja do Motel Howard Johnson, o acampamento de trailers Shady Grove e os Canis Dias Felizes. Os outros motoristas mantinham-se a uma boa distância de minha traseira, sem ousar entrar na minha estrondosa esteira. Uns doze quilômetros adiante na rodovia, alegrei-me com a visão da placa amarela e preta da loja de silenciosos.

Eu pusera os óculos escuros da Oakley para esconder as sobrancelhas, mas o balconista mesmo assim me deu uma examinada dupla. Preenchi os formulários, entreguei as chaves e instalei-me na salinha reservada aos pais de carros doentes. Quarenta e cinco minutos depois, tomava de novo a rodovia. Só notei a fumaça quando parei num cruzamento e a luz vermelha piscava apenas ocasionalmente. Imaginei que estava tão bom quanto eu podia esperar.

Minha mãe começou a ladainha assim que cheguei à varanda da frente.

– Toda vez que vejo você, parece pior. Hematomas, cortes e agora o que aconteceu com o seu cabelo? E, minha nossa, suas sobrancelhas sumiram! O que houve? Seu pai disse que você esteve num incêndio.

– Um carro pegou fogo no meu estacionamento. Não foi nada.

– Eu vi na televisão. – Vovó Mazur abriu passagem empurrando minha mãe com os cotovelos. – Disseram que foi uma bomba. Fez o carro voar pelos ares. E tinha um cara dentro. Um debilóide chamado Beyers. Só que não sobrou muita coisa dele.

Vovó Mazur usava uma blusa de algodão estampada de rosa-forte e laranja, com um lenço de papel acomodado na manga, short de lycra azul-celeste, tênis brancos e meias enroladas na altura dos joelhos.

– Gosto do short – elogiei. – A cor é linda.

– Ela foi vestida assim na casa funerária esta tarde – berrou meu pai da cozinha. – Ao velório de Tony Mancuso.

– Vou lhe dizer, foi uma coisa incrível – disse vovó Mazur.

– Os Veteranos de Guerras Estrangeiras estavam lá. O melhor velório a que compareci nos últimos meses. E Tony parecia bem mesmo. Puseram nele uma daquelas gravatas com as cabecinhas de cavalo.

– A gente já recebeu sete telefonemas até agora – disse minha mãe. – Falei pra todo mundo que ela esqueceu de tomar o remédio esta manhã.

Vovó Mazur trincou os dentes.

— Ninguém entende de moda aqui. A gente quase nunca pode usar uma coisa diferente. O que você acha? — vovó me perguntou. — Acha minha roupa legal pra um velório à tarde?

— Claro — respondi —, mas, se fosse à noite, eu iria de preto.

— Exatamente o que eu pensei. Preciso comprar umas peças pretas pro próximo.

Às oito horas, eu estava saciada de boa comida e de mobília mais do que entulhada, pronta para erguer mais uma vez o manto protetor da vida independente. Caí fora da casa dos meus pais com os braços carregados com as sobras do jantar, entrei no carro e voltei para o meu apartamento.

Durante quase o dia todo, eu evitara pensar na explosão, mas era hora de encarar os fatos. Alguém tentou me matar e não havia sido Ramírez. Ele ia querer me causar dor e me ouvir implorar. Era assustador e asqueroso, mas também previsível. Eu sabia de onde ele vinha. Ramírez era criminosamente insano.

Plantar uma bomba era um tipo diferente de insanidade. O cara que punha uma bomba visava a livrar o mundo de uma pessoa incômoda em particular.

Por que eu?, pensei. Por que alguém me queria morta? Até mesmo o simples ato de fazer esta pergunta já disparava um arrepio que me varou o coração.

Deixei o Nova no meio do estacionamento do meu prédio e me perguntei se teria coragem de pisar no acelerador na manhã seguinte. O carro de Morelli havia sido levado e viam-se poucos indícios do incêndio. O asfalto estava rachado e repleto de buracos onde o jipe explodira, mas não tinha aquela fita que isola locais onde ocorreram crimes nem detritos carbonizados que atraíssem uma atenção especial para o lugar.

Entrei no apartamento e vi a secretária eletrônica piscando furiosamente. Dorsey telefonara três vezes pedindo que eu ligasse de volta. Não parecia nada amistoso. Bernie ligara para dizer que todos os eletrodomésticos da loja entrariam em liquidação e eu devia passar por lá. Liquidificadores com vinte por cento de desconto e uma garrafa de daiquiri de brinde para os primeiros vinte fregueses que comprassem alguma coisa. Meus olhos vidraram-se com a idéia de um daiquiri. Ainda guardava alguns dólares que haviam sobrado, os liquidificadores tinham de ser muito baratos no esquema global das coisas, não é mesmo? O último telefonema era de Jimmy Alpha, com mais um pedido de desculpa e a esperança de que eu não tivesse sido gravemente ferida por Ramírez.

Conferi as horas no relógio de pulso. Quase nove da noite. Não dava mais para chegar à loja de Bernie antes que fechasse. Que pena. Tinha certeza absoluta de que se eu tomasse um daiquiri poderia pensar com muito mais clareza e descobrir quem tentara me transformar em carta fora do baralho.

Sentei-me diante da televisão, mas tinha a minha mente em outro lugar. Repassava assassinos em potencial. Das minhas capturas, apenas Lonnie Dodd era uma possibilidade e ele estava na prisão. Era mais provável que tivesse alguma coisa a ver com o assassinato de Kulesza. Alguém andava preocupado comigo graças às investigações que eu vinha fazendo. Não consegui imaginar ninguém preocupado o bastante para querer me matar. A morte era uma merda muito séria.

Alguma coisa devia ter-me escapado. Alguma coisa sobre Carmen, ou Kulesza, ou Morelli... ou talvez a testemunha misteriosa.

Uma ideiazinha medonha serpenteou pelas profundezas da minha mente. Pelo que eu via até então, tratava-se de uma verdadeira ameaça mortal para uma única pessoa. E esta pessoa era Morelli.

O telefone tocou às onze e eu atendi antes de a secretária engatilhar-se.

– Você está sozinha? – perguntou Morelli.

Hesitei.

– Sim.
– Por que a hesitação?
– Como a palavra "assassinato" faz você se sentir?
– Estamos falando a respeito do assassinato de quem?
– Do meu.
– Sinto calor da cabeça aos pés.
– Era o que eu imaginava.
– Estou chegando aí, me espere na porta.

Enfiei o spray de defesa pessoal no cós do short e cobri-o com a camiseta. Colei a vista no olho mágico e abri a porta quando Morelli veio andando sem pressa pelo corredor. A cada dia que passava, a aparência dele era um pouco pior. Precisava cortar o cabelo, tinha uma barba por fazer que parecia corresponder a uma semana, mas com certeza só levara dois dias para crescer. O estado da calça jeans e da camiseta lembrava o de um mendigo.

Ele trancou a porta atrás de si. Examinou meu rosto queimado e machucado e os hematomas no braço. Tinha uma expressão sinistra.

– Quer me falar disso?
– O lábio cortado e os hematomas são de Ramírez. Tivemos um arranca-rabo, mas eu acho que ganhei. Borrifei gás nele e o deixei vomitando na rua.
– E as sobrancelhas chamuscadas?
– Hummm. Bem, isso é meio complicado.

O rosto dele tornou-se ainda mais sombrio.

– O que houve?
– Seu carro explodiu.

Não houve reação alguma durante vários segundos.

– Quer repetir isso mais uma vez pra mim? – ele acabou dizendo.
– A boa notícia é... você não tem mais que se preocupar com Morty Beyers.
– E a má?

Peguei a placa do carro na bancada da cozinha e passei-a para Morelli.
– Foi tudo que restou do seu carro.
Ele olhou a placa num chocado silêncio.
Contei-lhe que a mulher de Morty Beyers o abandonara, sobre a bomba e os três telefonemas de Dorsey.
Ele chegou à mesma conclusão que eu.
– Não foi Ramírez.
– Eu fiz uma lista mental de pessoas que poderiam me querer morta e seu nome ficou em primeiro lugar.
– Só em sonhos – ele respondeu. – Quem mais estava na lista?
– Lonnie Dodd, mas acho que ele ainda está preso.
– Você costuma receber ameaças de morte? Que tal ex-maridos ou ex-namorados? Atropelou alguém recentemente?
Eu não tinha a menor intenção de dignificar a pergunta com uma reação.
– Tudo bem – ele disse. – Então acha que isso está associado ao assassinato de Kulesza?
– Sim.
– Está com medo?
– Estou.
– Ótimo. Então precisa ser cuidadosa. – Ele abriu a porta da geladeira, pegou as sobras que minha mãe me mandara levar para casa e comeu-as frias. – Precisa tomar cuidado quando falar com Dorsey. Se ele descobrir que está trabalhando comigo, pode acusá-la de ser minha cúmplice.
– Eu tenho desde o início uma suspeita muito perturbadora de que fui convencida por lábia a entrar numa aliança que não é exatamente do meu interesse.
Ele abriu uma lata de cerveja.
– A única maneira de receber seus dez mil dólares é se eu deixar você me levar à delegacia. E não vou deixar você fazer isso se eu não puder provar que sou inocente. A qualquer momento

que quiser cancelar o trato é só me dizer, mas pode dar um beijo de despedida no dinheiro.

– É uma atitude podre.

Ele fez que não com a cabeça.

– Realista.

– Eu podia ter derrubado você com o spray inúmeras vezes.

– Acho que não.

Saquei o aerossol, mas antes que pudesse apontá-lo para Morelli, ele derrubou o cilindro da minha mão e mandou-o voando para o outro lado da sala.

– Não vale – eu disse. – Você estava esperando.

Ele terminou o sanduíche e enfiou o prato na lava-louças.

– Estou sempre esperando.

– O que vamos fazer daqui pra frente?

– Vamos continuar fazendo a mesma coisa. É óbvio que pisamos no calo de alguém.

– Eu não gosto de ser o alvo.

– Não vai começar a se lamentar por causa disso, vai?

Ele se instalou diante da televisão e começou a zapear. Parecia exausto e sentava-se com as costas apoiadas na parede e uma das pernas dobradas sobre o joelho. Parou num programa de fim de noite e fechou os olhos. A respiração foi ficando mais profunda e regular e a cabeça tombou junto ao peito.

– Eu podia borrifar o spray agora – sussurrei.

Ele ergueu a cabeça, mas não abriu os olhos. Um sorriso brincou nos cantos de sua boca.

– Esse não é seu estilo, gatinha.

Morelli continuava dormindo no chão diante da televisão quando me levantei às oito. Passei nas pontas dos pés por ele e fui correr. Quando retornei, encontrei-o lendo o jornal e tomando café.

– Alguma coisa sobre a bomba? – perguntei.

— Matéria e fotos na página três. Descrevem o fato como uma explosão inexplicável. Nada de muito interessante. — Ele me olhou por cima do jornal. — Dorsey deixou outra mensagem pra você na secretária. Talvez fosse bom ver o que ele quer.

Tomei uma chuveirada rápida, vesti roupas limpas, passei um pouco de creme de *aloe vera* no rosto empolado e segui meu nariz descascado até o bule de café. Tomei meia xícara enquanto lia os quadrinhos e depois liguei para Dorsey.

— Recebemos a análise do laboratório — ele comunicou. — Foi sem sombra de dúvida uma bomba. Trabalho profissional. Claro que qualquer um pode dar uma passada na biblioteca e pegar um livro que explica como fazer uma bomba profissional. Aprendemos a fazer até a porra de uma bomba nuclear, basta querer. De qualquer modo, achei que você gostaria de saber.

— Eu desconfiava disso mesmo.

— Tem alguma idéia de quem faria uma coisa dessas?

— Nenhum nome.

— E Morelli?

— É uma possibilidade.

— Eu não vi você na delegacia ontem.

Ele jogava verde. Sabia que tinha alguma coisa disparatada em relação a tudo aquilo. Simplesmente ainda não atinara com o que era. Bem-vindo ao clube, Dorsey.

— Vou tentar passar aí hoje.

— Faça um esforço. De verdade.

Desliguei o telefone e terminei o café.

— Dorsey quer que eu vá à delegacia.

— Você vai?

— Não. Ele vai me fazer perguntas que não posso responder.

— Você devia passar algum tempo na rua Stark esta manhã.

— Esta manhã, não. Tenho umas coisas para fazer.

— Que coisas?

— Assuntos pessoais.

Ele ergueu uma sobrancelha.

– Tenho umas pontas soltas pra amarrar... por via das dúvidas – respondi.
– Por via de quais dúvidas?
Fiz um gesto de irritação.
– De alguma coisa me acontecer. Nos últimos dez dias, tenho sido perseguida por um sádico profissional e agora estou na lista do feliz bombardeador. Estou me sentindo um pouco insegura, certo? Me dê uma folga, Morelli. Preciso ver umas pessoas. Tenho alguns assuntos pessoais para resolver.
Ele arrancou delicadamente uma pele solta do meu nariz.
– Você vai ficar bem – disse, com carinho. – Eu entendo que esteja assustada. Também fico assim. Mas nós somos os mocinhos e os mocinhos sempre vencem.
Realmente me sentia desprezível, porque ali estava ele sendo legal comigo e o que eu na verdade queria fazer era dar um pulo na loja de Bernie para comprar um liquidificador e ganhar meu daiquiri de brinde.
– Como planejou tratar desses seus assuntos sem o jipe? – ele perguntou.
– Eu recuperei o Nova.
Ele se retraiu.
– Você não parou no estacionamento, parou?
– Esperava que o cara da bomba não soubesse que era meu carro.
– Oh, meu Deus.
– Tenho certeza de que não há nada com que me preocupar.
– Também tenho, mas vou descer com você só pra ter certeza.
Juntei meus apetrechos, chequei as janelas e rearmei a secretária eletrônica. Morelli me esperava na porta. Descemos a escada juntos e paramos quando chegamos ao Nova.
– Mesmo se o cara da bomba soubesse que este carro é seu, teria de ser muito idiota pra tentar a mesma coisa duas vezes – disse Morelli. – Estatisticamente o segundo golpe sempre vem de outra direção.

Embora isso fizesse todo o sentido para mim, eu tinha os pés grudados no chão e o coração disparado no peito.
— Tudo bem. Aqui vou eu. Agora ou nunca — eu disse.
Morelli deitou-se de bruços e olhou embaixo do Nova.
— O que você está olhando aí?
— Um baita vazamento de óleo.
Ele arrastou o corpo para trás e se levantou.
Abri o capô e chequei a vareta de medição do óleo. Novidade! O carro precisava de óleo. Despejei duas latas e fechei a tampa.
Morelli tirou as chaves da maçaneta e sentou-se atrás do volante.
— Fique longe — mandou.
— De jeito nenhum. Este carro é meu. Sou eu quem vai dar a partida.
— Se um de nós vai voar pelos ares, é melhor que seja eu. De qualquer forma, estarei mesmo morto se não encontrar aquela testemunha desaparecida. Afaste-se do carro.
Morelli girou a chave. Nada aconteceu. Ele olhou para mim.
— Às vezes a gente precisa ir direto ao ponto — eu disse.
Ele girou mais uma vez a chave e deu um soco forte no painel. O motor engasgou e acabou pegando.
Morelli desabou sobre o volante.
— Merda.
Olhei-o pela janela.
— Meu banco está molhado?
— Muito engraçado. — Ele saltou do carro e segurou a porta aberta para mim. — Quer que eu vá atrás de você?
— Não, vou ficar bem. Obrigada.
— Estarei na rua Stark se precisar de mim. Quem sabe... talvez a tal testemunha resolva dar uma passada na academia.
Quando cheguei à loja de Bernie, notei que não havia uma fila na porta, por isso deduzi que eu tinha boas possibilidades de conseguir uma garrafa de daiquiri.
— Ei — disse Bernie —, veja quem está aqui.
— Recebi sua mensagem sobre o liquidificador.

– É esta belezoca aqui. – Ele mostrou, afagando um liquidificador do mostruário. – Mói nozes, tritura gelo, amassa bananas e faz litros de daiquiri.

Olhei o preço afixado no produto. Podia comprá-lo.

– Vendido. Vou ganhar meu daiquiri de brinde?

– É pra já. – Ele pegou um liquidificador na caixa, o levou até a máquina registradora, colocou-o dentro de uma sacola e me entregou. – Como andam as coisas? – perguntou, cauteloso, os olhos fixos nos tocos chamuscados de cabelo que antes eram minhas sobrancelhas.

– Já foram melhores.

– Um daiquiri vai ajudar.

– Sem sombra de dúvida.

No outro lado da rua, Sal Windexing olhava da porta em frente. Ele era um homem de aparência agradável, corpo rijo e começando a ficar careca, envolto num avental de açougueiro. Pelo que eu sabia, era um *bookmaker* que fazia apostas clandestinas nas horas de pouco movimento. Nada especial. Duvidava de que tivesse alguma ligação com o assassinato. Então por que um cara como Kulesza, cuja vida toda se concentrava na rua Stark, dirigia até o outro lado da cidade para ver Sal? Eu tinha conhecimento de algumas das estatísticas vitais de Kulesza, mas nada sabia de sua vida pessoal. Comprar na loja de Sal era a única informação moderadamente interessante que eu tinha a respeito de Kulesza. Talvez Ziggy fosse um homem de apostas. Talvez ele e Sal fossem velhos amigos. Talvez parentes. Agora que eu pensara nisso, talvez Sal soubesse de alguma coisa sobre Carmen ou o cara de nariz achatado.

Conversei com Bernie durante mais alguns minutos, enquanto me adaptava à idéia de entrevistar Sal. Vi uma mulher entrar na loja e fazer uma compra. Pareceu-me um bom método. Ia me dar a oportunidade de olhar em volta.

Prometi a Bernie que voltaria pelos eletrodomésticos maiores e melhores e atravessei a rua para a loja de Sal.

TREZE

Empurrei a porta da frente de Sal e fui até o longo balcão repleto de filés, bifinhos redondos de carne moída e peças recheadas. Ele me deu um sorriso de boas-vindas.
— Que posso fazer por você?
— Eu comprei um liquidificador na Kuntz... — Ergui a sacola para ele ver. — E pensei em passar por aqui para comprar alguma coisa pro jantar.
— Salsicha? Peixe fresco? Um belo pedaço de galinha?
— Peixe.
— Tenho uns linguados que acabaram de ser fisgados no litoral de Jersey. Na certa, brilhavam no escuro.
— Seria ótimo. O suficiente pra duas pessoas.

Em algum lugar nos fundos, uma porta se abriu e ouvi o ronco de um motor de caminhão. A porta bateu e o ruído desapareceu.

Um homem entrou do corredor lateral, uma área de serviço, e meu coração acelerou para uma batida tripla. Não apenas o nariz dele era achatado, mas todo o rosto parecia ter sido prensado... como se houvesse sido atingido por uma frigideira. Eu não podia ter certeza até Morelli dar uma olhada, mas desconfiei de que acabara de encontrar a testemunha desaparecida.

Fiquei dilacerada entre querer pular dando gritos de emoção e me precipitar porta afora e correr antes que fosse transformada em costeletas ou assados.

– Tenho uma entrega pra você – o homem comunicou a Sal.

– Quer que eu a ponha no armário?

– Quero – disse Sal. – E leve os dois barris que estão junto da porta. Um deles é pesado, você vai precisar do guincho.

Sal tornou a voltar a atenção para os peixes.

– Como vai preparar esses filés? – perguntou-me. – Sabe que pode fritar na frigideira, assar ou rechear? Pessoalmente, eu gosto mais fritos. Ficam mais pesados, com muita gordura.

Ouvi a porta dos fundos fechar-se atrás do cara com o nariz achatado.

– Quem era aquele? – perguntei.

– Louis. Trabalha pro distribuidor na Filadélfia. Traz carne.

– E que leva de volta nos barris?

– Às vezes eu guardo as aparas. Usam como comida de cachorro.

Tive de cerrar os dentes para me impedir de sair voando pela porta. Encontrara a testemunha! Tinha certeza. Quando cheguei ao Nova, sentia-me tonta graças a todo o esforço que tive de fazer para me controlar. Estava salva! Ia conseguir pagar o aluguel. Tivera êxito em alguma coisa. E agora que a testemunha fora encontrada, eu estaria a salvo. Entregaria Morelli e não teria mais nada a ver com Ziggy Kulesza. Sairia daquela confusão. Não haveria mais razão alguma para alguém querer me matar... a não ser, claro, Ramírez. E esperava que ele estivesse encrencado o suficiente para ficar fora de circulação por um longo, longo tempo.

O velho no apartamento vizinho ao de Carmen dissera que havia sido incomodado pelo barulho de um veículo frigorífico.

Aposto dezenas de dólares em rosquinhas que foi um caminhão de carne. Eu só podia ter certeza disso depois que fizesse outra inspeção nos fundos do apartamento de Carmen, mas se Louis estacionara bem perto poderia ter pulado para o teto do caminhão frigorífico, colocado Carmen no gelo e caído fora.

Não conseguia entender a ligação com Sal. Talvez não houvesse nenhuma. Talvez fossem apenas Ziggy e Louis trabalhando como faxineiros das cagadas de Ramírez.

De onde eu estava sentada, tinha uma boa visão da loja de Sal. Enfiei a chave na ignição e dei uma última olhada. Sal e Louis conversavam. Louis estava impassível. Sal agitado, lançando as mãos no ar. Decidi vigiar por algum tempo. Sal virou-se de costas para Louis e deu um telefonema. Mesmo de longe, vi que não estava satisfeito. Bateu o telefone no aparelho e os dois foram até o refrigerador na lateral e reapareceram momentos depois, rolando o barril de aparas. Giraram-no pelo corredor que levava à saída dos fundos. Louis reapareceu logo depois com o que parecia ser uma peça de carne pendurada no ombro. Depositou a carne no refrigerador e rolou o segundo barril. Parou no corredor dos fundos e olhou para a frente da loja. Meu coração saltou no peito e me perguntei se dava para ele perceber que eu xeretava. Louis avançou e eu peguei o spray de defesa pessoal. Ele parou na porta e virou a pequena tabuleta de "aberto" para "fechado".

Eu não esperava por isso. Que queria dizer? Não se via Sal em lugar algum, a loja fora fechada e, pelo que eu sabia, não era feriado. Louis saiu pelo corredor dos fundos e as luzes se apagaram. Senti um pressentimento ruim na boca do estômago que logo se transformou em pânico, que me dizia para não perder Louis de vista.

Engrenei o Nova e fui até o fim do quarteirão. Um carro frigorífico branco com placa da Pensilvânia manobrou até entrar no tráfego à minha frente e, duas quadras depois, viramos na Chambers. Nada me parecia melhor do que jogar a coisa toda no colo de Morelli, mas não tinha a menor pista de como entrar em contato com ele, que estava a norte dali, na rua Stark, e eu rumava para a direção oposta. Na certa, ele tinha um telefone na van, mas eu não sabia o número, e, além disso, não podia ligar até pararmos em algum lugar. O caminhão tomou a Rodovia 206 na Whitehorse. O tráfego era moderadamente pesado. Como me achava à distância de dois carros atrás de Louis, vi que era muito fácil ficar escondida e ao mesmo tempo não o perder de vista. Logo depois do cruzamento com a Rodovia 70, a luz do meu óleo acendeu. Soltei um baita palavrão, parei no acostamento cantando os pneus, despejei duas latas de óleo com espantosa precisão, bati o capô e arranquei.

Pisei fundo no acelerador até chegar a cento e quarenta quilômetros por hora, ignorando a trepidação nas rodas dianteiras e os olhares assustados dos motoristas quando passava por eles em meu "xoxotamóvel". Após dois agonizantes quilômetros, captei a visão do caminhão de Louis. Ele era um dos motoristas lentos da rodovia, mantendo a velocidade apenas trinta quilômetros por hora acima do limite. Dei um suspiro de alívio e me encaixei no tráfego. Rezei para que ele não se dirigisse a um lugar longe demais. Só me restara uma lata e meia de óleo no banco de trás.

Na Hammonton, Louis entrou numa rua transversal e seguiu para leste. Como havia poucos carros ali, tive de recuar um pouco mais. A zona rural descortinava terras cultivadas e áreas florestais. Após mais uns trinta quilômetros, o caminhão diminuiu de velocidade e pegou uma entrada para veículos que levava a um galpão de metal corrugado. A placa na fachada indicava que ali funcionava a Marina e Frigorífico Pachetco. Vi barcos atrás do prédio e, além deles, o clarão do sol no mar aberto.

Deslizei pelo estacionamento e fiz um retorno uns quinhentos metros adiante na estrada, que ali se tornava sem saída, dando no rio Mullico. Retornei e fiz um reconhecimento do local.

O caminhão achava-se parado no passeio que levava aos cais de barcos. Louis e Sal estavam fora do veículo, encostados no pára-choque traseiro, parecendo que aguardavam alguma coisa ou alguém. Eram as únicas pessoas na pequena marina e, embora fosse verão, a maior parte da atividade ainda se baseava no fim de semana.

Eu passara por um posto de gasolina alguns quilômetros antes. Decidi que era um bom lugar para me esconder. Se Sal ou Louis deixassem a marina, teriam de voltar nessa direção para a civilização, e eu poderia seguir. Ainda tinha a vantagem extra de um telefone público e a possibilidade de entrar em contato com Morelli.

O posto de gasolina, da era pré-computadorizada, tinha duas bombas antiquadas sobre um retângulo de cimento. Um cartaz apoiado numa delas anunciava iscas vivas e gasolina barata. O barracão de um único andar atrás das bombas era feito de ripas de madeira remendadas com latas amassadas e vários pedaços de compensado. Um telefone público fora instalado junto à porta de tela.

Estacionei, semi-escondida, atrás do posto e percorri a pé a curta distância até o telefone, feliz com a oportunidade de esticar as pernas. Liguei para meu próprio número. Era a única coisa que me ocorrera fazer. O telefone tocou uma vez, a secretária atendeu e ouvi minha própria voz me comunicando que eu não estava em casa.

– Tem alguém aí? – perguntei.

Nenhuma resposta. Dei o número do telefone público e sugeri que, se alguém precisasse falar comigo, eu ia estar ali por perto por alguns minutos.

Eu ia voltar para o carro, quando o Porsche de Ramírez passou a toda por mim. A coisa estava ficando cada vez mais estranha, pensei. Ali tínhamos um açougueiro, um pistoleiro e um pugilista se encontrando na Marina Pachetco. Parecia improvável que fossem apenas três caras se encontrando para pescar. Se houvesse sido qualquer pessoa, com exceção de Ramírez, a passar pela estrada, eu talvez me aventurasse a dar uma espiada mais de perto. Disse a mim mesma que me detinha porque Ramírez poderia reconhecer o Nova, o que era apenas parte da verdade. Ele tivera êxito em sua meta. A simples visão do seu carro me mergulhou num suor de pânico, que deixou sérias dúvidas sobre minha capacidade de funcionar durante outro confronto.

Algum tempo depois, o Porsche passou zumbindo por mim, rumo à rodovia. Como os vidros eram fumê, obscureciam a visão, mas na melhor das hipóteses o carro só poderia acomodar duas pessoas, portanto isso deixava apenas um homem na marina. Eu esperava que este homem fosse Louis. Dei outro telefonema para minha secretária eletrônica. Deixei uma mensagem mais urgente.

– LIGUE PARA MIM! – disse.

Já era quase noite quando o telefone finalmente tocou.

– Onde você está? – perguntou Morelli.

– No litoral. Num posto de gasolina nas imediações de Atlantic City. Encontrei a testemunha. O nome dele é Louis.

– Ele está aí com você?

– Está mais adiante na estrada.

Fiz um resumo dos acontecimentos do dia e lhe dei as indicações para chegar à marina. Comprei um refrigerante numa máquina no lado externo e voltei para esperar mais.

Era noite alta, quando Morelli finalmente encostou a van junto a mim. Não vi nenhum tráfego na estrada desde Ramírez e tinha certeza de que o caminhão continuava na marina. Ocorrera-me que Louis talvez estivesse num barco, possivelmente passando a noite. Não via outro motivo para o caminhão continuar estacionado ali.

– Nosso homem está na marina? – perguntou Morelli.

– Pelo que sei, sim.

– Ramírez voltou?

Balancei a cabeça negativamente.

– Acho que vou dar uma olhada por aí. Espere aqui. De jeito nenhum eu ia esperar mais em qualquer lugar que fosse. Estava cheia de esperar. E não confiava inteiramente em Morelli. Ele tinha o hábito irritável de fazer promessas enganosas e depois sumir da minha vida como num passe de mágica.

Segui a van até a beira-mar e parei ao lado. O caminhão frigorífico branco não se movera. Louis não estava ali fora, nem à vista. Os barcos atracados no cais, apagados. A Marina Pachetco não era exatamente um local que fervilhava de atividade.

Saltei do Nova e contornei-o até Morelli.

– Achei que tinha mandado você esperar no posto de gasolina – ele disse. – A gente parece uma porra de um desfile.

– Achei que você talvez precisasse de ajuda com Louis.

Ele desceu da van e parou a meu lado, parecendo cruel e perigoso no escuro. Sorriu e tinha os dentes surpreendentemente brancos em contraste com a barba escura.

– Mentirosa. Estava preocupada com seus dez mil dólares.

– Isso, também.

A gente se entreolhou por algum tempo, realizando avaliações mudas.

Morelli acabou enfiando a mão pela janela aberta, pegou uma jaqueta no banco da frente, retirou uma semi-automática do bolso e enfiou-a no cós da calça jeans.

– Acho que devíamos procurar minha testemunha.

Fomos até o caminhão e examinamos dentro da cabine: vazia e trancada. Não havia outros carros estacionados no terreno.

Ali por perto, a água lambia os mourões e os barcos gemiam contra as amarras. Eram quatro cais de desembarque com catorze píeres cada, sete de cada lado. Nem todos os cais se encontravam ocupados.

Percorremos em silêncio todos os cais, lendo os nomes dos barcos e à procura de sinais de habitação. Na metade do caminho do terceiro píer, paramos diante de um grande Hatteras Conversível com uma ponte volante e ficamos boquiabertos com o nome do barco. "Menina do Sal."
Morelli subiu a bordo e dirigiu-se furtivamente à popa. Eu o segui vários passos atrás. O convés estava entulhado de equipamento de pesca, redes de longo alcance e varas com anzóis e ganchos na ponta para puxar peixes grandes. A porta do salão, trancada com cadeado no lado de fora, nos dizia que Louis, com certeza, não estava lá dentro. Morelli pegou uma caneta lanterna no bolso e pela janela iluminou o interior da cabine. A maior parte do lado de dentro do barco parecia ter sido esvaziada para acomodar pesca volumosa, assemelhando-se a um iate de passeio com bancos no lugar de acomodações mais luxuosas. A pequena cozinha estava entupida de latas de cerveja esmagadas e pilhas de pratos de papel sujos. O resíduo de algum tipo de pó espalhado brilhava sob a lanterna.

– Sal é um porco – comentei.

– Tem certeza de que Louis não estava no carro com Ramírez? – perguntou Morelli.

– Não tenho como saber. O carro tinha vidros fumê. Mas só leva duas pessoas, por isso pelo menos uma delas foi deixada aqui.

– E não passaram outros carros na estrada?

– Não.

– Ele talvez tenha ido na outra direção – disse Morelli.

– Não teria como ir muito longe. A estrada termina no rio, a uns quinhentos metros daqui.

A lua pairava baixo no céu, derramando raios prateados na água. Olhamos novamente para o caminhão frigorífico branco lá atrás. O motor de refrigeração zumbia baixinho na escuridão.

– Talvez a gente deva dar outra conferida no caminhão – sugeriu Morelli.

O tom de voz dele me causou mal-estar e não quis expressar a pergunta que me saltou na mente. Já havíamos determinado que Louis não estava na cabine. Que restara?

Retornamos ao caminhão e Morelli examinou os controles do termostato externos da unidade de refrigeração.

– Quanto está marcando? – perguntei.

– Sete graus negativos.

– Por que tão frio? Morelli desceu e transferiu-se para a porta traseira.

– Que acha?

– Alguém está tentando congelar alguma coisa?

– Seria meu palpite também. – A porta traseira do caminhão achava-se bem trancada por um imenso ferrolho e um cadeado. Morelli pesou o cadeado com a palma da mão. – Podia ser pior – disse.

Deu uma corridinha até a van e voltou com uma pequena serra de metal.

Eu olhei nervosa o terreno ao redor.

– Não tem uma forma melhor de fazer isso? – sussurrei acima do ruído da serra. – Não pode simplesmente abrir a fechadura?

– Assim é mais rápido – ele disse. – Mantenha os olhos atentos pra algum vigia noturno.

A lâmina da serra varou o metal e a fechadura se abriu. Morelli retirou o cadeado e empurrou a grossa porta vedada. O interior do caminhão estava escuro como breu. Ele içou-se para o pára-choque e eu corri atrás dele, esforçando-me para tirar a lanterna da bolsa a tiracolo. Senti uma baforada de ar gélido e fiquei sem fôlego. Nós dois apontamos os fachos para as paredes revestidas por uma camada de gelo. Imensos ganchos de carne vazios pendiam do teto. Próximo à porta, estava o grande barril de aparas de carne que eu vira Louis e Sal rolarem mais cedo naquela tarde. Ao lado, vi o outro barril, vazio e com a tampa torta.

Deslizei o facho de luz mais para a traseira e baixei-o. Concentrei o olhar e aspirei o ar gelado quando percebi o que via.

Caído de costas, as pernas e os braços abertos, Louis, olhos incrivelmente arregalados e sem piscar, os pés virados para dentro. Muco escorrera-lhe do nariz e congelara-se na face. Uma grande mancha de urina cristalizara-se na frente da calça de trabalho. Sal jazia ao lado dele com uma mancha idêntica e a mesma expressão estupefata no rosto congelado.

– Merda – disse Morelli. – Eu não dou sorte mesmo.

As únicas pessoas mortas que eu já vira haviam sido embalsamadas e vestidas para o velório, os cabelos penteados, as faces coradas com ruge e os olhos cerrados para sugerir o sono eterno. Nenhuma delas fora baleada na testa. Senti a bílis subir na garganta e tapei a boca com a mão.

Morelli me empurrou porta afora até o cascalho.

– Não vomite no caminhão, por favor – disse. – Vai ferrar a cena do crime.

Dei algumas inaladas profundas e ordenei a meu estômago que se acalmasse.

Morelli pôs uma das mãos na minha nuca.

– Você vai ficar bem?

Fiz que sim violentamente com a cabeça.

– Estou bem. Só fu-fu-fui pega de sur-sur-surpresa.

– Preciso pegar umas coisas na van. Não volte ao caminhão, nem toque em nada.

Ele não precisava se preocupar com a possibilidade de eu entrar novamente naquele caminhão. Nem cavalos selvagens me arrastariam de volta para lá.

Morelli retornou com um pé-de-cabra e dois pares de luvas descartáveis. Passou-me um deles. Calçamos as luvas e Morelli subiu pelo degrau do pára-choques.

– Ilumine Louis – ordenou, curvando-se sobre o cadáver.

– O que você está fazendo?

– Procurando a arma desaparecida.

Ele se levantou e me passou um chaveiro.

– Não tem nenhuma arma nele, mas encontrei essas chaves no bolso. Veja se alguma delas abre a porta da cabine.

Abri a porta do lado do carona e verifiquei o pára-sol, o porta-luvas e debaixo do banco, mas não encontrei arma alguma. Quando voltei para Morelli, ele forçava o barril lacrado com o pé-de-cabra.

– Nenhuma arma ali na frente – comuniquei.

A tampa se abriu e Morelli apontou a lanterna para dentro e examinou.

– E aí? – perguntei.

Ele respondeu com a voz contrita.

– É Carmen.

Fui tomada por outra onda de náusea.

– Acha que Carmen estava no freezer de Sal esse tempo todo?

– É o que parece.

– Por que ele manteria o cadáver por perto?

Morelli encolheu os ombros.

– Acho que se sentia seguro. Vai ver que já tinha feito esse tipo de coisa antes. Quando faz paradas desse tipo com muita freqüência, o cara acaba criando tolerância.

– Está falando das outras mulheres que desapareceram da rua Stark?

– É. Sal, na certa, esperava uma hora conveniente pra jogar o cadáver de Carmen no mar.

– Eu não entendo a ligação de Sal com essa história toda.

Morelli martelou a tampa de volta no lugar.

– Eu também não, mas acredito seriamente que Ramírez pode ser convencido a nos explicar tudo.

Ele limpou as mãos na calça e deixou manchas brancas.

– Que é toda essa coisa branca? – perguntei. – Sal carregava alguma coisa com talco de bebê, sabão em pó ou algo assim?

Morelli olhou as mãos e a calça.

– Eu não tinha notado.

UM DINHEIRO NADA FÁCIL

– Também tinha pó no piso do barco. E agora você pegou um pouco no barril e limpou na calça.
– Meu Deus! – ele exclamou, olhando a mão. – Puta merda.
– Ele levantou a tampa do barril e passou um dos dedos pela borda interna. Levou o dedo à boca e provou-o. – É droga.
– Sal não me pareceu viciado em crack.
– Isso não é crack. É heroína.
– Tem certeza?
– Já vi muita.
Vi-o rindo no escuro.
– Gatinha, acho que acabamos de encontrar um barco de lançamento de droga – disse. – Durante todo esse tempo, achei que esse esquema tinha sido montado pra proteger Ramírez, mas agora não tenho tanta certeza. Acho que tem a ver com drogas.
– O que é um barco de lançamento de droga? – perguntei.
– É um barco pequeno que parte ao encontro de um navio maior envolvido em contrabando de drogas. A maior parte da heroína do mundo vem do Afeganistão, Paquistão ou Burma. É em geral transportada em rotas pelo norte da África, depois até Amsterdã ou alguma outra cidade européia. Antigamente, o método preferido de contrabando no nordeste dos Estados Unidos era trazer a droga no corpo das "mulas" e entrar pelo Aeroporto Kennedy. Já faz um ano agora que temos recebido dicas de que a droga viaja um longo tempo em navios que chegam ao Porto de Newark. O Departamento de Controle de Droga e a Alfândega têm trabalhado dobrado e voltado de mãos vazias. – Ele ergueu o dedo para inspecioná-lo. – Acho que a explicação para isso talvez esteja aqui. Quando o navio chega a Newark, a heroína já foi descarregada.
– Num barco de lançamento de droga – concluí.
– É. O barco de lançamento pega a droga no navio-mãe e traz pra uma marina pequena como essa onde não há inspetores da Alfândega. Meu palpite é que armazenam a droga nesses

barris depois que é descarregada e, da última vez, um dos sacos se rompeu.
— É difícil acreditar que alguém seria tão desleixado a ponto de deixar provas tão incriminatórias.

Morelli grunhiu.

— De tanto trabalhar com drogas, isso acaba se tornando algo banal. Você não acreditaria no que as pessoas deixam bem à vista em apartamentos e garagens. Além disso, o barco é do Sal e há grandes chances de que ele não tenha ido junto nas excursões. Assim, se o barco fosse descoberto, Sal diria que emprestou a um amigo. Que não sabia que estava sendo usado pra atividades ilegais.

— Você acha que é por isso que tem tanta heroína em Trenton?

— Talvez. Quando se tem um barco desses, podem-se contrabandear grandes quantidades da droga e eliminar os intermediários, e se conta com boa possibilidade de preço baixo. O custo na rua diminui e a pureza aumenta.

— E os dependentes começam a morrer.

— É.

— Por que acha que Ramírez eliminou Sal e Louis?

— Talvez tivesse de queimar algumas pontes.

Morelli brincava com o facho da lanterna nos cantos da traseira do caminhão. Eu mal o via no escuro, mas ouvia o arrastar dos pés quando ele se movia.

— O que está fazendo?

— Procurando uma arma. Caso não tenha notado, ando com uma falta de sorte escrota. Minha testemunha está morta. Se eu não conseguir encontrar a arma desaparecida de Ziggy, também é o mesmo que estar morto.

— Sempre há Ramírez.

— Que pode ou não ser comunicativo.

— Acho que você está exagerando. Eu posso pôr Ramírez na cena de duas execuções e você descobriu uma importante operação de drogas.

— É possível que isso lance dúvidas sobre o caráter de Ziggy, mas não altera o fato de que parece que eu atirei num homem desarmado.

— Ranger diz que a gente precisa confiar no sistema.

— Ranger *ignora* o sistema.

Eu não queria ver Morelli na cadeia por um crime que ele não cometeu, mas também não o queria levando uma vida de um fugitivo. Ele era, na verdade, um cara muito legal e, por mais que eu detestasse admitir, passara a gostar dele. Quando terminasse a caçada, ia sentir falta das brincadeiras e companhia de fins de noite. Era verdade que ele ainda me tocava num ponto sensível de vez em quando, mas um novo sentimento de companheirismo transcendia quase toda a minha raiva anterior. Achava difícil acreditar que fosse mandado para a prisão em vista de todas as novas provas. Talvez perdesse o emprego na força policial, o que parecia uma desgraça menor comparada a passar longos anos escondido.

— Acho que devíamos ligar pra polícia e deixar que eles investiguem tudo isso — eu disse a Morelli. — Você não pode continuar se escondendo pelo resto da vida, concorda? E sua mãe? E sua conta de telefone?

— Minha conta de telefone? Oh, merda, Stephanie, você não usou meu telefone, usou?

— A gente tinha um pacto. Eu ia poder entregar você quando encontrássemos a testemunha desaparecida.

— Eu não contava com a morte dela.

— Eu vou ser despejada.

— Escute, Stephanie, seu apartamento não é lá nenhuma maravilha. Além disso, essa conversa é perda de tempo. Nós dois sabemos que você não tem condições de me levar à força. A única forma de você receber seu dinheiro é com a minha permissão. Vai ter de agüentar mais um pouco.

— Não gosto da sua atitude, Morelli.

A luz rodopiou e ele mergulhou em direção à porta.
— Não me importa muito o que você acha da minha atitude. Não estou nada de bom humor. Minha testemunha está morta e não consigo achar a maldita arma do assassinato. Na certa, Ramírez vai berrar como um porco, e eu serei exonerado da polícia, mas, até isso acontecer, vou continuar escondido.
— O diabo que vai. Não acredito que seja o melhor pra você. Imagine se algum policial o vir e atirar em você? Além disso, eu tenho um trabalho a ser realizado e é isso que irei fazer. Nunca devia ter fechado esse acordo com você.
— Foi um bom acordo — disse ele.
— Em meu lugar, você teria concordado?
— Não. Mas eu não sou você. Tenho talentos com que você jamais sonharia. E sou muito mais cruel do que algum dia poderia ser.
— Você me subestima. Sou má pra caralho.
Morelli riu.
— Você é um *marshmallow*. Macia, doce, e quando se esquenta fica toda derretida e deliciosa.
Fiquei sem fala. Não acreditava que segundos antes estivera tendo pensamentos protetores e amorosos sobre aquele imbecil.
— Eu aprendo rápido, Morelli. Cometi alguns erros no início, mas agora sou capaz de levar você preso.
— Muito bem. Vai fazer o quê? Atirar em mim?
O sarcasmo dele não fez com que eu me desse por vencida.
— A idéia não deixa de ser atraente, mas tiros não são necessários. Tudo que tenho de fazer é fechar essa porta bem na sua cara, seu babaca arrogante.
À luz fraca, vi-o arregalar os olhos quando compreendeu o que estava prestes a acontecer uma fração de segundo antes de eu bater a porta pesada e vedada. Ouvi o barulho surdo do corpo dele batendo no interior da caçamba, mas era tarde demais. Eu já passara o ferrolho.

Ajustei a temperatura para quatro graus. Imaginei que fosse frio o suficiente para manter os cadáveres congelados, mas não tão gélida que transformasse Morelli num picolé na viagem de volta a Trenton. Subi na boléia e liguei o motor – brinde das chaves de Louis. Saí do terreno da marina, tomei a estrada e rumei para a rodovia.

No meio do caminho de casa, encontrei um telefone público e liguei para Dorsey. Disse que ia entregar Morelli, mas não dei outros detalhes. Expliquei que chegaria ao estacionamento da delegacia em mais ou menos quarenta e cinco minutos e seria gentil da parte dele me esperar.

Virei na North Clinton assim que localizei Dorsey e dois policiais uniformizados no alcance dos meus faróis altos. Desliguei o motor, respirei fundo algumas vezes para acalmar meu estômago nervoso e desci da cabine.

– Talvez você precise de mais que dois policiais – eu disse.
– Acho que Morelli talvez esteja louco de raiva.

Dorsey arqueou as sobrancelhas.

– Você o trouxe aí atrás?
– Sim. E não está sozinho.

Um dos policiais deslizou o ferrolho, a porta se abriu e Morelli se catapultou para cima de mim. Pegou-me no meio do corpo e nós dois caímos no asfalto nos debatendo e xingando um ao outro.

Dorsey e os policiais tiraram Morelli de cima de mim, mas ele continuava xingando e dando socos no ar.

– Eu vou pegar você! – berrava para mim. – Quando eu me livrar dessa, você vai estar fodida. Sua maldita lunática, você é uma ameaça!

Surgiram mais dois policiais que se juntaram aos outros para fazer com que Morelli entrasse pela porta dos fundos. Dorsey ficou para trás junto comigo.

– Talvez seja melhor você esperar aqui até que ele se acalme – disse.

Retirei algumas cinzas do joelho.
– Isso talvez leve algum tempo.
Dei a Dorsey as chaves do caminhão e expliquei sobre as drogas e Ramírez. Quando terminei a explicação, Morelli havia sido transferido para o andar de cima e o caminho estava livre para que eu pegasse o recibo com o tenente que cuidava do registro das ocorrências.

Era quase meia-noite quando finalmente entrei no meu apartamento e o único arrependimento da noite era que deixara meu liquidificador na marina. Eu, de fato, precisava de um daiquiri. Tranquei a porta da frente e joguei a bolsa na bancada da cozinha. Tinha sentimentos contraditórios por Morelli... não sabia se fizera o certo. No fim, não havia sido o dinheiro da captura que importara. Agi numa combinação de indignação totalmente justificável e a convicção de que Morelli devia entregar-se.

O apartamento estava escuro, iluminado apenas pela luz do corredor, o que era muito relaxante. As sombras eram profundas na sala de estar, mas não geravam medo. A caçada terminara.

Precisava pensar no meu futuro com mais cuidado. Ser uma caçadora de recompensas era muito mais complicado do que eu imaginara a princípio. Apesar disso, tinha seus pontos altos e eu aprendera muito nas últimas duas semanas.

A onda de calor se desfizera no fim da tarde e a temperatura caíra para uns agradáveis vinte graus. As cortinas estavam fechadas e uma brisa brincava no tecido leve. Uma noite perfeita para dormir, pensei.

Tirei os sapatos e sentei-me na ponta da cama, sentindo-me de repente um pouco agitada. Não sabia especificar a origem do problema. Alguma coisa parecia fora de contexto. Pensei no fato de minha bolsa estar longe dali, na bancada da cozinha, e a apreensão se intensificou. Paranóia, disse a mim mesma. Eu estava trancada no meu apartamento, se alguém tentasse entrar pela janela, o que era muitíssimo improvável, eu teria tempo de impedi-lo.

Mas a onda de ansiedade me atormentava. Olhei pela janela, as cortinas ondulavam suavemente e a fria compreensão atravessou-me como uma punhalada. Quando eu saí do apartamento, deixara a janela fechada e trancada. Agora estava aberta. Meu Deus, a janela estava *aberta*. O medo varou-me de cima a baixo, deixando-me sem ar. Alguém estava no apartamento... ou possivelmente à espera na escada da saída de incêndio. Mordi com força o lábio inferior para impedir um grito. Jesus amado, não permita que seja Ramírez. Qualquer pessoa, menos Ramírez. As batidas do meu coração ficaram desiguais e o estômago embrulhou-se.

Da forma como via a situação, eu tinha duas opções: podia correr para a porta da frente ou descer pela escada de incêndio. Isso, supondo que conseguisse mexer os pés. Decidi que as chances de Ramírez estar no apartamento eram maiores do que na saída de incêndio, por isso fui para a janela. Respirei fundo, abri as cortinas e olhei o trinco. Um círculo de vidro fora retirado da parte de cima da janela, permitindo a quem quer que fosse enfiar o braço e abrir a fechadura. O ar frio da noite assobiava baixinho pelo círculo cortado à perfeição.

Serviço profissional, pensei. Talvez não houvesse sido Ramírez. Talvez apenas algum tipo de ladrão de galinhas oportunista. Talvez tenha ficado desencorajado com a minha pobreza e decidiu avançar para colheitas mais gordas e trancou a janela. Olhei pela abertura na saída de incêndio. Vazia, não parecia ser uma ameaça.

Chame a polícia e comunique o arrombamento, disse a mim mesma. O telefone estava na mesinha-de-cabeceira. Apertei uma tecla e nada aconteceu. Merda. Alguém deve tê-lo desligado na cozinha. Uma vozinha sussurrou-me na cabeça para que saísse logo do apartamento. Use a saída de incêndio, dizia. Rápido.

Voltei à janela e me atrapalhei com o trinco. Ouvi um movimento atrás de mim, senti a presença do intruso. No reflexo da janela, vi-o parado na porta aberta do quarto, emoldurado pela fraca luz do corredor.

Ele disse meu nome e senti meu cabelo se arrepiar como os pêlos de um gato eletrocutado num desenho animado.

– Feche as cortinas – ele disse – e se vire bem boazinha e devagar pra que eu possa ver você.

Fiz como ele mandou, apertei os olhos na escuridão, reconhecendo a voz, mas sem entender o propósito.

– Que está fazendo aqui? – indaguei.

– Boa pergunta. – Ele acendeu a luz. Era Jimmy Alpha e empunhava uma arma. – Eu me faço essa pergunta o tempo todo. Como as coisas chegaram a esse ponto? Sou um homem decente, sabe? Tento fazer o que é certo.

– Fazer o certo é bom – eu disse.

– O que aconteceu com a sua mobília?

– Passei por uma fase difícil.

Ele assentiu com a cabeça.

– Então sabe como é. – Riu. – Foi por isso que começou a trabalhar pra Vinnie?

– Foi.

– Vinnie e eu somos meio parecidos. Fazemos o que temos de fazer para continuar de pé. Acho que você também é assim.

Não gostei de ser posta no mesmo saco que Vinnie, mas não estava a fim de discutir com um homem que apontava uma arma para mim.

– Acho que sou.

– Você acompanha as lutas?

– Não.

Ele soltou um suspiro.

– Um empresário como eu espera a vida toda por um pugilista decente. A maioria dos empresários morre sem conseguir sequer um.

– Mas você tem um. Você tem Ramírez.

UM DINHEIRO NADA FÁCIL

— Peguei Benito quando ele era apenas um menino. Catorze anos. Soube logo que ia ser diferente dos outros. Tinha alguma coisa. Ímpeto. Força. Talento. Insanidade, pensei. Não esqueça a insanidade. — Ensinei tudo que ele sabe sobre boxe. Dediquei todo meu tempo. Cuidava pra que comesse bem. Comprava roupas quando ele não tinha dinheiro. Deixava que dormisse no escritório quando a mãe enlouquecia com crack.

— E agora ele é o campeão — eu disse.

Ele deu um sorriso contrito.

— É meu sonho. Toda a vida trabalhei pra isso.

Eu começava a entender o rumo daquela conversa.

— E ele está fora de controle — eu disse.

Jimmy se encostou no batente da porta.

— É. Está fora de controle. Vai arruinar tudo... todos os bons tempos, todo o dinheiro. Não consigo dizer mais nada. Ele não escuta.

— Que está fazendo a respeito?

— Ahh — suspirou Alpha —, essa é a grande pergunta. E a resposta é diversificar. Eu diversifico, ganho uma porrada de dinheiro, com perdão da linguagem, e dou o fora. Você sabe o que significa diversificar? Significa que pego o dinheiro que ganho com Ramírez e invisto em outros negócios. Uma franquia de galinha frita, uma Laundromat, talvez até um açougue. Às vezes compro um açougue muito barato porque o dono não consegue pagar algumas apostas ruins que realizou.

— Sal.

— É. Sal. Você deixou Sal muito chateado hoje. Hora errada, o jeito como entrou assim que Louis chegou lá, mas acho que no fim vai dar tudo certo.

— Eu não sabia que Sal me conhecia.

— Meu bem, não é difícil reconhecer você. Não tem sobrancelhas.

– Sal ficou com medo de eu reconhecer Louis.
– É. Por isso ele me ligou e eu disse que devíamos nos encontrar todos na marina. Louis ia pra marina de qualquer modo. Tem um lançamento de drogas chegando amanhã e achei que tinha de acabar com Louis porque ele é um grande desastrado. O cara não faz nada direito. Deixou as pessoas o verem na casa de Carmen e depois teve de dar cabo delas. Só pegou duas das três testemunhas. Não consegue acertar Morelli. O idiota de merda encontrou o carro no seu estacionamento e não parou pra pensar que talvez não fosse Morelli que o dirigia, então acabou assando Morty Beyers. Agora que você encontrou Louis, imagino que o tempo dele acabou. Então peguei o carro de Benito emprestado, fui pra marina e a caminho vi você no posto de gasolina e tive uma brilhante idéia. Jimmy, disse a mim mesmo, esta é a sua saída.

Eu estava tendo dificuldade para acompanhá-lo. Não entendia completamente o envolvimento de Jimmy.

– Saída do quê? – perguntei.
– De toda essa confusão escrota. Escute, tem uma coisa sobre mim que quero que você entenda. Dei muito de mim ao pugilismo. Nunca cheguei a me casar nem ter uma família. Nunca tive nada durante toda a vida além do boxe. Quando a gente é jovem, não se importa. Vive achando que tem muito tempo pela frente. Mas aí acorda um dia e descobre que não tem mais esse tempo. Eu tenho um lutador que gosta de ferir as pessoas. É uma doença. Tem alguma coisa confusa na cabeça dele e não consigo fazer com que melhore. Sei que ele não vai cuidar do que ganha na carreira e por isso peguei o dinheiro que ganhamos e comprei duas propriedades. Quando menos esperava, conheci um jamaicano que diz que tem uma maneira melhor de ganhar dinheiro. Drogas. Faço a compra e ele, a distribuição, e eu lavo o dinheiro através das lojas e de Ramírez. Fazemos isso já há algum tempo e realmente dá certo. Só precisamos manter Ramírez fora

da prisão pra poder lavar a grana. O problema é que eu ganhei um monte de dinheiro recentemente e não consigo dar vazão. A organização vai me agarrar pelos testículos, entende o que quero dizer?

– Striker.

– É. O chefe da grande gangue filha-da-puta dos jamaicanos. Mendigos sórdidos, cobiçosos. Então desço a estrada pra liquidar Louis, vejo você parada lá e tenho um plano: executar Sal no estilo de Striker. Aí deixo um pouco de heroína de excelente qualidade derramada no barco e no barril para os policiais sacarem a operação e acabarem com ela. Agora não restou ninguém pra falar de mim pelas costas e sou perigoso demais pra Striker me usar por algum tempo. E a beleza da coisa é que Sal e Louis são ligados a Ramírez graças a você. Tenho certeza de que, quando fez seu depoimento aos policiais, contou a todos que viu Ramírez passar voando por você no posto de gasolina.

– Continuo não entendendo por que você está aqui, me mantendo sob a mira de uma arma.

– Não posso correr o risco de Ramírez falar com os policiais e talvez eles chegarem à conclusão de que é mesmo imbecil como parece. Ou talvez dizer a eles que me emprestou o carro e eles acreditarem. Por isso, vou ter de meter uma bala nele. Então não tem mais Benito, nem Sal e nem Louis.

– E Stephanie?

– Também não vai mais ter Stephanie. – Ele apoiava a base do telefone no colo. Encaixou-a na tomada do meu quarto e ligou.

– Meu homem – disse, quando completou a ligação –, tenho uma garota aqui que precisa de atenção.

Alguma coisa foi dita na outra ponta.

– Stephanie Plum – respondeu Jimmy. – Está em casa, esperando por você. E, Benito, cuidado pra não ser visto. Talvez seja melhor subir pela escada de incêndio.

A conversa foi cortada e o telefone descartado.

– Foi isso que aconteceu com Carmen? – perguntei.
– Nossa, Carmen foi uma morte por misericórdia. Não sei nem como ela conseguiu chegar em casa. Quando soubemos, já tinha ligado pra Morelli.
– E agora?
Ele tornou a recostar-se na parede.
– Agora a gente espera.
– O que irá acontecer quando Ramírez chegar aqui?
– Fico de costas enquanto ele faz o serviço, depois atiro nele com a sua arma. Quando a polícia chegar, os dois terão morrido de hemorragia e não haverá mais pontas soltas.
Ele falava mortalmente sério. Ia olhar Ramírez me estuprar e torturar, para depois se certificar de que fui letalmente ferida.
O quarto nadava diante de mim. Minhas pernas vacilaram e tive de me sentar na ponta da cama. Apoiei a cabeça entre os joelhos e esperei o nevoeiro dissipar-se. Uma visão do corpo de Lula espancado lampejou-me na mente, alimentando meu terror.
A tonteira passou, mas o coração martelava no peito com força suficiente para sacudir meu corpo. Se arrisque, pensei. Faça alguma coisa! Não fique sentada aí à espera de Ramírez.
– Você está legal? – perguntou Alpha. – Não parece nada bem.
– Vou vomitar.
Continuei com a cabeça abaixada.
– Precisa ir ao vaso?
Com a cabeça ainda entre os joelhos, fiz que não.
– Só me dê um minuto pra recuperar o fôlego.
Ali perto, Rex corria na gaiola. Eu não agüentava olhar, sabendo que talvez fosse a última vez em que o veria. Engraçado como uma pessoa pode se afeiçoar tanto a uma criaturinha como aquela. Um bolo formou-se na minha garganta com a idéia de Rex ficar órfão e a mensagem retornou: Faça alguma coisa! *Faça alguma coisa!*

Fiz uma pequena oração, rangi os dentes e lancei-me para a frente, mergulhei em Alpha, peguei-o desprevenido e cravei a cabeça com tudo bem na barriga dele.

Ele soltou um gemido e a arma disparou por cima da minha cabeça e espatifou a janela do quarto. Se eu tivesse pelo menos um pingo de sangue-frio, teria seguido com um bom chute na virilha, mas eu funcionava no automático, com a adrenalina fazendo com que meu corpo reagisse de maneira acelerada, ligado no modo lute ou fuja, e a fuga era a opção mais imediata. Afastei-me correndo pela porta aberta do quarto até a sala de estar. Quase alcançava o hall, quando ouvi outro disparo e uma punhalada de calor espalhou-se pela minha perna esquerda. Gemi de dor e surpresa, rodopiando sem equilíbrio até a cozinha. Peguei a bolsa na bancada e procurei meu .38. Alpha chegou ao vão da porta da cozinha. Apontou a arma e firmou-a.

– Sinto muito – disse. – Não há outra saída.

Eu tinha a perna em fogo e o coração martelando no peito, o nariz escorria e as lágrimas ofuscavam-me a visão. Com as mãos no pequeno Smith e Wesson ainda na bolsa, expulsei as lágrimas piscando os olhos e disparei.

CATORZE

A CHUVA TAMBORILAVA DE LEVE NA JANELA DA SALA DE ESTAR, competindo com o ruído de Rex correndo na roda. Fazia quatro dias desde que eu fora baleada e a dor reduzira-se a um desconforto incômodo, mas suportável. A cura mental seria mais lenta. Eu ainda tinha terrores noturnos, ainda achava difícil ficar sozinha no apartamento. Após disparar em Jimmy Alpha, arrastara-me até o telefone e chamara a polícia, antes de perder os sentidos. Os policiais haviam chegado a tempo de pegar Ramírez no meio da escada de incêndio. Depois o levaram para a cadeia e a mim para o hospital. Felizmente eu me dera melhor que Alpha. Ele estava morto. E eu, viva.

Dez mil dólares haviam sido depositados na minha conta bancária. Nenhum centavo fora gasto ainda. Fui retardada pelos dezessete pontos que levei no traseiro. Quando fossem retirados, faria alguma coisa irresponsável como tomar um avião e passar um fim de semana na Martinica. Ou talvez fizesse uma tatuagem ou pintasse o cabelo de vermelho.

Saltei com o barulho de alguém batendo na porta. Eram quase sete da noite e eu não esperava visitas. Com toda cautela, fui até o vestíbulo e espiei pelo olho-mágico. Arquejei à visão de

Joe Morelli de paletó esporte e calça jeans, barba feita, cabelos recém-cortados. Ele fitava diretamente o olho-mágico, com um sorriso cheio de si. Sabia que eu o olhava, me perguntando se seria sensato abrir a porta. Acenou e me lembrei de um momento duas semanas antes, quando nossas posições se haviam invertido.

Destranquei os dois ferrolhos duplos, mas deixei a corrente encaixada. Abri uma fresta.

– Sim?
– Solte a corrente – pediu Morelli.
– Por quê?
– Porque eu trouxe uma pizza pra você e, se eu virar a caixa pra lhe entregar, o queijo vai escorrer.
– É uma pizza do Pino?
– Claro que é uma pizza do Pino.

Desloquei meu peso para aliviar a perna esquerda.

– Por que está me trazendo pizza?
– Eu não sei. Simplesmente tive vontade. Vai abrir a porta ou não?
– Ainda não decidi.

Isso desencadeou nele um sorriso lento, perverso.

– Está com medo de mim?
– Hum... estou.

O sorriso não se alterou.

– Devia estar mesmo. Você me deixou trancado num caminhão frigorífico com três pessoas mortas. Mais cedo ou mais tarde, vou ter de pegar você por isso.
– Mas não esta noite?
– Não – ele respondeu. – Esta noite, não.

Deslizei a corrente para soltá-la e abri a porta.

Ele pôs a caixa branca de pizza e uma caixa de cerveja na bancada da cozinha e virou-se para mim:

– Parece que você está andando meio devagar. Como se sente?

– Bem. Felizmente, a bala de Alpha atravessou alguma gordura e fez o maior estrago na parede do corredor.

O sorriso dele se desfez.

– De verdade, como está se sentindo?

Não sei o que há com Morelli, mas ele nunca deixa de baixar minhas defesas. Mesmo quando me ponho de guarda, fico vigilante, ele sabe me deixar puta, me virar de cabeça para baixo, fazer com que questione meu próprio julgamento e, em geral, provocar emoções inconvenientes. A preocupação beliscava-lhe os cantos da boca e uma seriedade em sua expressão negava o tom casual da pergunta.

Mordi forte o lábio, mas as lágrimas vieram de qualquer modo, escorrendo silenciosas por minhas faces.

Morelli me abraçou e apertou meu corpo contra o dele. Descansou o rosto no alto de minha cabeça e deu-me um beijo no cabelo.

Ficamos assim um longo tempo e, se não fosse pela dor no traseiro, eu teria adormecido, finalmente reconfortada e em paz, sentindo-me segura nos braços dele.

– Se eu lhe fizer uma pergunta séria – ele murmurou –, você me dará uma resposta franca?

– Talvez.

– Lembra aquela vez na garagem do meu pai?

– Vividamente.

– E quando fomos às vias de fato na padaria?

– Ã-hã.

– Por que você fez aquilo? Meus poderes persuasivos são realmente fortes assim?

Inclinei a cabeça para trás, para olhá-lo.

– Desconfio de que tenha mais a ver com curiosidade e rebelião da minha parte.

Para não falar dos hormônios em escala ascendente.

– Então está disposta a dividir parte da responsabilidade?

UM DINHEIRO NADA FÁCIL

– Claro.
O sorriso retornara-lhe à boca.
– E se eu fizesse amor com você aqui na cozinha... quanto da culpa estaria disposta a assumir?
– Nossa, Morelli, levei dezessete pontos no traseiro!
Ele soltou um suspiro.
– Acha que podemos ser amigos depois de todos esses anos? Isso vindo da pessoa que jogara minhas chaves numa caçamba de lixo.
– Imagino que seja possível. Não teríamos de assinar um pacto nem selar com sangue, teríamos?
– Não, mas podíamos fazer isso tomando cerveja.
– Meu tipo de contrato.
– Ótimo. Agora que acertamos tudo, tem um jogo que eu gostaria de ver e você está com a minha televisão.
– Os homens sempre têm segundas intenções. – Levei a pizza para a sala de estar.
Morelli seguiu com a cerveja.
– Como tem feito pra se sentar?
– Tenho uma bóia de borracha. Se você fizer piadas sobre ela, eu lhe taco o meu spray.
Ele tirou o paletó e o coldre dos ombros. Pendurou-os na maçaneta da porta do meu quarto, ligou a televisão e procurou o canal.
– Tenho alguns comunicados pra você – disse. – Pronta pra ouvir?
– Uma hora atrás, eu talvez houvesse dito não, mas, agora que já comi a pizza, estou pronta pra qualquer coisa.
– Não é a pizza, querida. É a minha presença masculina.
Ergui uma sobrancelha.
Ele ignorou.
– Primeiro, o médico-legista disse que você deve receber o prêmio de Robin Hood de mira certeira. Você eliminou Alpha

com cinco disparos no coração, todos distantes dois centímetros entre si. Muito impressionante, considerando-se que disparou aquela merda de arma de dentro da bolsa.

Tomamos um pouco de cerveja, pois nenhum dos dois ainda tinha certeza de como se sentia em relação a eu ter matado um homem. O orgulho parecia deslocado. O pesar não cabia. Era sem dúvida o remorso.

– Você acha que podia ter terminado de algum outro jeito?
– perguntei.
– Não – respondeu Morelli. – Ele a teria matado se você não o matasse primeiro.

Era verdade. Jimmy Alpha teria acabado com a minha raça. Eu não tinha a menor dúvida quanto a isso.

Morelli curvou-se para a frente para ver um arremesso. Howard Barker bateu.

– Merda – ele protestou e tornou a voltar a atenção para mim.
– Agora a parte boa. Eu tinha deixado um gravador amarrado no poste que fica no seu estacionamento. Usava como uma gravação de segurança quando eu não estava por perto. Checava no fim do dia e pegava alguma coisa que tivesse perdido. O sensacional é que a parada continuava funcionando quando Jimmy invadiu seu apartamento. Gravou a conversa toda, o tiroteio e tudo mais, bem claro.

– Caramba!
– Às vezes sou tão sortudo que assusto até a mim mesmo – ele disse.
– Sortudo o bastante pra não ficar trancafiado na prisão.

Ele escolheu um pedaço de pizza e deixou cair umas fatias de pimentão e cebola ao erguê-lo, encaixando-as de volta com os dedos.

– Fui eximido de todas as acusações e reintegrado ao departamento, com pagamento retroativo. A arma estava no barril com Carmen. Ficou refrigerada esse tempo todo, por isso as impressões digitais continuavam claras, e o legista encontrou traços de sangue nela. Ainda não chegou o resultado do exame de DNA, mas os primeiros testes laboratoriais sugerem que o sangue é de Ziggy, provando que ele estava armado quando o acertei. Parece que a arma emperrou quando Ziggy atirou em mim, exatamente como eu havia suspeitado. Quando ele caiu, largou a arma. Louis a pegou e levou consigo. Depois, deve ter decidido se livrar dela.

Respirei fundo e fiz a pergunta principal que não me saía da cabeça durante os últimos três dias.

– E Ramírez?

– Ramírez está preso sem fiança enquanto espera a avaliação psiquiátrica. Agora que Alpha saiu de cena, várias mulheres louváveis se apresentaram pra depor contra ele.

A sensação de alívio foi quase dolorosa.

– Quais são seus planos? – perguntou Morelli. – Vai continuar a trabalhar pro Vinnie?

– Não tenho certeza. – Comi um pedaço de pizza. – Provavelmente. É bastante provável.

– Só para desanuviar o clima entre nós – disse Morelli. – Lamento ter escrito aquele poema sobre você na parede do estádio quando estávamos no Ensino Médio.

Senti o coração tremer.

– Na parede do estádio?

Silêncio.

A cor retornou às faces de Morelli.

– Achei que você soubesse.

– Eu sabia da Mario's Sub Shop!

– Oh.

– Está me dizendo que escreveu um poema sobre mim na *parede do estádio*? Um poema detalhando o que aconteceu atrás do balcão das bombas de chocolate?

– Ajudaria alguma coisa se eu dissesse que o poema era lisonjeiro? Tive vontade de dar-lhe uma bofetada, mas ele já havia se levantado e corrido antes de eu conseguir sair da bóia de borracha.
– Isso foi há anos. – Ele dançou para longe de mim. – Stephanie, não é nada atraente guardar rancor.
– Você é desprezível, Morelli. *Desprezível.*
– Talvez seja – ele disse –, mas sempre ofereço uma boa... pizza.

Este livro foi impresso na Editora JPA Ltda.
Av. Brasil, 10.600 – Rio de Janeiro – RJ,
para a Editora Rocco Ltda.